BASTEI LÜBBE

Taschenbücher von LINDA LAEL MILLER
im BASTEI-LÜBBE-Programm:

18 100 Wer das Paradies nur finden will
18 101 Wer ein Lächeln des Glücks einfängt
18 102 Wer dem Zauber der Liebe verfällt
18 103 Wer dem Weg des Herzens folgt . . .
18 104 Wie der Glanz des silbernen Mondes . . .
18 105 Wie das helle Feuer der Sterne
18 106 Lily und der Major
18 108 Emma und der Rebell
18 110 Caroline und der Bandit

LINDA LAEL MILLER

BIS ANS ENDE MEINES LEBENS

Roman

Ins Deutsche übertragen
von Katharina Braun

BASTEI
LÜBBE

BASTEI-LÜBBE-TASCHENBUCH
Band 18 112

Erste Auflage:
Dezember 1992
Zweite Auflage:
Juni 1993

Deutsche Lizenzausgabe 1992
Bastei-Verlag Gustav H. Lübbe
GmbH & Co., Bergisch Gladbach
Originaltitel: Desire and Destiny
Lektorat: Katharina Woicke
Titelillustration: Pino Daeni/
Agentur Schlück
Umschlaggestaltung:
Quadro Grafik, Bensberg
Satz: KCS GmbH,
2110 Buchholz/Hamburg
Druck und Verarbeitung:
Brodard & Taupin,
La Flèche, Frankreich
Printed in France

ISBN 3-404-18112-3

Der Preis dieses Bandes
versteht sich einschließlich der
gesetzlichen Mehrwertsteuer.

Prolog

Washington Territory
3. Juli, 1885

Brynne McFarren kniete neben dem frischen Grab auf dem grasbewachsenen Hügel, fest entschlossen, nicht zu weinen. Sacht strich sie mit der Hand über die Worte, die sie selbst mühsam mit einem Schürhaken in das hölzerne Kreuz eingebrannt hatte. JOHN MCFARREN, MEIN GELIEBTER VATER, 2. APRIL 1837 – 3. JUNI 1885. MÖGEN DIE ENGEL IHN BEHÜTEN.

Die laue Julibrise wehte Brynne eine Strähne ihres offenen, goldbraunen Haares ins Gesicht, und sie richtete den Blick auf die schneeweiße Herde am Fuße des Hügels. Die Schafe waren gleich nach dem Lammen im April geschoren worden, trugen jedoch bereits wieder neues weißes Fell.

Brynne schluckte. Die Schafe gehörten jetzt den Tanner Enterprises, ebenso wie die kleine Farm – das gedrungene Steinhaus, der Scherschuppen, die Scheunen, der Gemüsegarten, die mit Wiesenblumen gesprenkelten Hügel und satten Weiden – alles gehörte ihnen.

Ein Aufschrei hilflosen Zorns stieg in Brynnes Kehle auf, aber sie unterdrückte ihn tapfer. Sie setzte sich, breitete ihre abgenutzten Popelineröcke um sich wie ein buntbedrucktes Banner und betrachtete stirnrunzelnd das Kreuz aus rohbehauenem Kiefernholz.

Vielleicht war es falsch gewesen, so viele Stunden daran zu arbeiten. Hatte ihr Vater ihr nicht oft genug gesagt, daß er weder einen Grabstein noch ein Kreuz wolle, wenn er zu ihrer Mutter ging? Brynne seufzte. John McFarrens seltsames Verhalten während der letzten Jahre würde wohl für immer ein Rätsel bleiben.

Sie, Brynne und ihr Vater, waren vor zwei Jahren ganz plötzlich hierher auf die Schaffarm in die Nähe von Tacoma gezogen, als Brynne gerade sechzehn Jahre alt gewesen war. Ihr kürzlich verwitweter Vater hatte nicht nur den stolzen Namen McFarren abgelegt, sondern darüber hinaus seiner Tochter strikt verboten, ihn jemals wieder zu benutzen. Im Tal am Fuße der schneebedeckten Berge kannte sie jeder als die McFarlands.

Verstört und immer noch um ihre verstorbene Mutter trauernd, hatte Brynne das Verhalten ihres Vaters wortlos hingenommen. Als der Schmerz mit der Zeit nachgelassen hatte, waren ihr jedoch tausend Fragen durch den Kopf gegangen.

Obwohl Brynne ihn ständig bedrängt hatte, hatte John McFarren ihr nie gesagt, warum sie Port Propensity, die blühende Kleinstadt am Puget Sound's Hood Canal, verlassen hatten, nachdem sie sich erst kurz zuvor dort niedergelassen hatten. Ebensowenig hatte sie ihn dazu bringen können, ihr zu erklären, warum er seinen Arztberuf aufgegeben und einen falschen Namen angenommen hatte.

Brynne war nichts anderes übriggeblieben, als sein seltsames Verhalten auf den Verlust seiner geliebten Frau zurückzuführen.

Doch auch jetzt noch, wo sie kurz davorstand, das Zuhause zu verlassen, das sie innig geliebt hatte, wunderte sich Brynne McFarren über andere Teile des Rätsels, Teile, die sich nicht so recht zu einem einleuchtenden Ganzen fügen wollten.

Die plötzliche Vorliebe ihres Vaters für harte Drinks war in Anbetracht seines schweren Verlustes wohl noch verständlich. In den Tagen nach Maggies tragischem Tod hatte er beängstigende Mengen Whisky in sich hineingeschüttet.

Was Brynne wirklich beunruhigt hatte, war, daß er nie wieder mit dem Trinken aufgehört hatte. Denn auf der Farm, wo Whisky und Rum nicht so leicht zu beschaffen waren und wo sie ein neues Leben angefangen hatten, hatte John McFarren es geschafft, einen Zustand dauerhaften benebelnden Rausches beizubehalten, indem er auf *no moi ju,* den von seinen chinesischen Arbeitern gebrannten Reisschnaps, umgestiegen war.

Brynne blickte aus ihren grauen Augen in den wolkenlosen Himmel hinauf und seufzte erneut. Wenn der Alkohol nur alles gewesen wäre – aber da waren auch noch diese Träume gewesen.

Wie oft war sie mitten in der Nacht von den unmenschlichen Schreien ihres Vaters geweckt worden? Wie oft war sie während der vergangenen zwei bittersüßen Jahre barfuß über den eisigen Steinfußboden an sein Bett geeilt und hatte John McFarren mit irrem Blick und schweißgebadet vor panischem Entsetzen vorgefunden?

»Das Baby!« hatte er dann in dem schottischem Dialekt, der Sprache seiner Kindheit, geschrien. »Mutter Gottes, Tochter, das Baby!«

Brynne hatte ihn getröstet und beruhigt, so gut es ging, und sich gefragt, was für ein Kind das sein mochte, das ihn verfolgte, wohl wissend, daß es zwecklos gewesen wäre, ihn zum Reden bringen zu wollen.

»Brynne?«

Die sanfte Stimme holte sie in die Wirklichkeit zurück, und eine saubere, nicht von harter körperlicher Arbeit gezeichnete Hand legte sich auf ihre rechte Schulter. Sie blickte zu der Gestalt auf, die sich dunkel gegen das grelle Sonnenlicht abhob, und lächelte schwach. »Zeit zu gehen?« fragte sie.

Evan Pierpont, der umherziehende Fotograf mittleren Alters, der während der vergangenen zwei Jahre häufig auf der ›McFarland‹ Farm Halt gemacht hatte und zu einem lieben Freund geworden war, hockte sich neben Brynne und betrachtete stirnrunzelnd das hölzerne Kreuz. »McFarren?« grübelte er. »Aber ich dachte ...«

Brynne schob das Kinn vor, erhob sich anmutig und holte tief Luft. »Das war sein richtiger Name, Evan«, sagte sie ruhig. »Bitte stell mir jetzt keine Fragen.«

Evan richtete sich immer noch stirnrunzelnd auf und musterte Brynne forschend. In seinen freundlichen blauen Augen lag ein Ausdruck des Mitgefühls und der geteilten Trauer, aber da war noch etwas anderes – eine Art grimmiger, aufkommender Verdacht. »Brynne ...«

Sie wandte den Blick ab und verschränkte die Arme. »Wir sollten uns wohl besser beeilen, Evan. Immerhin mußt du morgen in Port Propensity sein, um beim Picknick Fotos zu machen.«

Evan ließ sich nicht beirren. »Port Propensity ist kein Ort für dich, Brynne. Laß mich dich bitte nach Olympia bringen. Du könntest bei meiner Schwester Lorraine wohnen und . . .«

Erst jetzt blickte Brynne ihn wieder an. *»Nein.* In Port Propensity wartet eine Arbeit auf mich – das hat meine Tante mir in ihrem Brief geschrieben –, und ich möchte meinen Weg allein machen.«

Evan gab für den Augenblick nach und bot ihr galant seinen Arm. »Dann fahren wir jetzt besser«, sagte er. »Ich habe deine Sachen schon aufgeladen.«

Brynne nahm seinen Arm und kämpfte gegen die aufsteigenden Tränen an, während sie einen letzten Blick auf das Kreuz am Grab ihres Vaters warf. *Leb wohl, Papa.*

Gott sei Dank war es das letzte Lebewohl. Von den chinesischen Familien, die sich um die Schafe kümmerten, dem heimeligen Haus, dem Garten und den Hügeln hatte sie bereits Abschied genommen.

Jetzt stieg sie, die Hand auf Evan Pierponts Unterarm gelegt, den grünen Hang hinunter und heftete den Blick auf den leuchtendroten geschlossenen Wagen, den in geschwungenen goldenen Lettern die Aufschrift zierte: E. PIERPONT, DAGUERREOTYPIST. PORTRÄTS.

Die beiden Pferde, die vor den Wagen gespannt waren, schnaubten ungeduldig und warfen die Köpfe, daß das Geschirr knarrte.

Brynne wagte es nicht, auch nur einen Blick zurück auf das kleine Haus in ihrem Rücken zu werfen – wenn sie es tat, würde sie ihre mühsam aufrechterhaltene Fassung verlieren. Sie straffte die Schultern und stieg ohne Evans Hilfe auf den hohen Kutschbock des Wagens.

Evan folgte ihr schweigend, nahm die Zügel auf und trieb die treuen alten Braunen an.

Zwischen Evan und Brynne lag auf dem abgenutzten

Sitz ein kleines Bündel. Es enthielt Brynnes Haarbürste, ihren Kamm, ihre zwei anderen Kleider, Unterwäsche zum Wechseln und vergilbte Fotografien ihrer Eltern. Zwischen diesen Porträts steckten die Benachrichtigung über die Darlehenskündigung der Bank, die ihnen nur wenige Stunden vor dem Tod ihres Vaters von den Beauftragten der Tanner Enterprises überbracht worden waren, sowie der Brief von Tante Eloise.

Brennende Röte überzog Brynnes Wangen, als sie an diesen Brief dachte. John McFarrens Schwester hatte geschrieben, er würde sicher in der Hölle schmoren, weil er die Todsünde begangen hatte, sich das Leben zu nehmen. Dennoch, hatte Tante Eloise weiter gemeint, gäbe es in einer blühenden Stadt wie Port Propensity für ein kräftiges, gesundes Mädchen genug Arbeit, so daß Brynne sicherlich eine Anstellung finden würde.

Die Worte des kurzen Briefes waren ohne jede Herzlichkeit, und ihre Tante und ihr Onkel, die ihre einzigen Verwandten waren, hatten sie auch nicht eingeladen, zu ihnen in das große weiße Haus hinter dem gutgehenden, respektablen Hotel zu ziehen. Doch Brynne sagte sich, daß ihr das gleich wäre.

Sie dachte an die Bankunterlagen. *Tanner Enterprises.* Der Name durchbohrte ihr Herz wie eine glühende Nadel, und ihr Magen verkrampfte sich vor Zorn. Sie griff nach dem abgenutzten Beutel und balancierte ihn auf den Knien.

Der Wagen rumpelte über die holprige Straße und entfernte sich unaufhaltsam von ihrem Zuhause.

Evan Pierpont musterte verstohlen das hübsche, aber niedergeschlagene Mädchen an seiner Seite. Trotz der Hitze des Tages lief ihm ein Schauer über den Rücken.

Was mochte in dem Kind vorgegangen sein, als es seinen eigenen Vater gefunden hatte, tot an einem Strick von einem Deckenbalken im Scherschuppen baumelnd? Gott, es muß ein schrecklicher Schock gewesen sein, und das so kurz nach dem Verlust der Farm.

Zu beiden Seiten der schmalen Straße standen imposante, duftende Bäume – Zedern und Douglas-Tannen. Der Boden selbst war unter Farnen, Brombeerbüschen, Blättern und Tannennadeln verborgen. Da die Pferde wußten, was sie zu tun hatten, hing Evan weiter seinen Gedanken nach.

Brynne war jetzt achtzehn Jahre alt und das hübscheste Ding, das er je gesehen hatte, also brauchte er sich um sie eigentlich nicht zu sorgen. Ehe sie sich versah, würde sie irgendein netter junger Mann heiraten, und sie würde ein glückliches Leben führen. Kein Grund zur Sorge also.

Aber Evan *machte* sich Sorgen. Erstens kannte er Brynnes Tante und Onkel, die ihre verarmte Verwandte ganz sicher nicht mit offenen Armen aufnehmen würden; das hatte er gewußt, noch bevor das Mädchen ihm schüchtern ihren Brief gezeigt hatte. Zweitens waren sie auf dem Weg nach Port Propensity, wo die allmächtigen Tanner Enterprises ihren Sitz hatten.

Da er so viel herumkam, kannte Evan die Geheimnisse jeder Stadt an den steinigen Ufern des Puget Sound. Und so war ihm auch der Name McFarren bekannt, und während der Wagen auf der sonnenbeschienenen Landstraße dahinrollte, hatte Evan plötzlich die Antworten auf alle Rätsel, die Brynnes Vater aufgeworfen hatte.

Er dachte an Joshua Tanner – das Halbblut – und schauderte erneut.

Brynne blickte ihn aus großen grauen Augen an – sie waren von dichten, dunklen Wimpern umgeben, diese Augen, die Pupillen mit dunklerem Grau umrandet –, und sie brachte ein schwaches Lächeln zustande. »Ist dir kalt?« fragte sie und machte Anstalten, ins Wageninnere zu klettern, um seine Jacke zu holen.

Evan schüttelte abwesend den Kopf. McFarren, McFarren – der Name hallte im Rhythmus des Hufschlags in seinem Kopf wider. O Gott, dachte er unglücklich. Allmächtiger!

Zur Mittagszeit rasteten sie, um den Pferden eine Pause zu gönnen, und aßen von dem Proviant, den Brynne eingepackt hatte – dick mit Butter bestrichene Brotscheiben, Schafskäse und Apfelwein.

Evan hatte ganz bewußt eine Stelle mit Blick auf den Puget Sound und die majestätischen Olympic Mountains gewählt, in der Hoffnung, das würde Brynne ein Gefühl der Geborgenheit geben.

Er wartete, bis sie diese überwältigende Aussicht in sich aufgenommen und etwas gegessen hatte. Dann, immer noch mit gekreuzten Beinen im feuchten Gras sitzend, sagte er vorsichtig: »Brynne, du darfst nicht nach Port Propensity gehen.«

Sie starrte ihn an, während sie mit ihren Händen nervös über ihr Popelinekleid strich. »Ich kann nirgendwo sonst hingehen«, entgegnete sie gelassen.

Evan suchte angestrengt nach den richtigen Worten, denn er wollte die davor warnen, daß sie der Rache einer bestimmten Person ausgesetzt sein könnte, aber vergeblich. Stumm verfluchte er seine Feigheit. »Es ist ein gefährlicher Ort für ein junges Mädchen, mit den Sägewerken, der Werft ... Es geht dort ziemlich rauh zu ...«

Zum ersten Mal, seit sie die Farm verlassen hatten, lächelte Brynne belustigt. »Rauh, Evan? Man wird mich wohl kaum shanghaien und als Matrose auf einen der Segler zwangsverfrachten, oder?«

Evan hob in einer Geste liebevoller Verärgerung die Hände. »Du weißt, daß ich das nicht gemeint habe – die Stadt ist voller zwielichtiger Gestalten. Diebe. Sich prügelnde Seeleute und Holzfäller. Hu... unanständige Frauen.«

Brynne lachte, wenngleich es ein bitteres, freudloses Lachen war, dem die unbeschwerte Fröhlichkeit vergangener Tage fehlte. »Und ich nehme an, in Olympia gibt es nichts von alledem?«

Evan seufzte. Warum nur brachte er es nicht über sich, ihr zu sagen, was ihr Vater in Port Propensity getan hatte? Warum warnte er sie nicht wenigstens vor Joshua Tanner? »Lorraine würde sich um dich kümmern«, sagte er lahm. »Und Olympia ist um einiges zivilisierter.«

Brynne hatte eine der im duftenden, hohen Gras wachsenden winzigen Blumen ausgerupft, die so ähnlich aussahen wie Gänseblümchen. Sie musterte sie in nachdenklichem Schweigen.

Nicht zum ersten Mal wünschte Evan Pierpont, er wäre dreißig Jahre jünger. »Wenn du dich darauf verläßt, daß deine Tante dir hilft, wirst du enttäuscht werden. Wer weiß, was für eine Art von Arbeit sie dir besorgt hat.«

Widerstrebend legte Brynne die Blume aus der Hand. Sie wirkte auf einmal so niedergeschlagen und resigniert, als hätte sie mit der Blume auch all ihre Hoffnungen beiseite gelegt. »In Tante Eloises Adern fließt das gleiche Blut wie in meinen. Sie war eine McFarren, bevor sie heiratete – sie war die Schwester meines Vaters...«

Evan schnaubte verächtlich. Nach allem, was er gesehen hatte, war Eloise Jennings eine keifende Xanthippe, und Blutsbande würden ihr nicht mehr bedeuten als Fliegendreck. Bevor er seine Meinung jedoch zum Ausdruck bringen konnte, stand Brynne auf, strich ihr Kleid glatt und blickte in den Himmel. »Wann werden wir Port Propensity erreichen?«

Es lag Evan auf der Zunge, ihr von den entsetzlichen Dingen zu erzählen, die er wußte, aber dann brachte er es doch nicht fertig. »Irgendwann morgen früh«, brummte er, sammelte ihre Becher und den Apfelweinkrug ein und überließ die Brot- und Käsekrumen den zwitschernden Vögeln.

Als die Nacht hereinbrach, hielten sie erneut, und Evan machte ein Feuer, an dem sie sich wärmten. Später, als er unter dem Wagen lag, den Nachtgeräuschen lauschte und zusah, wie das Feuer langsam verlosch, betete er, daß das Mädchen, das direkt über ihm in dem mit seiner Fotoausrüstung vollbepackten Wagen schlief, ihren Weg machen und im Leben glücklich werden würde.

Aber er wußte, daß es anders kommen würde. Dafür würde das Halbblut schon sorgen.

1

Port Propensity, Washington Territory
4. Juli 1885

Drew Tanner blieb in der offenen Tür zum Arbeitszimmer stehen, den Blick auf den breiten, abweisenden Rücken seines Halbbruders geheftet. Seine Kehle brannte vor Verachtung. Schweiß sammelte sich unter seinem Schlüsselbein und zwischen seinen Schulterblättern.

Gott, wie er es haßte, in dieses Zimmer beordert zu werden wie ein ungehorsamer Schuljunge, jedesmal, wenn Joshua geruhte, zwischen seinen Geschäftsreisen einige Zeit zu Hause zu verbringen.

Drew hakte die Daumen in die Taschen seiner grauen Seidenweste und funkelte Joshua böse an, der, den dunklen Kopf in Konzentration gesenkt, an seinem massiven Eichenschreibtisch arbeitete. Er hatte nicht den geringsten Respekt für gesellschaftliche Konventionen – der Kragen seines weißen Leinenhemdes stand offen, die Ärmel waren aufgerollt, und seine Jacke und die schwarze Krawatte hatte er achtlos über einen Stuhl gelegt.

Drew hätte geseufzt, wenn er nicht gewußt hätte, daß der Laut ihn verraten hätte. Und er war noch nicht bereit, für seine Taten Rechenschaft abzulegen, wenngleich er über eine Woche Zeit gehabt hatte, sich eine plausible Geschichte auszudenken.

Der junge Mann warf einen vernichtenden Blick auf das Porträt von Caleb Tanner, das riesig, düster und drohend über dem Kamin am anderen Ende des Raumes hing. Sei verflucht, alter Mann, dachte er, hoffend, daß sein Vater ihn bis hinab in den tiefsten Schlund der Hölle hörte und sich wand. Sei verflucht, daß du diesen Indianerbastard gezeugt hast.

Die Fenster gegenüber von Joshuas Schreibtisch standen der brütenden Tageshitze wegen offen, und ein leiser Lufthauch bauschte die weißen Spitzengardinen. Sogar die Elemente schienen dem Halbblut zu gehorchen.

Drew sah, wie sein Halbbruder den Blick von den Finanzberichten hob, die vor ihm verstreut auf dem Tisch lagen, und den Kopf in den Nacken legte.

»Kommst du jetzt rein oder nicht?« fragte er in säuerlichem Ton, ohne auch nur in Drews Richtung zu blicken.

Drew zuckte zusammen. Es machte ihn nervös, daß Joshua die Anwesenheit eines anderen spürte, ganz gleich, wie sehr dieser sich auch bemühte, unentdeckt zu bleiben. »Du bist beschäftigt«, sagte er, sich selbst für das verräterische Zittern seiner Stimme und das flaue Gefühl im Magen verachtend. Joshuas Holzstuhl knarrte laut, als er ihn herumschwenkte und Drew wütend musterte. Sein sonnengebräuntes Gesicht wirkte wie aus Stein gemeißelt, und er kniff die violettfarbenen Augen leicht zusammen. »Setz dich«, sagte er knapp.

»Verdammt«, zischte Drew und nahm die Daumen aus den Westentaschen, so daß sein maßgeschneidertes, taubengraues Jackett wieder glatt saß. »Kommandier mich nicht rum! Ich bin neunzehn Jahre alt, um Himmels willen, und ich setze mich, wenn *ich* es will!«

Joshua lehnte sich in seinem Stuhl zurück und legte mit einer geschmeidigen, drohenden Bewegung die in teuren Lederstiefeln steckenden Füße auf den Schreibtisch. Er verschränkte die Finger ineinander und musterte Drew nachdenklich, bevor er erwiderte: »Dann solltest du Lust dazu haben, bevor ich nachhelfe.«

Zu seinem grenzenlosen Verdruß spürte Drew, wie er errötete. Dann ging er widerstrebend zu dem verhaßten Ledersessel vor dem Schreibtisch seines Halbbruders und setzte sich.

Joshua lächelte, fischte einen Zigarillo aus der Brusttasche seines Hemdes und nahm ein Streichholz aus einer Kristalldose auf seinem Schreibtisch. Das Zündholz flammte rot auf, und Joshuas kantige, arrogante Züge wirkten im Schein der flackernden Flamme noch härter, als er sich die dünne Zigarre anzündete.

Drew starrte seinen Halbbruder die ganze Zeit über in trotzigem Schweigen an. Er haßte ihn, und er haßte sich selbst, weil es er nicht wagte, seinem rasenden Zorn Luft zu machen. Joshua war ein Bastard, ein Wilder, und er hatte noch eine Reihe weiterer negativer Eigenschaften, aber er war auch dreizehn Jahre älter als Drew, gut zwanzig Zentimeter größer und mindestens fünfzig Pfund schwerer.

Schließlich brach Joshua das Schweigen mit einem Seufzen. »Sollen wir mit den tobenden Ehemännern anfangen, Drew? Oder möchtest du mir lieber zuerst erklären, warum du meine Unterschrift auf dem Wechsel gefälscht hast?«

Drew schluckte hart und richtete den Blick auf die hohe Decke. Gott, die Luft war so heiß und drückend – warum regnete es nicht endlich? »Das Tannervermögen gehört ebenso mir wie dir«, entgegnete er nach langem Schweigen.

Erneut breitete sich Stille aus, und als Drew es wagte, seinen Bruder wieder anzusehen, zog dieser an seinem Zigarillo. Der Rauch umhüllte seinen Kopf wie blaugrauer Nebel. »Wir müssen doch nicht noch einmal die Bestimmungen im Testament unseres lieben Vaters durchgehen, oder?«

»Ich brauchte das Geld, Joshua.«

Joshua zog eine Braue hoch und beugte sich vor. »Du bekommst doch schon viermal mehr als ein Arbeiter in einer ganzen Woche verdient, Drew – oder besser gesagt, du hast es bekommen.« Ein Anflug von Wagemut stieg in Drew auf. Er lehnte sich leicht vor, umklammerte mit den Händen die Armlehnen seines Sessels und funkelte Joshua böse an. »Was zum Teufel soll das heißen?«

»Das heißt, daß du für den Wechsel aufkommst. Dazu wirst du schätzungsweise drei Monate brauchen.«

Drew stieß einen Fluch aus und sprang außer sich vor Wut auf, während Joshua ungerührt sitzen blieb. »Drei Monate!« rief Drew mit zornerstickter Stimme. »Verdammt, Josh, das kannst du mir nicht antun! Gott, es ist Sommer, und . . .«

»Und deine Freundinnen sind teuer, habe ich recht? Was uns zum nächsten Punkt führt.«

Mit hochrotem Gesicht und resigniert sank Drew in seinen Sessel zurück. Drei Monate ohne Geld, und heute war das gottverfluchte Picknick anläßlich des Unabhängigkeitstages. Er warf einen weiteren haßerfüllten Blick auf Caleb Tanners Porträt und schluckte erneut. »Es ist alles gelogen – das mit den Frauen, meine ich.«

Joshua seufzte, zog mehrere Briefe aus der Innentasche seiner Weste und warf sie als unwiderlegbare Beweise auf den Schreibtisch. »Diese Briefe haben mich in Tacoma erreicht«, sagte er. Seine Stimme klang ruhig, aber seine ungewöhnlichen Augen schossen Blitze. »Es gibt in dieser Stadt genug Huren, Drew. Warum zum Teufel mußt du dich immer mit verheirateten Frauen einlassen?«

Drews Finger schlossen sich mit solcher Kraft um die glatten, kühlen Armlehnen seines Sessels, daß seine Knöchel weiß hervortraten und seine Nacken- und Schultermuskeln schmerzten. Die gleiche Frage hatte er sich selbst schon viele Male gestellt, und er hatte keine Antwort darauf. Und doch würde er sich in irgendeiner Form rechtfertigen müssen, sonst würde Joshua ihn bis zum Jüngsten Tag damit verfolgen.

Nervös fuhr er sich mit einer Hand durch das blonde Haar und versuchte, eine reuige Miene aufzusetzen. »Ich habe mich verliebt«, sagte er unschuldig.

Joshua lachte spöttisch. »Viermal in sechs Wochen? Da mußt du dir schon etwas Besseres einfallen lassen, Drew.«

Drew zuckte mit den Schultern. »Was soll ich sagen? Die Gelegenheit hat sich geboten, und ich habe sie ergriffen. Können wir die Angelegenheit nicht einfach vergessen?«

Joshua nahm die Briefe in die kraftvolle, sonnengebräunte Hand. Stirnrunzelnd las er die handgeschriebenen Absender. »Ich persönlich täte nichts lieber als das«, sagte er. »Aber Harry Randall und Pete Arlington – um nur zwei Namen zu nennen – sind zu drastischen Vergeltungsmaßnahmen entschlossen.« Das kantige, attraktive

Gesicht verhärtete sich. »Und Teufel, Drew, ich kann es ihnen nicht mal verdenken. Die Frau eines anderen Mannes ist heilig!« Drew konnte nur mit Mühe den aufsteigenden Lachreiz unterdrücken. ›Heilig‹ war kaum das richtige Wort, um Flossie Randall oder Maude Arlington zu beschreiben. Unglücklicherweise war in bezug auf Ehefrauen mit Joshua nicht zu spaßen; man tat gut daran, dieses Thema in seiner Gegenwart zu meiden. »Es tut mir leid«, log er.

Joshua zuckte steif mit den Schultern. »Das wird es bestimmt, wenn der Sommer vorbei ist. Und ich kann dir versichern, daß du bis dahin auch tiefen Respekt für hart arbeitende Männer haben wirst.«

Drew verzog schmerzlich das Gesicht. Die Wende der Unterhaltung gefiel ihm ganz und gar nicht. »Worauf willst du hinaus?«

Die Füße des Riesen landeten mit einem unheilverkündenden Knall auf dem Boden. Dann richtete er sich zu seiner vollen, imposanten Größe von ein Meter zweiundneunzig auf. »Ich glaube, das weißt du bereits«, entgegnete er schroff. »Aber für den Fall, daß dem nicht so ist, werde ich es unmißverständlich formulieren. Du wirst zum ersten Mal in deinem Leben für dein Geld arbeiten.«

Drew war wie vor den Kopf geschlagen und brachte nur ein gepreßtes »Aber . . .« zustande.

»Nichts aber«, knurrte Joshua. »Du bekommst den gleichen Lohn wie alle anderen, und wenn du vorhast, dich zu drücken, denk nur daran, daß du mit leeren Taschen für die Damenwelt nicht mehr halb so interessant sein wirst.«

Drew hatte plötzlich einen dicken Kloß im Hals und brachte beim besten Willen keinen Ton heraus.

Joshua setzte sich wieder, entließ seinen Bruder mit einem knappen Wink und vertiefte sich von neuem in die

Lektüre der Bücher, die offen vor ihm lagen. Es war, als existierte Drew nicht mehr für ihn.

Den beißenden Geruch von Joshuas Zigarillo in der Nase, wandte Drew Tanner sich um und stürmte aus dem großen Raum mit den schweren Messinglampen, der Redwood-Täfelung und den kostbaren, handgeknüpften Orientteppichen.

Die schwere Haustür zuzuschlagen ließ seinen Zorn und Frust etwas abkühlen, aber er lief dennoch die Steinstufen hinunter in den Garten, nur für den Fall, daß Joshua an seinem Benehmen Anstoß nahm und ihm folgte.

Drew würdigte die atemberaubend schöne Aussicht, die sich einem vom Haus aus bot, keines Blicks – der Kanal, die Berge und die Stadt selbst waren ihm zu vertraut, als daß er ihre Schönheit noch wahrgenommen hätte. Er murmelte einen Fluch und ging um den Westflügel des imposanten grauen Steinhauses. Er hätte sich nicht gedemütigter fühlen können, wenn sein Bruder ihn übers Knie gelegt hätte.

Seine Schwester Miranda saß in einem Korbstuhl im Seitengarten und las. Sie trug bereits ihr Kleid für das bevorstehende Picknick. Ihr dunkles Haar tanzte in der Brise, die vom Kanal herüberwehte, um ihr feingeschnittenes Gesicht. Daran, daß ihre Haltung sich kaum merklich versteifte, erkannte Drew, daß sie sich seiner Anwesenheit bewußt war; da sie ihn jedoch nicht ansprach, sagte auch er kein Wort und ging weiter.

Brynne hatte vergessen, was für eine hübsche Stadt Port Propensity trotz des Lärms und der Hektik war. Sie lag am Hood Canal, am Fuß der majestätischen Olympic Mountains, und wenn man nicht zu weit blickte, sah man nicht einmal den Schmutz und das Elend von Little Canton, dem Chinesenviertel.

Denn die eigentliche Stadt war durch eine gewundene, ausgefurchte Straße und einen glitzernden Teich, den eine gewölbte Holzbrücke überspannte, von diesem schrecklichen Ort getrennt.

Während Evans Wagen über die Holzplanken der Brücke holperte, nahm Brynne alles mit gierigen Blicken in sich auf, um ihr Gedächtnis aufzufrischen. Direkt vor ihnen lag das Orion Hotel, ein imposanter Backsteinbau, der seit zehn Jahren ihrer Tante und ihrem Onkel gehörte. Gleich nebenan befand sich ein Saloon, der nur von denjenigen besucht wurde, die zu ihrem hausgebrannten Whisky keine fleischlichen Freuden erwarteten.

Zu beiden Seiten der von hölzernen Gehsteigen gesäumten Straße reihten sich verschiedene Geschäfte aneinander, darunter eine Bank und ein zweistöckiges Firmengebäude. Weiter unten, auf der rechten Seite, unter Trauerweiden und anderen Bäumen, deren Stämme mit wildem Efeu bewachsen waren, breitete sich wie ein samtiger grüner Teppich der Rasen des öffentlichen Parks aus, auf den die Stadt ganz besonders stolz war.

Trotz der verhältnismäßig frühen Stunde herrschte dort bereits reges Treiben; die Vorbereitungen für das Picknick waren in vollem Gange. Damen in leuchtendbunten Kleidern und mit gerüschten Sonnenschirmen spazierten am Ufer des glitzernden Teiches entlang. Einige von ihnen trugen Hauben, während andere wundervolle, mit wippenden Federn verzierte Hüte zur Schau trugen. Kinder spielten auf der Wiese Fangen oder rollten Reifen neben sich her. Ihr fröhliches Gelächter klang in Brynnes Ohren wie Musik und milderte ihre Angst vor dem, was sie erwartete.

Sie betrachtete wieder die Damen in den eleganten

Roben und blickte dann auf ihr eigenes, schmutziges, mehrfach geflicktes Popelinekleid. Sie wünschte von Herzen, sie hätte etwas Feines zum Anziehen, aber ihr einfaches rosa-weiß gemustertes Kleid, das sorgfältig zusammengelegt in ihrem Bündel lag, würde genügen müssen. Allerdings würde sie, sobald sie bei den Jennings waren, darauf bestehen, ein Bad nehmen zu dürfen.

Evan stimmte ihrem Plan widerstrebend zu, ließ Brynne jedoch versprechen, noch einmal zu seinem Wagen zu kommen, bevor sie sich unter die Picknickgäste mischte. Auf der Veranda des weißen Hauses am Teichufer stehend, winkte sie ihm ermunternd zu.

Brynne klopfte an die schwere Haustür und wurde von Kwon Su hereingelassen, der chinesischen Köchin ihrer Verwandten. Das Glück war also auf ihrer Seite. Tante Eloise war nicht einmal zu Hause, und Kwon Su, eine kleine, gedrungene Frau mit breitem Lächeln, besorgte ihr gern heißes Wasser, Seife und Handtücher für ein Bad.

Da sie sich nicht die Zeit nehmen wollte, ihr Haar hinterher zu trocknen, verzichtete Brynne darauf, es sich zu waschen. Statt dessen bürstete sie die goldbraune Mähne nach dem Baden so lange, bis sie schimmerte, und wand sie dann im Nacken zu einem losen Knoten. Sie warf einen Blick in den einzigen Spiegel des winzigen Ankleidezimmers und sah, daß ihre schiefergrauen Augen vor Vorfreude auf das Fest leuchteten. Man mußte schon sehr genau hinsehen, um ihre tiefe Trauer zu erahnen.

Sie holte tief Luft und strich sich anmutig mit ihren von harter Arbeit geröteten Händen die Röcke des rosa-weißen Kleides glatt. Es war ein einfaches Kleid, aber es hatte Puffärmel, die Andeutung einer Turnüre, und der dezente Ausschnitt war mit Spitze besetzt.

Brynne seufzte philosophisch. Sie würde sich zwar

nicht mit den elegant gekleideten Damen messen können, aber sie fand, daß sie dennoch recht hübsch aussah.

Summend half sie Kwon Su, die Badewanne herauszutragen und zu leeren, verabschiedete sich dann hastig und eilte davon in Richtung Festwiese.

Wenn ihr schon nur ein sorgloser Tag blieb, bevor ihr neues Leben begann, würde sie das Beste daraus machen.

Evans Wagen stand neben dem Teich, und er stellte bereits seine geheimnisvolle Ausrüstung auf, als Brynne zu ihm trat. Ein stämmiger Holzfäller, seine streng aussehende Frau und ihre vier Kinder warteten ungeduldig darauf, auf dem magischen Papier verewigt zu werden.

Evan setzte seine Vorbereitungen fort, aber er richtete den Blick auf Brynne, und seine Augen lächelten unabhängig von seinen Lippen. »Was für ein Anblick, Miss Brynne McFarren! Die Gentlemen werden kopfüber in ihren Kartoffelsalat fallen, wenn sie dich sehen.«

Brynne errötete, sich des albernen Grinsens des Holzfällers und des wütenden Blicks seiner Frau nur zu bewußt. »Evan!« schalt sie.

Er lachte und schob eine Entwicklungsplatte in seine riesige kastenförmige Kamera. Dann, von einer Sekunde auf die andere, wurde er wieder ernst. »Wenn das nicht deine liebe Tante ist«, sagte er säuerlich und breitete ein schwarzes Tuch über seinen Kopf und die Kamera.

Es gab ein lautes Plopp, eine Wolke Schwefelrauch und einen Blitz, als er die Holzfällerfamilie für die Nachwelt festhielt.

Eloise Jennings erschien an Brynnes Seite in eben dem Augenblick, als es blitzte, und einen Moment lang schien es, als wäre die grimmige Frau mit dem bösen Blick geradewegs aus der Hölle heraufbeschworen worden. Mit verkniffenem Gesicht musterte sie ihre Nichte, und das schwarze Satinkleid raschelte laut, als sie sich in zorniger Mißbilligung kerzengerade aufrichtete. »Brynne«, sagte sie nur unfreundlich.

Brynne straffte die Schultern und sagte sich, daß Tante Eloise mit ihrem feinen blonden Haar und den großen blauen Augen eine hübsche Frau hätte sein können, wenn sie nicht von Natur aus so mürrisch und streitsüchtig gewesen wäre. »Hallo, Tante Eloise«, entgegnete sie.

Die haßerfüllten azurblauen Augen glitten über Brynnes Kleid. »Mein Bruder ist erst einen Monat unter der Erde, und du trägst keine Trauerkleidung?«

Brynne hob das Kinn. »Papa hat nichts davon gehalten, Trauerkleidung zu tragen«, antwortete sie ruhig. »Er hat immer gesagt, Trauer wäre schlimm genug, auch ohne schwarze Kleider, die einen noch ständig daran erinnern.«

Eloise preßte die Lippen fest aufeinander. »Ich habe eine Anstellung für dich gefunden«, informierte sie die Tochter ihres Bruders. »Du fängst Montag an, da Letitia darauf bestanden hat, daß du eine Nacht in unserem Haus verbringst. Du bekommst für deine Arbeit zwei Dollar die Woche plus Kost und Logis.«

Brynnes lächelte, nicht wegen der Stellung, sondern weil ihre Tante ihre Kusine erwähnt hatte. Sie liebte Letitia von Herzen und hatte nicht zu hoffen gewagt, daß das Mädchen – sie war zwei Jahre jünger als Brynne und unerschütterlich loyal – von der Schule im Osten zurückgekehrt sein könnte. »Letitia ist zu Hause?«

Es war eine dumme Frage, das wußte Brynne auch ohne die vielsagende Miene ihrer Tante.

»Sie wird dich zweifellos bald finden«, entgegnete Tante Eloise steif und betrachtete erneut mit offenkundigem Entsetzen Brynnes Kleid. »Ich werde dich im Laufe des heutigen Tages deiner neuen Arbeitgeberin vorstellen, also lauf nicht weg, bevor sie dich kennengelernt hat.«

Brynne atmete tief durch und zwang sich zu einem höflichen Lächeln. »Ich bin dir sehr dankbar, daß du mir eine Anstellung verschafft hast . . .«

Tante Eloise lächelte böse und entließ ihre Nichte mit einem schroffen Nicken. Dann machte sie kehrt und entfernte sich hocherhobenen Hauptes, daß ihr schwarzes Kleid nur so raschelte.

Brynne seufzte und ließ suchend den Blick über die Menge schweifen, in der Hoffnung, das liebe Gesicht ihrer Kusine irgendwo zu entdecken. Letitia war nicht zu sehen, aber das war im Augenblick nicht weiter schlimm – sie hatte ohnehin noch etwas Wichtiges zu erledigen, bevor sie sich auf die Suche nach ihr machen konnte.

Ohne einen Blick auf Evan zu wagen, der in Anbetracht des lieblosen Empfangs ihrer Tante sicher vor Wut schäumte, begann sie, sich einen Weg durch die lachende Menschenmenge zu bahnen. Ein schmaler Pfad führte einen kleinen, mit Bäumen bewachsenen Hügel hinauf, und Brynne folgte ihm, sich innerlich wappnend.

Der Friedhof war auf der Hügelkuppe angelegt worden, und die vielen Grabsteine und Gedenkskulpturen waren von einem strahlendweißen Holzzaun eingefaßt. Die Sonne schien warm herab, und ihre Strahlen tanzten in grellen, silbrigen Blitzen auf dem träge dahinfließenden Fluß auf der anderen Seite des Hügels.

Brynne betrat den Friedhof durch eines der vier Tore und ging entschlossen auf ein einfaches kleines Kreuz in einer entlegenen Ecke zu. Die Worte, die in den grauen Stein gemeißelt waren, waren im gleißenden Sonnenlicht nicht zu entziffern, aber das machte nichts, denn Brynne kannte die Inschrift auswendig. MARGARET BRYNNE MCFARREN, AM 14. JUNI 1883 GRAUSAM VON UNS GENOMMEN.

Brynnes Kehle war wie zugeschnürt. Sie kniete sich neben das Grab und faltete die zitternden Hände. »Hallo, Mama«, sagte sie leise mit bebender Stimme.

Natürlich antwortete niemand, aber eine duftende Sommerbrise, die sich plötzlich erhob und durch das Laub der alten Ulmen strich, war Brynne Antwort genug. Sie fühlte sich nicht länger allein.

»Ich hoffe, Papa ist jetzt bei dir«, fuhr sie fort und strich fast zärtlich mit den Fingern über die leuchtendgelben Löwenzahnblüten, die auf dem Grab ihrer Mutter wuchsen. »Ich . . . ich weiß, daß du dich vor Gott für ihn einsetzen wirst, Mama. Er wollte sich nicht das Leben nehmen – ich weiß, daß er es nicht wollte.«

Von weitem konnte man den Lärm und die Geräusche des Festtagspicknicks hören. Sie wurden vom lauen Wind bis zu ihr getragen und vermischten sich friedlich mit dem Summen der Bienen und dem Plätschern des Flusses.

Brynne schluckte hart, als Verzweiflung in ihrem Herzen aufwallte und ihr die Kehle zuschnürte. Bitte, lieber Gott, betete sie. Du darfst Papa nicht in die Hölle schicken. Er war ein guter Mensch. Aber nach Mamas Tod, den rätselhaften Schwierigkeiten, die ihn von hier vertrieben hatten, und dem Verlust der Schafe war er nicht mehr er selbst.

Keine göttliche Stimme erhob sich, aber Brynne erhielt dennoch eine Antwort auf ihr Gebet. Eine unbestimmbare Wärme legte sich um ihr Herz wie ein schützender Mantel, und sie wußte, daß Gott John McFarren verziehen und in sein Reich aufgenommen hatte.

Sie erhob sich langsam, wandte sich vom Grab ihrer Mutter ab und hob das Gesicht dem strahlendblauen

Himmel entgegen. »Danke«, flüsterte sie. Dann ging sie zurück zum Tor, um das Picknick zu genießen.

Am Waldrand begegnete sie dem Riesen.

Er war ein gewaltiger Mann mit muskulösen Armen und Beinen, und er trug dunkle, leichte Hosen, ein weißes Leinenhemd, dessen oberste Knöpfe offen waren, so daß das dunkle Haar auf seiner Brust zu sehen war, und darüber eine schwarze Weste. Sein Haar war so schwarz wie eine mondlose Nacht, und seine Augen waren von einer so ungewöhnlichen Farbe, wie Brynne sie noch nie gesehen hatte – Lavendel. Sein stolzes, auf überhebliche Art gutaussehendes Gesicht war grimmig; als er sie jedoch ansah, zeigte er ein überwältigendes Lächeln.

Brynne war wie erstarrt. Ist *er* das, fragte sie sich überwältigt und war sich bewußt, daß sie den Fremden auf unverschämte Art anstarrte, ohne jedoch etwas dagegen tun zu können.

Ihre Mutter hatte ihr oft gesagt, daß sie ein leises Ziehen im Herzen spüren würde, wenn sie dem Mann begegnete, der für sie bestimmt war, aber dies war kein leises Ziehen. Es war eher ein Zerren. Ihre Knie wurden weich, und ihr Magen prickelte, als hätte sie einen ganzen Schwarm Schmetterlinge verschluckt.

»Hallo«, grüßte er freundlich.

Brynnes Lippen bewegten sich, aber sie brachte keinen Ton hervor.

Er lachte, aber es war kein fröhlicher Klang, nicht wirklich. Es schwang ein seltsamer Unterton darin mit, eine grenzenlose Trauer, so tief wie ihre eigene, vielleicht sogar tiefer. »Ich habe Sie erschreckt«, fügte er hinzu. »Das tut mir leid.«

Brynne war völlig außer Atem, als wäre sie zu Hause im Ententeich schwimmen gewesen und zu lange getaucht. »Nein. Ich habe nur nicht erwartet . . .«

Er stemmte die kraftvollen, sonnengebräunten Hände in die Hüften, legte den Kopf auf die Seite und musterte Brynne mit einer Ruhe, die in krassem Gegensatz zu der Verwirrung stand, die sie empfand. »Sie sind neu in Port Propensity, habe ich recht?« fragte er in einem Tonfall, der ihren Herzschlag beschleunigte.

»Ich habe vor zwei Jahren hier gelebt«, entgegnete Brynne, die sich wünschte, daß diese harmlose Unterhaltung nie aufhörte.

Aber plötzlich veränderte sich sein Gesichtsausdruck – seine feinen Züge verhärteten sich sichtlich, und er richtete den Blick seiner lavendelfarbenen Augen auf die Baumwipfel. Nach einer Weile schritt er ohne ein weiteres Wort an Brynne vorbei, als wäre sie nicht mehr als ein Baumstumpf, der ihm den Weg versperrte.

Trotzig schob Brynne das Kinn vor, dann raffte sie ihren Rock und ging durch das duftende Wäldchen zurück zur Festwiese.

Bald hatte sie den Fremden vom Friedhof vergessen – es gab so vieles zu sehen, zu schmecken und zu berühren. Und sobald sie Letitia gefunden hatte, würde sie sich richtig willkommen fühlen.

Die vielen zirkusartigen Darbietungen um sie herum begeisterten Brynne, und so bückte sie sich, schnürte einen ihrer Schuhe auf und ließ die Fünf-Dollar-Münze, die sie zu Weihnachten bekommen hatte, in ihre Hand fallen. Ein wunderbares Gefühl prickelnden Leichtsinns durchströmte sie, als sie überlegte, ob sie sich erst eine Erfrischung holen oder sich von der Zigeunerin die Zukunft weissagen lassen sollte. Sie hatte sich immer noch nicht entschieden – nicht, weil sie von Natur aus unentschlossen gewesen wäre, sondern weil sie die Qual der Wahl genoß –, als ein gutgekleideter junger Mann mit zwei Tellern Brathähnchen und Kartoffelsalat vorbeieilte. Er warf einen flüchtigen Blick auf Brynne, die immer noch so dastand, in einer Hand ihren Schuh und in der anderen die Goldmünze.

Dann blieb er abrupt stehen und blickte zurück. Er hatte Haar von der Farbe eines Rahmbonbons, und seine haselnußbraunen Augen glitzerten schelmisch. Sein Mund verzog sich zu einem fröhlichen Lächeln. »Hallo, du da«, sagte er mit weicher melodischer Stimme.

Brynne fand ihn ganz schön keck, mußte aber dennoch lachen. »Hallo.«

Immer noch die beiden Teller balancierend, betrachtete er die Gegenstände in Brynnes Händen nachdenklich. »Ich würde das Geld nehmen«, bemerkte er nach einer Weile. »Ich glaube nicht, daß einer der Händler den Schuh haben möchte.«

Brynne lachte erneut und beugte sich vor, um sich den Schuh wieder anzuziehen. Als sie sich wieder aufrichtete, erkannte sie an den geröteten Wagen des jungen Mannes, daß sie dabei zuviel von ihren Brüsten enthüllt hatte. Augenblicklich stieg ihr eine brennende Röte ins Gesicht.

»Laß uns heiraten«, schlug der junge Mann vor.

Brynne versuchte Empörung vorzutäuschen, was ihr jedoch kläglich mißlang. »Ich kenne ja nicht einmal Ihren Namen«, antwortete sie kichernd.

»Drew«, erwiderte er, zuckte leicht mit den Schultern und runzelte die Stirn. »Können wir *jetzt* heiraten?«

»Sie sind unmöglich.«

»*Du.* Als zukünftige Ehegatten können wir uns ebensogut duzen.« Er lächelte und legte den Kopf auf die Seite. »Du hast recht, ich bin unmöglich, aber außerdem habe ich unwiderstehlichen Charme. Wie heißt du, mein zukünftiges Weib?«

Sie zögerte nur kurz. »Brynne. Brynne McFarren.«

Sein Gesichtsausdruck veränderte sich; Schalk und

Belustigung verschwanden. »McFarren?« wiederholte er und ließ beinahe die Teller fallen. »Du bist eine McFarren?«

Plötzlich verärgert und schrecklich hungrig, nickte Brynne. »Stimmt etwas nicht mit meinem Namen?«

Er strahlte wieder. »Aber nein. Sag mir, Brynne McFarren, würdest du mir helfen, diese Hähnchen- und Kartoffelsalatberge zu essen?«

Brynne seufzte. »Offensichtlich wolltest du mit jemand anderem essen«, sagte sie.

Er zuckte wieder mit den Schultern. »Nur mit meiner Schwester, und sie weiß, daß ich hoffnungslos unzuverlässig bin.«

»Stimmt das?«

»Aber ja. Aber ich bin fest entschlossen, vom heutigen Tag an ein braver und zuverlässiger Bürger zu sein. Ich möchte, daß unsere Kinder mich respektieren.«

Brynne fand ihn auf amüsante Art unverschämt und schüttelte nur den Kopf. Fünf Minuten später saßen sie und ihr neuer Freund gemütlich unter einer Fahnenstange im hohen Gras. Während sie aßen, unterhielten sie sich und sahen zu, wie eine Gruppe erwachsener Männer sich abmühte, mit bloßen Händen ein eingefettetes Schwein zu fangen.

Später, als sie ihre leeren Teller in einer der riesigen Blechwannen deponiert hatten, die zu diesem Zweck auf einem rohbehauenen Holztisch aufgestellt worden waren, wandte sich Drew Brynne zu und grinste. »Und was jetzt?«

Brynne blickte in Richtung des Zigeunerwagens. Er war noch auffälliger gestrichen als der von Evan, mit seinen blauen Rädern, den rot-goldenen Seiten und den dunklen Schnörkeln.

»Ich denke, ich lasse mir die Zukunft voraussagen«, entgegnete sie.

Drew lachte. »Ich habe dir deine Zukunft doch bereits vorausgesagt, meine Liebe, und das ganz umsonst. Du wirst meine Frau.«

»Ich würde dazu gern noch eine zweite Meinung hören, wenn du nichts dagegen hast«, antwortete sie. Darauf raffte sie ihre Röcke und schritt mit einer Mischung aus hochmütiger Entschlossenheit und prickelnder Erregung auf den bunten Wagen zu.

Drew folgte ihr unwillig.

Im Innern von Madame Fortunas Wagen roch es nach Kerzenwachs, Schweiß, ranzigem Öl und verschiedenen Kräutern. Nachdem die Wahrsagerin Brynnes Goldmünze entgegengenommen und ihr das Wechselgeld herausgegeben hatte, forderte die Zigeunerin, die einen seltsamen, feuerroten Turban auf dem Kopf trug, Brynne auf, sich zu setzen. Zuvor hatte sie Drew noch einen vielsagenden Blick zugeworfen.

Brynne folgte der Aufforderung, ganz fasziniert von dem Schmuck und der farbenfrohen Aufmachung der Frau, die einen leuchtendroten Rock aus einem glänzenden, raschelnden Material und einen metallisch glitzernden Schal trug. Zwischen Brynne und Madame Fortuna stand ein Tisch, der mit abgenutztem schwarzen Samt bedeckt war und auf dem eine leicht angeschlagene Kristallkugel stand.

Madame Fortuna stimmte einen unheimlichen Singsang an und ließ den Kopf über die nackten Schultern kreisen, so daß ihre goldenen Ohrringe sich beinahe in den Rüschen ihrer weißen Bluse verfingen.

Drew seufzte ungeduldig.

Plötzlich zuckte die Zigeunerin heftig zusammen, als hätte sie jemand mit einem spitzen Gegenstand gestochen, und starrte mit großen, glasigen Augen in die Kristallkugel.

»Du hast Schlimmes durchgemacht«, begann die Zigeunerin mit monotoner Stimme, und Brynne lief ein wohliger Schauer über den Rücken. »Aber sehr bald wird es in deinem Leben eine große und unsterbliche Liebe geben.« Madame Fortunas durchdringende schwarze Augen richteten sich feindselig auf Drews Gesicht. »Das ist nicht der Mann, den ich sehe. Der Mann, der für dich bestimmt ist, ist dunkel und sehr groß. Paß auf dein Herz auf, kleines Mädchen, denn er ist von einer dunklen Leidenschaft erfüllt, die ihn ohne Unterlaß quält.«

Brynne erinnerte sich an den außergewöhnlich gutaussehenden Mann, der ihr in der Nähe des Friedhofes begegnet war, und begann trotz der Hitze dieses vierten Julis zu zittern. »Sehen Sie noch etwas?« fragte sie mit schwacher Stimme.

»Du wirst hier viele Feinde haben, aber auch Freunde. Gute Freunde. Du bist neu in dieser Stadt, nicht wahr?«

»Ich bin mit dem Fotografen hergekommen«, erwiderte Brynne, immer noch gebannt von der geheimnisumwitterten Zigeunerin und ihren Worten.

»Nimm dich vor dem in acht, der zwischen zwei Welten lebt«, schloß Madame Fortuna. »Wenn er erst einmal dein Herz gestohlen hat, wird ihn keine Macht der Welt dazu bewegen können, es dir zurückzugeben.« Sie wandte sich wieder Drew zu. »Soll ich Ihnen auch die Zukunft weissagen, junger Herr?«

Drews Züge verhärteten sich, aber nach kurzem Zögern fischte er eine Münze aus seiner Hosentasche und legte sie fast wütend auf den samtbedeckten Tisch.

Brynne stand auf, und Drew nahm ihren Platz ein. »Nun?« sagte er herausfordernd.

Madame Fortuna ignorierte diesmal die Kristallkugel und griff nach seiner Hand. Aufmerksam studierte sie seine Handfläche. »Ihr werdet eines Tages ein bedeutender Mann sein«, erzählte sie fast widerwillig.

»Was Sie nicht sagen!« entgegnete Drew spöttisch.

Madame funkelte ihn böse an, und ihre Augen funkelten im Dämmerlicht des Wagens wie glühende Kohlen. »Wie ich schon sagte, eines Tages werdet Ihr ein bedeutender Mann sein. Dieser Tag liegt jedoch noch in weiter Ferne.«

Drew blickte zu Brynne auf und grinste ihr zu, bevor er sich wieder der Zigeunerin zuwandte. »Sagen Sie mir, Madame – wen werde ich heiraten?« Sie betrachtete seine Handfläche und strich mit ihrem Daumen leicht über die glatte Haut, als lese sie eine Landkarte. »Eine Frau, die weit besseres verdient hat als Euch, wie zum Beispiel auch dieses Mädchen an Eurer Seite«, entgegnete Madame mit einem Blick auf Brynne. »Bei ihr werdet Ihr keine Liebe finden – sie war schon für einen anderen bestimmt, noch bevor die Sterne am Himmel erschienen.«

Drew brummte unwillig und sprang auf. Als er Brynne aus dem Wagen ins Sonnenlicht hob, wirkte sein Gesicht seltsam angespannt.

2

Letitias Stimme durchdrang die schwüle Luft mit einem Klang so klar wie das Bimmeln einer Schafsglocke. »Brynne! Brynne McFarren!«

Brynne wandte den Blick von Drews Gesicht und sah ihre Kusine auf sich zulaufen. Letitia war immer noch pummelig, aber hübscher als je zuvor, und sie trug ein blaugestreiftes Trägerkleid über einer weißen Spitzenbluse mit Puffärmeln. Ihr seidig glänzendes hellbraunes Haar war zu einem kunstvollen Arrangement aus Ringellöckchen frisiert, die ihr Gesicht umrahmten und ihr weich auf die Schultern fielen.

Strahlend fiel das Mädchen Brynne um den Hals und umarmte sie mit einer Herzlichkeit, die die Fröhlichkeit und den Frieden vergangener, glücklicherer Tage wiederaufleben ließ.

Letitia schnüffelte gerührt, als sie Brynne schließlich losließ. »Ich suche dich schon den ganzen Vormittag. Ich hätte mir ja denken können, daß Drew Tanner dich eher finden würde als ich!«

Brynne war, als hätte jemand einen Eimer eiskaltes Wasser über sie geschüttet. Sie fuhr herum und blickte entgeistert und wütend auf den Mann an ihrer Seite. »*Tanner?* Du bist ein Tanner?«

Drews Züge verhärteten sich, und das jungenhafte Blitzen in seinen Augen erlosch. »Ja.«

Brynne schluckte hart und schloß schockiert die Augen. Sie hätte anhand seiner feinen Kleider und der weichen, gepflegten Hände ahnen müssen, wer er war, aber sie war zu sehr von seinem Charme gefangen gewesen, um sich über solche Dinge Gedanken zu machen. Jetzt war es zu spät. Sie mochte ihn, und daran ließ sich nichts mehr ändern.

»Brynne?« sagte Letitia zögernd, zupfte am Ärmel von Brynnes Kleid und runzelte die Stirn.

Brynnes Lächeln wirkte leicht zittrig, aber es galt Drew ebenso wie Letitia. »Ich habe mir gerade die Zukunft voraussagen lassen«, verkündete sie, bestrebt, die Unterhaltung in andere Bahnen zu lenken.

Letitias Augen weiteten sich. »Wen wirst du heiraten?« wollte sie wissen.

Drew verdrehte die Augen. Offensichtlich wußte er ebensogut wie Brynne, daß Letitia ganz erpicht darauf war zu heiraten. Sie war von diesem Thema geradezu versessen.

»Einen dunklen, gutaussehenden Mann, der von einer tragischen Leidenschaft besessen ist«, entgegnete Brynne, die die Weissagung etwas verschönte. Jetzt wo sie den Zigeunerwagen verlassen hatte und wieder im Sonnenlicht stand, von der Wirklichkeit umgeben, wunderte sie sich darüber, daß sie vorhin so eingeschüchtert und beeindruckt gewesen war.

»Du hast ›groß‹ vergessen«, spottete Drew, aber es klang Verärgerung mit. »Sind sie nicht immer groß, dunkel und gutaussehend?«

Letitias strahlendblaue Augen blickten in Richtung des Teiches. »Seht doch – Ruderboote! O Brynne, laß uns rudern!«

Drews düstere Laune verflog ebenso schnell, wie sie aufgekommen war. Er machte eine einladende Armbewegung. »Erlauben Sie, Ladies«, sagte er galant.

Letitia kicherte entzückt und runzelte gleich darauf die Stirn. »Gerade fällt mir ein, daß ich vielleicht störe . . .«

Brynne warf Drew einen warnenden Blick zu und registrierte erleichtert, daß ihre stumme Botschaft verstanden worden war.

»Aber keineswegs«, sagte Drew überschwenglich. »Wir würden doch niemals ohne dich rudern gehen.«

Draußen auf dem glitzernden Wasser übernahm er ohne zu murren die Ruder, während Letitia redete wie eine Wasserfall und von ihrer Schule in Boston und ihrer Heimfahrt im Zug erzählte. Brynne wünschte, der Tag würde niemals zu Ende gehen, und nahm den ganzen Zauber dieses Feiertags in ihr Herz auf, um ihn sich für immer zu bewahren.

Nach der Ruderpartie schlug Letitia vor, daß Brynne und sie sich fotografieren ließen. Brynne, die Evan noch einmal versichern wollte, daß alles in bester Ordnung war, stimmte zu.

Es war üblich, daß man sich bei einer solchen Gelegenheit würdevoll und ernst dem Fotografen stellte, und Brynne gab sich wirklich alle Mühe. Das Problem war nur, daß Drew hinter Evans und seiner riesigen Kamera stand und Grimassen schnitt, sich an den Hals faßte und sich theatralisch ins Gras fallen ließ.

Brynne und Letitia lachten beide, als der Blitz aufzuckte, und Brynne war froh, daß sie Drew verziehen hatte, daß er ein Tanner war.

Die nächsten Stunden waren schrecklich anstrengend. Es wurden Rennen aller Art veranstaltet, und Brynne nahm an mehreren davon teil. Letitia war von ihrem undamenhaften Betragen peinlich berührt, während Drew entzückt war.

Ein- oder zweimal erhaschte Brynne einen Blick auf den dunklen, gutaussehenden Mann, dem sie auf dem Hügel begegnet war, nachdem sie das Grab ihrer Mutter verlassen hatte, aber sie achtete darauf, ihn sich nicht zu genau anzusehen. Immerhin bestand die Möglichkeit, daß er auch ein Tanner war, und sie war nun einmal nicht bereit, zwei von ihnen an ein und demselben Tag zu verzeihen. Am frühen Nachmittag begannen sich die Hitze, das grelle Sonnenlicht und die Anstrengungen des Tages bemerkbar zu machen. Brynne und Letitia suchten vorübergehend Zuflucht unter einer Weide am Teichufer, froh, dem bunten Treiben eine Weile zu entgehen.

Letitia fächerte sich mit einer Hand Luft zu. »Meine Güte, diese Sonne wird noch unseren Teint ruinieren.«

Brynne seufzte, lehnte sich an den Stamm des schattenspendenden Baumes und schloß die Augen. »Da magst du recht haben«, murmelte sie schläfrig und wünschte, sie könnte ein Weilchen schlafen, ohne etwas von diesem wunderbaren Tag zu verpassen.

»Magst du Drew Tanner?« wollte Letitia mit leicht zitternder Stimme wissen.

Brynne lächelte, schlug die Augen auf und sah Drew

mit drei kleinen Schüsseln auf sie zukommen. »Er ist nett«, entgegnete sie. »Dafür, daß er ein Tanner ist.«

Letitias Unterlippe zitterte. »Ich liebe ihn, Brynne«, flüsterte sie unglücklich. »Ich habe Drew Tanner schon immer geliebt, und wenn er mich nicht heiratet, werde ich an gebrochenem Herzen sterben.«

Brynne tätschelte ihrer Kusine mitfühlend die Hand. »Keine Bange.«

Letitias Züge hellten sich auf. »Er entspricht nicht der Beschreibung, die die Zigeunerin dir von deinem zukünftigen Mann gegeben hat, nicht wahr?« sagte sie. »Und man darf das Schicksal nicht außer acht lassen.«

»Aber natürlich«, stimmte Brynne ihr zu und unterdrückte mit Mühe ein Lächeln.

Letitia sprang auf. Ihre Wangen waren vor Erregung gerötet. »Jetzt lasse ich mir die Zukunft voraussagen«, verkündete sie und eilte auch schon auf Madame Fortunas Wagen zu.

Drew blickte ihr belustigt nach und setzte sich neben Brynne ins Gras. »Die Hoffnung, daß sie nach Hause geht, ist wohl verfrüht, oder?«

Brynne runzelte die Stirn. »Ich möchte nicht, daß sie nach Hause geht. Sie ist ein Schatz, und ich liebe sie wie eine Schwester.«

»Friede«, meinte Drew beschwichtigend, drückte ihr eine der Schüsseln in die Hand und stellte die dritte beiseite.

Brynne betrachtete den weichen, puddingartigen Inhalt in ihrer Schüssel mißtrauisch. »Was . . .«

Drew lachte entzückt. »Du hast noch nie Eiscreme gegessen?«

Sie schüttelte die Kopf. Er deutete mit einem Nicken auf den Löffel, der in der kalten Masse steckte. »Probier mal. Aber sei vorsichtig. Du darfst es nicht kauen – es ist eisig kalt.«

Brynne steckte sich vorsichtig einen kleinen Löffel Vanilleeiscreme in den Mund. Wie kalt es war! Und gleichzeitig süß und salzig. Verwundert nahm sie noch einen, diesmal größeren Bissen – und bereute es sofort.

Ihr Gaumen protestierte schmerzhaft, ebenso wie ihr Nasenrücken und ihr Schädel. Stirnrunzelnd stellte sie ihre Schüssel ab.

Ungerührt vertilgte Drew erst sein eigenes Eis und machte sich dann über Brynnes Portion her. Er wollte gerade Letitias in Angriff nehmen, als diese strahlend und beschwingt zurückkam. »Die Zigeunerin hat gesagt, bis Weihnachten hätte ich Busen«, flüsterte sie Brynne zu, als sie sich neben sie ins kühle Gras sinken ließ. Dann klopfte sie auf ihr besticktes Handtäschchen und fügte hinzu: »Sie hat mir eine Salbe mitgegeben.«

Drew ließ sich rücklings ins Gras fallen und brüllte vor Lachen. Die Schüssel fiel ihm aus der Hand und hinterließ einen Eisfleck auf seiner grauen Seidenweste.

Letitia errötete, biß sich auf die Unterlippe und stimmte dann in das Lachen ein. Brynne war von ihrem Sinn für Humor beeindruckt.

Als die Nacht hereinbrach, wurden die ersten Raketen abgeschossen, und jede hinterließ einen glitzernden silbergoldenen Schweif am dunklen Himmel. Jungen und Männer zündeten Knallkörper und erschreckten die Pferde und die Damen gleichermaßen.

Die Frauen reagierten mit wahrem Pioniergeist – indem sie die Wassermelonen aufschnitten, die von östlich der Cascade Mountains hergebracht worden waren, und ihre Peiniger mit dem klebrigen, süßen Fruchtfleisch bewarfen.

Der Krieg war erklärt, und Brynne beteiligte sich mit Begeisterung. Lachend bombardierte sie Drew mit der triefenden, mit Kernen vermischten Masse. Er schoß zurück, und Letitia floh kreischend hinter einen Baumstamm.

Innerhalb von Minuten schien jeder an der Schlacht beteiligt, und der Große Wassermelonenkrieg tobte über eine halbe Stunde lang. Zum Ende hin, als ihnen so langsam die Munition ausging, bekam Brynne ein riesiges, saftiges Stück in die Hände und versteckte sich hinter Evans Wagen, um Drew Tanner aufzulauern. Sie würde es ihm schon zeigen.

Schritte näherten sich im duftenden Gras, und Brynne ging in Angriffstellung. Als der richtige Augenblick gekommen schien, trat sie aus ihrem Versteck hervor und schleuderte das Fruchtfleisch der Wassermelone mit aller Kraft.

Es traf den geheimnisvollen Mann vom Friedhof mitten auf die Brust. Entsetzt über ihren Irrtum schnappte Brynne nach Luft und wich so hastig zurück, daß sie über die Deichsel stolperte und hart auf dem Allerwertesten landete. Sie schluckte und blickte ängstlich zu ihm auf. »Es tut ... mir leid«, flüsterte sie. »Ich dachte, Sie wären Drew ... Ich ...«

Er starrte offensichtlich schockiert auf sie herab, ohne Anstalten zu machen, das klebrige rote Fruchtfleisch von Hemd und Weste zu wischen. Er hob sich wie ein bedrohlicher, düsterer Schatten vom Nachthimmel ab. Seine violetten Augen glitzerten unheilverkündend im flackernden Licht der Pechfackeln, die entlang des Teichufers aufgestellt worden waren, und er hatte die Lippen fest zusammengepreßt.

Brynne war zu Tode erschrocken. Als er schließlich den Kopf in den Nacken legte und schallend lachte, war sie zu entgeistert, um sich zu rühren.

»Wie heißen Sie?« fragte er, nachdem sich seine Belustigung etwas gelegt hatte. Er reichte ihr die Hand, aber

Brynne ignorierte die Geste dickköpfig und rappelte sich allein auf.

Sie scheute instinktiv davor zurück, ihm ihren Namen zu nennen, obwohl sie sich eines so stolzen Namens wie McFarren ganz sicher nicht schämte. »Und Sie?« konterte sie.

Bevor er antworten konnte, erschien Tante Eloise vor Wut schäumend auf der Bildfläche. »Brynne McFarren, du schamloses Frauenzimmer!« keifte sie und starrte ihre Nichte mit mörderischem Blick an, ohne den Fremden zu beachten. »Gütiger Gott, sieh dich nur an! Und das jetzt, wo ich dich deinem neuen Arbeitgeber vorstellen soll!«

Brynne schluckte. Plötzlich war sie sich ihres fleckigen, mit Wassermelonenkernen befleckten Kleides, ihres verschmierten, klebrigen Gesichts und ihrer aufgelösten Frisur nur allzu deutlich bewußt. Sie warf einen Blick in Richtung der schattenhaften Gestalt des Fremden und stellte mit unsinniger Enttäuschung fest, daß er fort war.

Da sie nichts zu ihrer Verteidigung anbringen konnte, folgte sie ergeben ihrer zornigen Tante zur fackelerleuchteten Mitte des Festplatzes. Es war ihr nur ein kleiner Trost, daß Drew Tanner sich ihr schweigend anschloß.

Minnie Blode beobachtete das Herannahen von Eloise Jennings und dem Mädchen mit vorgetäuschter Strenge. Es fiel ihr verflucht schwer, nicht zu lächeln.

Das Kind war hübsch – das sah auch im Fackelschein und im Licht der Feuerwerkskörper noch ein Blinder. Kein Wunder, daß Eloise so darauf bedacht war, das Mädchen schnellstens loszuwerden. Sie wollte nicht, daß sie ihre Tochter in den Schatten stellte.

Minnie faltete die schwieligen, von der Arbeit geröteten Hände im Schoß und lehnte sich in dem hölzernen

Klappstuhl zurück. Sie gab vor, ganz in die Betrachtung ihres Rockes vertieft zu sein – verdammt, das Kleid war schon so alt und so oft gewaschen worden, daß sie sich nicht einmal mehr erinnern konnte, welche Farbe es früher einmal gehabt hatte – und wartete.

»Mrs. Minnie Blode, das ist Brynne McFarren«, verkündete Eloise mit barscher Stimme.

Minnie hob den Kopf, und in ihren weisen, freundlichen Augen lag ein Ausdruck offenkundiger Überraschung. McFarren? *McFarren?«*

»Hallo«, sagte sie brummig.

»Hallo«, entgegnete Miss McFarren, wobei sie Minnie fest in die Augen sah.

Das gefiel Minnie. »Bist du John McFarrens Tochter?« fragte sie rundheraus.

Brynne hob das Kinn. »Ja, Ma'am«, entgegnete sie.

Gott, dachte Minnie, das gibt Schwierigkeiten. Sie warf einen Blick auf Drew Tanner – den hatte sie also schon erobert! – und dann auf Eloise Jennings. Zu Minnies Entzücken schienen sich beide schrecklich unbehaglich zu fühlen.

»Zwei Dollar die Woche plus freie Kost und Logis«, sagte die alte Frau brüsk. Sie mochte John McFarrens Tochter. »Die Arbeit ist hart, aber wenn ich mir so deine Hände ansehe, würde ich sagen, daß du weißt, was es heißt, zuzupacken.«

»Ich habe Schafe geschoren«, erwiderte das Mädchen mit stolzer, wenn auch leicht unsicherer Stimme. »Ich habe beim Lammen geholfen und beim Kochen und Schrubben . . .«

Minnie lachte. »In Minnie Blodes Gasthaus gibt es keine Schafe«, unterbrach sie. »Aber kochen, putzen und Tische decken wirst du bei mir auch. Wir öffnen Montagmorgens um fünf Uhr in der Früh und arbeiten bis Samstagabends, wenn auch an diesem Wochentag nicht viel los ist.«

»Ja, Ma'am.«

»Dann erwarte ich dich also morgen abend.« Minne betrachtete Eloise mit durchdringendem Blick. »Ich möchte dich ja nicht dem liebevollen Schoß deiner Familie entreißen, bevor sie Gelegenheit hatten, dich richtig willkommen zu heißen.«

Eloise zuckte zusammen – es war durchaus Minnies Absicht gewesen, ihr einen Seitenhieb zu verpassen – und verschränkte die dürren Arme vor der Brust. »Ich möchte mich für Brynnes Aufmachung entschuldigen, Mrs. Blode. Allem Anschein nach hat sie nicht viel Respekt für das Andenken ihres armen Vaters. Ich war schockiert, sie so kurz nach ihrem schmerzlichen Verlust in einem bunten Kleid anzutreffen . . .«

»Halten Sie den Mund, Mrs. Jennings«, unterbrach Drew Tanner sie barsch. In diesem Augenblick stieg er ein wenig in Minnie Blodes Achtung.

»Seltsam, daß Sie nie erwähnt haben, daß Sie mit John McFarren verwandt waren«, bemerkte Minnie und musterte Eloise Jennings aus Augen, die in vierzig Jahren Umgang mit Holzfällern und Seeleuten viel gesehen hatten.

Wieder ein Treffer, diesmal mitten ins Schwarze. Eloise machte ein verkniffenes Gesicht, packte Brynne an der Hand und zog sie mit sich fort.

Drew wollte protestieren, aber Minnie Blode hielt ihn zurück. Es würde auch so schon genügend Schwierigkeiten geben, Yessir. Der junge Tunichtgut hatte sich in das Mädchen verguckt, während das Halbblut auf Rache sann.

Minnie, die Drews Arm mit einem Griff gepackt hatte, der eines Mannes würdig gewesen wäre, ließ die Hand sinken und erhob sich. Niemand würde dem Mädchen auch nur ein Haar krümmen, solange es sie, Minnie Blode, gab, auch wenn das bedeutete, sich mit dem Halbblut und seiner Sippe anzulegen. Ihr machten sie keine Angst.

Drew kochte vor Wut. »Warum zum Teufel hast du mich zurückgehalten, Minnie? Ich wollte gerade ...«

Plötzlich fühlte Minnie jedes einzelne ihrer sechsundsechzig Jahre. »Ich weiß, was du wolltest«, unterbrach sie ihn knapp. »Halt dich von dem Mädchen fern, Drew Tanner, oder ich schlitze dich mit einem Tranchiermesser auf. Sie ist keins von deinen Spielzeugen.«

Der Junge bewegte die Lippen, als ob er etwas darauf erwidern wollte, schien es sich dann jedoch anders zu überlegen und schwieg. Minnie warf einen Blick auf sein Gesicht, das für einen Augenblick von einem Funkenregen am Himmel erhellt wurde, und schauderte bis ins Tiefste ihrer Seele. Dann, nachdem sie sich ihren Schal, der ebenso farblos und schäbig war wir ihr Kleid, um den massigen Körper geschlungen hatte, machte sie sich auf den Weg nach Hause.

Brynne lag still in ihrem Bett neben Letitias, zu erschöpft, um zu schlafen. Ihre Gedanken liefen in ihrem Kopf herum wie emsige Ameisen auf einem vermoderten Baumstumpf, und sie bekam sie einfach nicht zu fassen. Es war spät, und das Zimmer war vom Mond in ein silbriges Licht getaucht. Über Letitias leises Schnarchen hinweg konnte Brynne die gedämpften Klänge der nicht enden wollenden Unabhängigkeitsfeier hören. In der Ferne klimperte ein Klavier, Männer schrien und lachten, und ab und zu fielen Schüsse. Chinesische Raketen stiegen pfeifend in den Himmel auf.

Brynne seufzte und kuschelte sich tiefer unter die Decken in ihrem Bett. Zweifellos machte der an das Hotel grenzende Saloon in dieser Nacht gute Geschäfte. Sie hoffte, daß Minnie Blodes Gasthaus in einem ruhigeren Viertel gelegen war.

Minnie Blode. Endlich jemand, über den sie sich Gedanken zu machen wagte. Die Frau hatte rauh und ungepflegt ausgesehen, aber sie hatte freundliche Augen, und Brynne mochte sie.

Ihr immer noch unruhiger Geist wandte sich Drew Tanner zu. Bei Gott, er sah gut aus, und an seinen humorvollen Charme konnte sich ein Mädchen in kürzester Zeit gewöhnen. Was spielte es für eine Rolle, daß sie kein Ziehen in der Herzgegend empfand, wenn sie ihn ansah? Diese Dinge waren sowieso eher Träume als Realität.

Und was war mit dem unglaublichen Mann, dem sie auf dem Friedhof begegnet war und den sie später mit der Wassermelone attackiert hatte? Brynne spürte, wie sich eine seltsame, prickelnde Wärme in ihr ausbreitete, und ihr Herz hämmerte wie wild gegen ihren Brustkorb. Sie stellte sich vor, wie sie sich ihm hingab, und wenngleich sie nur sehr vage Vorstellungen davon hatte, wie so etwas vor sich ging, kam es ihr plötzlich vor, als explodierten alle Feuerwerkskörper des Unabhängigkeitsfestes in ihren Adern, ein silbergoldenes Feuer hinterlassend.

Brynne holte tief Luft, schloß die Augen und fiel ganz plötzlich in einen tiefen, willkommenen Schlaf.

»Wach auf, Brynne!«

Brynne schlug widerwillig die Augen auf. Im ersten Augenblick, als ihr klar wurde, wo sie sich befand, stieg eine Welle schrecklichen Heimwehs in ihr auf.

Aber Letitia, die am Fußende ihres Bettes kniete,

lächelte sie an. Die Herzlichkeit auf dem lieben Gesicht ihrer Kusine trug entscheidend dazu bei, ihre Niedergeschlagenheit zu vertreiben.

»Heute ist *der* Tag!« rief Letitia aus. Ihre blauen Augen leuchteten, und ihre runden Wangen waren gerötet.

Brynne gähnte. »Heute ist Sonntag«, sagte sie gelangweilt.

»Heute gehen wir in die *Kirche!* Vielleicht kommt Drew auch. Er kommt manchmal mit Miss Miranda.«

»Miss Miranda?« Brynne setzte sich auf und streckte sich.

»Sie ist seine Schwester«, fuhr Letitia fort. Brynne hatte das Gefühl, daß ihre Kusine den Mund aufmachte, sobald sie morgens die Augen aufschlug. Ein Stirnrunzeln erschien auf Letitias Gesicht. »Joshua kommt *nie* in die Kirche. Mama sagt, er ist ein Heide.«

Brynne seufzte und zupfte an ihrer Bettdecke. »Und wer bitte schön ist Joshua?«

Letitias Gesicht leuchtete erneut auf, diesmal, wie sich herausstellte, vor Aufregung über einen pikanten Skandal. »Er ist das Oberhaupt der Tanner-Familie, Brynne. Hast du auf dem Mond gelebt, oder was? Er wurde außerehelich geboren, und seine Mutter war eine richtige *Indianerin.* Stell dir das nur vor!«

Brynne schüttele den Kopf, aber gleichzeitig stieg ein Anflug jenes unbestimmbaren Gefühls der letzten Nacht in ihr auf. Seltsam, dachte sie, daß die prickelnde Hitze am hellichten Tag zurückkehrt. »Seine Mutter war eine Indianerin?« wiederholte sie lahm.

Letitia zog ihre Nase kraus. »Sie war nicht so wie die Indianer *hier* – die schmieren sich das Haar mit Hundshaiöl und Urin ein und haben nichts Edles an sich. Joshuas Mutter war eine Sioux – sie war die Geliebte seines Vaters.«

»War er denn nicht verheiratet?«

»Natürlich war er verheiratet. Was glaubst du, warum Drew Joshua derart haßt? Immerhin sind er und Miranda eheliche Kinder.«

Brynne runzelte die Stirn. Sie hatte nicht den Eindruck gehabt, daß Drew Tanner fähig wäre zu hassen – schon gar nicht seinen Halbbruder.

Letitias Augen weiteten sich, und ihr Gesicht wirkte plötzlich bleich und verkniffen.

Brynne versteifte sich besorgt. »Letitia, was ist denn?« fragte sie leise.

»Das Halbblut. O mein Gott, du bist eine *McFarren!*«

»Und?« meinte Brynne, nun ernstlich beunruhigt.

Aber Letitia wandte sich ab, sprang von ihrem Bett und wühlte in der Sammlung von Zerstäubern, Puderdosen und Tiegeln herum, die auf ihrer Frisierkommode standen. »Das wirst du noch früh genug erfahren«, entgegnete sie düster.

Von da an war Letitia, ganz gleich wie sehr Brynne sie auch drängte, nicht zu bewegen, auch nur ein weiteres Wort über das Halbblut zu verlieren oder ihr zu erklären, warum der Name McFarren überall solches Entsetzen hervorrief.

Brynne stocherte lustlos in ihrem Frühstück und stimmte zu, die Familie zur Kirche zu begleiten, einzig aus dem Grunde, weil sie nicht allein im Haus bleiben wollte.

Tante Eloise und Onkel Walter waren wohlhabend und besaßen eine elegante, auf Hochglanz polierte Kutsche mit gepolsterten Ledersitzen und einem schönen Schimmelgespann. Brynne saß, die Hände sittsam im Schoß gefaltet, neben Letitia auf dem Rücksitz und sah sich entzückt um. Überwältigt von solcher Pracht vergaß sie das Halbblut und ihre anderen Sorgen. Das Klappern der Pferdehufe klang fröhlich, und nicht einmal die steife, strenge Haltung von Eloise und Walter konnte ihr den Tag verderben.

Die Zügel leicht in den behandschuhten Händen, lenkte Walter Jennings das Gespann in zügigem Trab über die befestigte Straße, die am Orion Hotel vorbeiführte.

Brynne ließ den Blick über den gepflegten Rasen vor dem imposanten Gebäude schweifen und zuckte dann entsetzt zurück.

Vor dem Gebäudeteil, in dem der Saloon untergebracht war, lagen Tote – mindestens zwanzig oder dreißig. Sie stieß einen erstickten Schrei aus und klammerte sich verzweifelt an die Schulter ihres Onkels, der sich derart erschreckte, daß er sofort die beiden Schimmel zügelte.

Tante Eloise und ihr Mann fuhren in ihren Sitzen herum und funkelten Brynne wütend an. »Um Gottes willen, Brynne, was ist denn?«

Was ist? Waren ihr Onkel und ihre Tante denn blind? Kam es so oft vor, daß Leichen vor ihrem Hotel herumlagen, daß sie es nicht einmal mehr wahrnahmen? Brynnes Kehle war wie zugeschnürt und staubtrocken, und sie hielt den Blick starr auf die Reihen der Toten auf dem Rasen gerichtet. »Diese Männer«, brachte sie schließlich mühsam hervor. »Werden sie denn nicht beerdigt?«

»Beerdigt!« rief Walter Jennings verächtlich aus. Er wechselte einen säuerlichen Blick mit seiner Frau. Die Kutsche setzte sich wieder in Bewegung. Sie fuhren weiter!

Brynne war nahe daran, Onkel Walter zu zwingen, die Kutsche erneut zu stoppen, als Letitia beruhigend ihre Hand drückte. Die kornblumenblauen Augen ihrer Kusine blitzten. »Brynne, diese Männer wären bestimmt sehr ungehalten, wenn man sie beerdigen würde. Sie sind nicht tot – sie sind betrunken.«

Brynne schwankte leicht. Ihre Kehle war immer noch

wie zugeschnürt, und auch das flaue Gefühl im Magen hielt an. »O Letitia, ich dachte ...«

»Ich weiß«, sagte Letitia sanft. »Papa und die Angestellten schaffen sie raus, wenn sie es zu bunt treiben, damit sie an der frischen Nachtluft ausnüchtern.«

Brynne errötete verlegen. »Oh.«

»Natürlich gehen auch einige von ihnen hinterher noch ins Shore House, zu den ... unanständigen Frauen.«

»Das Shore House?« Letitia beugte sich weiter vor und dämpfte die Stimme zu einem Flüstern. »Das ist neben Ericksons Bar in Portland das beste Etablissement im ganzen Westen. Mr. Darnell hat es dem in Portland nachempfunden. Selbstverständlich liegt es in diskreter Entfernung zur Stadt.«

»Natürlich«, sagte Brynne, der das völlig gleich war.

In ihrer sprunghaften Art wechselte Letitia das Thema. »Brynne«, meinte sie nachdenklich und blickte auf das Mieder des blauen Kattunkleides ihrer Kusine. »Ist dein Busen von allein gewachsen, oder hast du etwas getan, damit er ... na ja ... sprießt?«

Bevor Brynne sich eine vernünftige Antwort darauf ausdenken konnte, wandte Tante Eloise sich um und warf den Mädchen einen strengen Blick zu. »Heute ist Sonntag«, sagte sie schneidend, einen peinlich berührten Ausdruck auf dem Gesicht. »Müßt ihr reden wie die Straßenmädchen?«

Sie erreichten die weißgestrichene Kirche am Kanal, als es Brynne gerade gelang, ihren Lachreiz in den Griff zu bekommen.

Trotz allem, was sie hatte erleiden müssen, stand Brynne McFarren auf recht gutem Fuß mit Gott. Sie erwartete nicht viel von ihm, außer der tröstenden Wärme, die sich oft wie eine weiche Decke um ihr Herz legte, wenn sie zu ihm sprach, und sie freute sich auf die Sonntagspredigt.

Im Inneren der winzigen Kirche mit den rauhen Gebetbänken aus Kiefernholz war es jedoch drückend heiß und eng, und der ranzige Geruch zu vieler unter den feinen Sonntagskleidern schwitzenden Leiber war erstickend. Brynne bereute ihre übereilte Entscheidung, ihre Verwandten zur Kirche zu begleiten, bereits, als der Prediger erschien, ein gestrenger, unscheinbarer, pockennarbiger kleiner Mann, dessen glühende Augen von Höllenfeuer und Verdammung sprachen.

Reverend Bradshaw hielt an diesem schwülen Sonntag keine Predigt, sondern ließ eine heftige Tirade auf die Versammelten niederprasseln. Er schrie und tobte und zerschlug sogar einen guten, stabilen Stuhl zu Brennholz.

Wenn ich Gott mit seinen Augen sehen würde, würde ich freiwillig ein Leben in Sünde führen, dachte Brynne.

Als hätte er ihre Gedanken gelesen, richtete der Reverend seinen irren Blick auf Brynne und setzte sein Geschrei fünf Minuten lang fort, ohne den Blick auch nur eine Sekunde von ihr abzuwenden. Brynne war nicht ganz sicher, worum es überhaupt ging, aber im großen und ganzen schien es um die Pflicht eines jeden guten Christen zu gehen, sich von jeder fleischlichen Lust zu befreien.

Brynne rutschte unruhig auf der harten Bank herum und hätte beinahe einen Freudenschrei ausgestoßen, als die Messe endete. Sie atmete gerade unter einem rauschenden Ahorn tief die frische Sommerluft ein, als Drew Tanner erschien, der in seinem eleganten rehbraunen Anzug frisch und unglaublich attraktiv wirkte.

Nachdem er Letitia mit einem höflichen Nicken begrüßt hatte, verzog er den Mund zu einem schiefen

Grinsen. »Du kannst einen Mann wirklich auf sündige Gedanken bringen, Brynne McFarren«, sagte er.

Brynne errötete, ebenso um ihretwegen wie auch ihrer Kusine wegen verlegen. Aber bevor sie dazu kam, mit einer gebührend scharfen Erwiderung darauf zu antworten, trat eine schöne, dunkelhaarige Frau an Drews Seite, die in ihrem rosafarbenen Sommerkleid mit dem passenden gerüschten Sonnenschirm von der Hitze ebensowenig berührt wirkte wie er.

»Sie sind also die junge Dame, die gestern mein Hühnchen und meinen Kartoffelsalat gegessen hat«, sagte sie, und als sie lächelte, erschienen um ihre großen, dunklen Augen kleine Fältchen. Sie streckte in einer anmutigen Geste der Begrüßung die Hand aus. »Ich bin Miranda Tanner.«

Brynne wußte nicht, ob sie sich geschmeichelt fühlen oder es bedauern sollte, daß Drew ihr beim Picknick das Essen dieser Dame gegeben hatte. Da sie auch so genügend Probleme hatte, beschloß sie, die Sache positiv zu sehen. »Mein Name ist Brynne – Brynne McFarren.«

Miranda Tanner versteifte sich kaum merklich, aber ihr Händedruck war ruhig und fest. Sie lächelte erneut, und wenngleich sie fast vierzig war, mußte sie das anziehendste, selbstsicherste Wesen sein, das Gott je geschaffen hatte. »Ich freue mich so, Sie kennenzulernen, Brynne.« Sie richtete den warmen Blick auf Letitia. »Und Letitia! Meine Güte, wie erwachsen du geworden bist. Hat es dir in Boston gefallen?«

Letitia war offensichtlich ebenso beeindruckt wie Brynne, aber es gelang ihr dennoch, eine höfliche Antwort zu stammeln.

»Ich hoffe, ihr kommt mich beide besuchen«, fügte Miranda hinzu, bevor sie sich zum Gehen wandte, und wenngleich keine sichtbare Gewalt angewendet wurde, schien es, als zwänge Drew eine unsichtbare Kraft, ihr zu folgen. Sie stiegen in einen eleganten Einspänner mit Kutscher und fuhren davon.

Letitia seufzte träumerisch. »Sie ist wundervoll, findest du nicht auch? Zu schade, daß wir ihre Einladung nicht annehmen können.«

Brynne hatte ganz persönliche Gründe, keinen Tanner besuchen zu wollen, aber Letitias Bemerkung stachelte sie zur Rebellion an. »Und warum nicht?« fragte sie.

»Mama würde buchstäblich schäumen vor Wut!« erklärte Letitia. »Siehst du, Miranda Tanner ist g-e-s-c-h-i-e-d-e-n.«

»Welcher auch nur halbwegs vernünftige Mann würde sich von einer solchen Frau scheiden lassen?« fragte Brynne, hob schützend eine Hand über ihre Augen und starrte dem Einspänner nach.

Letitia schien eine Vorliebe für Skandale zu haben. Ihr Gesicht war gerötet, und ihre Augen blitzten. »Sie hat sich von *ihm* scheiden lassen, Dummchen. Er war ein Spieler und hatte bereits zwei Frauen, wie sich später herausstellte. Also ist Miss Tanner noch Olympia gefahren und hat sich dort an die Gerichtsbarkeit gewandt, um die Ehe annullieren zu lassen. Ihrem Antrag wurde einstimmig stattgegeben.«

»Großer Gott«, hauchte Brynne. Unglaublich. Port Propensity war wirklich etwas anderes als die Schaffarm.

Der Einspänner ruckte und rumpelte und wirbelte ganze Wolken des feinen Julistaubes auf. Miranda Tanner seufzte ärgerlich, nahm einen Zigarillo aus ihrer Handtasche und funkelte Drew böse an, bis er das Streichholz entgegennahm, das sie ihm reichte, und ihr Feuer gab.

Er hustete mißbilligend, als sie an dem Zigarillo zog,

und rutschte dann auf dem Ledersitz weiter nach außen. »Verdammt, Miranda, das Ding stinkt.«

Sie beugte sich zu ihrem Bruder hinüber und blies ihm ungerührt den Rauch ins Gesicht.

Drew mußte wider Willen lachen. »Du Biest!«

Mirandas gute Laune verflog. »Brynne McFarren«, grübelte sie. Sie zog erneut an ihrem Zigarillo und betrachtete dabei das lederne Verdeck des Einspänners. »*Die* McFarrens?«

Drew schwieg trotzig.

»Verdammt, Drew, sie ist es, nicht wahr? Sie ist John McFarrens Tochter.«

Drew nickte, ohne sie anzusehen.

»Joshua wird toben!«

Erst jetzt blickte Drew seine Schwester an. Das gewohnte schelmische Blitzen in seinen haselnußbraunen Augen war verschwunden. »Laß ihn doch. Sie ist doch nicht für das verantwortlich, was ihr Vater getan hat, um Gottes willen.«

»Natürlich nicht. Aber ich frage mich, ob Joshua das auch so sehen wird.«

Drew hob die rechte Hand und löste mit einem heftigen Ruck seine Krawatte. »Es ist mir egal, wie Joshua das sieht.«

»Er wird ihr früher oder später begegnen, Drew. Er wird ihren Namen hören. Port Propensity ist nicht sehr groß, weißt du.«

Drew stieg brennende Röte ins Gesicht. »Du hast sie doch zu dir nach Hause eingeladen.«

Miranda hob das Kinn. »Sie wird sowieso nicht kommen. Schade. Ich finde sie ausgesprochen hübsch und würde sie gern näher kennenlernen.«

»Wenn ich in dieser Sache etwas zu sagen habe, wirst du das auch.«

»Und was genau meinst du damit, Drew?«

Interessiert beobachtete sie, wie Drews Wangenmuskeln hervortraten. »Das heißt, daß ich beabsichtige, sie zu heiraten.«

Miranda betrachtete eingehend ihren Zigarillo, sorgsam darauf bedacht, ihren Bruder nicht anzusehen. Eine Staubwolke hüllte sie ein und vermischte sich mit dem beißenden Rauch des Zigarillos.

»Ist das nicht etwas übereilt? Du kennst das Mädchen doch erst einen Tag.«

»Ich will sie.«

»Das ist etwas anderes, als sie zu lieben, Drew. Etwas völlig anderes.«

»Ich liebe sie.«

»Verschone mich.«

»Wirklich«, beharrte Drew, und er machte ein so ernstes Gesicht, daß Miranda sich unwillkürlich fragte, ob er vielleicht doch zum ersten Mal sein Herz verloren hatte.

3

Joshua Tanner lehnte sich in seinem Schreibtischsessel zurück und betrachtete die sich im Wind bauschenden Gardinen vor seinem Arbeitszimmerfenster. Obwohl inzwischen Stunden vergangen waren, brannte sein Magen immer noch wie Feuer.

McFarren. Die Frau des Hotelbesitzers hatte gesagt, der Name des Mädchens wäre Brynne McFarren.

Er legte erst den einen, dann den anderen Fuß auf die Schreibtischplatte. McFarren war kein alltäglicher Name, aber es könnte sich dennoch um einen Zufall handeln. Junge Damen reisten nicht ohne Begleitung, und Dr. John McFarren würde es nicht wagen, sich noch einmal in Port Propensity blicken zu lassen . . .

Oder doch?

Diese Frage hatte Joshua die ganze Nacht beschäftigt,

und nicht einmal der viele Whisky hatte ihm geholfen, zur Ruhe zu kommen. Zufall oder nicht, das Mädchen hatte ihm selbst auf dem Hügel gesagt, daß es vor zwei Jahren in Port Propensity gelebt hatte.

Grimmig hob Joshua eine Hand ans Kinn. Es war – trotz seines Anteils an Sioux-Blut – stoppelig. Sein Haar fühlte sich staubig an, und er trug immer noch dieselben Kleider wie am Vortag, mitsamt der Wassermelonenflecken.

Joshua mußte wider Willen lachen. Solange er lebte, würde er nie den Ausdruck auf dem Gesicht der kleinen Nymphe vergessen, als sie erkannt hatte, daß sie den Falschen mit der Wassermelone bombardiert hatte. Und wie sie über die Deichsel des Wagens gefallen war – nun, auf unerklärliche Weise hatte das sein Verlangen geweckt.

Sein Seufzen klang rauh in dem ansonsten stillen Raum. Wenn er ganz ehrlich war, mußte er sich eingestehen, daß er sie schon vorher begehrt hatte. Er hatte sie gewollt, als er sie zum ersten Mal gesehen hatte, und das, obwohl er zu diesem Zeitpunkt gerade auf dem Weg gewesen war, Rosalie auf dem Friedhof zu besuchen. Und er hatte den ganzen Tag über ein Ziehen in den Lenden verspürt, während er beobachtet hatte, wie sie mit Drew herumgetollt war.

Teufel, sie war John McFarrens Tochter.

Joshua hatte plötzlich rasende Kopfschmerzen. In Anbetracht der Ironie des Schicksals würde das brennende Verlangen, das er für Brynne McFarren empfand, wahrscheinlich schlimmer werden statt nachzulassen.

Er stellte sich vor, wie er ihr den Hof machte, und lachte bitter auf. Ach, da ist übrigens noch eine Kleinigkeit, Sweetheart, würde er ihr knieend anvertrauen. Ich habe vor, deinen Vater mit bloßen Händen umzubringen. Ich hoffe, das verdirbt dir nicht die Flitterwochen.

Joshua zuckte zusammen. Wie zum Teufel kam er überhaupt auf solche Gedanken? Er hatte nie eine andere Frau geliebt als Rosalie, und das würde auch in Zukunft so bleiben. Sollte Drew doch dieses zerzauste Mädchen mit den strahlenden Augen haben!

Joshua erhob sich und streckte seine schmerzenden Muskeln. Sei vernünftig, ermahnte er sich, aber irgendwie wollte ihm das nicht gelingen. Nicht, wenn es um John McFarren ging oder auch um seine verteufelt hübsche Tochter.

Er verließ das Arbeitszimmer und stieg die mit einem Läufer bedeckte Treppe hinauf ins Obergeschoß. Sein Zimmer lag am Ende des Flurs. Es war ein großer, spärlich möblierter Raum, der wenig mehr beherbergte als ein Messingbett und einen Schreibtisch. Und natürlich Rosalies Porträt.

Joshua blieb unter dem Gemälde stehen und blickte auf die sanften, vertrauten Züge. Er forschte nach den Gefühlen, die am Vortag noch dagewesen waren, und sie waren auch noch da, in den Winkeln seines Geistes, aber sie waren irgendwie verschwommen, weniger greifbar als bisher.

Er wandte sich ab und fegte mit einer heftigen Armbewegung die Schreibtischplatte leer. Uhren, Manschettenknöpfe, Geldmünzen – sogar die verblaßte gerahmte Fotografie seiner Mutter – landeten klappernd auf dem Dielenboden. Der Klang hallte bis in den tiefsten Winkel seiner gequälten Seele wider.

Obwohl Brynne normalerweise dagegen protestiert hätte, erschien ihr die Aussicht auf einen Mittagsschlaf an diesem Sonntag verlockend. Während Letitia immer noch schmollend mit ihrer Mutter stritt und sich beklagte,

Brynne und sie wären keine Kinder mehr, stieg Brynne müde die Treppe hinauf.

Reverend Bradshaws zweistündige Strafpredigt hatte sie erschöpft, und so kam ihr Tante Eloises Diktat gelegen, wie schrill und herrisch es auch verkündet worden sein mochte.

Durch die offenen Fenster von Letitias Zimmer wehte eine salzige Brise herein und strich angenehm kühl über die Betten. Brynne zog die Schuhe und das Kleid aus und legte sich nur mit Schlüpfer und Leibchen bekleidet auf die Bettdecke. Seufzend schloß sie die Augen.

Als sie etwa eine Stunde später aufwachte, sah sie schockiert, das Letitia auf ihrem Bett kniete und sich mit einer Paste aus einem Krug die flachen Brüste einschmierte.

Im ersten Augenblick dachte sie, sie träumte, aber das ging schnell vorbei. Brynne schluckte hart, konnte sich jedoch ein Kichern nicht verkneifen.

Letitia wurde feuerrot und legte einen Arm über ihre nackten Brüste. »Was machst du da?« frage Brynne, setzte sich auf und schlang die Arme um die angezogenen Knie.

Letitia hob trotzig das Kinn. »Ich trage die Salbe auf, die ich gestern gekauft habe«, erklärte sie herausfordernd.

Brynne streckte die Hand aus. »Laß mich mal sehen«, sagte sie.

Widerstrebend und immer noch ihre Brüste verdeckend, reichte Letitia ihr den ziemlich großen Krug.

Brynne roch an dem Inhalt – er duftete angenehm nach Lavendel – und betrachtete stirnrunzelnd das Etikett. *Mutter Godeens Brustnährcreme. Für eine weibliche Büste.*

»Wag es ja nicht zu lachen, Brynne McFarren!« zischte ihre Kusine ihr zu.

Brynne zuckte mit den Schultern und biß sich auf die Lippen, um den aufsteigenden Lachreiz zu unterdrücken. »Es ist nur eine Creme«, sagte sie. »Harmlos, würde ich sagen.«

»Harmlos?« stieß Letitia mit erstickter Stimme hervor und errötete erneut. »Madame Fortuna hat geschworen, daß ich davon Busen bekommen würde. Sieh doch auf das Etikett. Der Erfolg wird *garantiert!«*

Brynne gab ihr die Creme zurück und ließ den Kopf auf die Knie sinken, um ihr Lächeln vor Letitia zu verbergen. »Ja, der Erfolg ist garantiert – er wird Madame Fortuna garantiert reicher machen und dich ärmer. Du könntest dich ebensogut mit Speck einreiben.«

»Du hältst das wohl für komisch, Brynne!« rief Letitia schluchzend aus. *»Du* hast Busen, du brauchst dir ja keine Gedanken darüber zu machen! Und Drew Tanner mag dich.«

Vom offenkundigen Schmerz ihrer Kusine ernüchtert, hob Brynne den Kopf und sah sie an. Letitias Kinn zitterte, und in ihren großen Augen schimmerten Tränen. »Es wird alles gut werden«, sagte Brynn sanft. »Du wirst dich auf ganz natürliche Weise entwickeln, auch ohne Mutter Godeens parfümierten Speck.«

Letitia zog sich mit fahrigen Bewegungen das Mieder an. »Was ist mit Drew?« fragte sie. »Ich möchte, daß er mich mag.«

Brynne seufzte. »Wenn Drew Tanner sich nur für große Brüste interessiert, ist er sowieso keinen Pfifferling wert.«

Letitia war nicht im mindesten besänftigt. »Er hat sich in dich verguckt«, sagte sie anklagend. »Warte nur, Brynne McFarren, warte nur, bis ich auch Brüste habe.«

Hinterher war Letitia so schlechter Laune, daß Brynne fast erleichtert war, als Evan Pierpont kam, um sie in seinem Wagen zu Minnie Blodes Gasthaus zu fahren.

Minnie stand in der Tür ihres Lokals und wischte sich die großen, rauhen Hände an der ausgebleichten, aber sauberen Schürze ab, als der Wagen des Fotografen vor dem Haus hielt. Sie nickte freundlich. »Evan.«

Er lächelte breit. »Minnie.«

Brynne war von Evans fast heiterer Gelassenheit etwas verletzt – er war so dagegen gewesen, daß sie sich in Port Propensity niederließ, und jetzt schien er es ganz plötzlich zu befürworten. Vielleicht war er froh, sie los zu sein.

»Ich habe frisches Brot und gratinierte Austern hier, Evan«, rief die füllige Frau herüber.

»Klingt verlockend, Minnie«, entgegnete Evan und ging um den Wagen herum, um die zwei Kisten mit Büchern auszuladen, die Brynne aus dem Nachlaß ihres Vaters behalten hatte. »Leider werde ich in Kürze in Olympia erwartet und habe keine Zeit zu verlieren. Trotzdem danke.«

Während dieses Wortwechsels blieb Brynne unbehaglich neben dem Wagen stehen, ihr Bündel mit beiden Händen fest umklammernd. Minnie Blodes Lokal war in einem verwitterten Haus außerhalb der Stadt untergebracht. Über das Dach des Speisesaales hinweg konnte Brynne auf der Werft die Gerippe mehrerer Schiffe sehen, die sich vom atemberaubenden Hintergrund der Berge und des Himmels abhoben.

Plötzlich nahm Evan Brynne am Arm. »Komm jetzt«, flüsterte er ihr zu. »Gehen wir.«

Brynne war verletzt, ließ sich jedoch nichts anmerken. Immerhin war Evan gut zu ihr gewesen, und wenn er es eilig hatte, sie loszuwerden, konnte sie ihm keinen Vorwurf daraus machen.

Minnie trat beiseite, als sie die Tür erreichten, so daß Evan und Brynne den langen schmalen Raum betreten konnten. Im Inneren des Hauses war es düster, aber

Brynne konnte die schattenhaften Konturen von etwa einem Dutzend Holztischen und Bänken erkennen. Verwundert betrachtete sie den Fußboden – er war seltsam schwammig und sah trotz des gedämpften Lichts aus, als wäre er von einem Ungeheuer zernagt worden.

Minnie Blode lachte fröhlich und warm. »Gefällt dir mein außergewöhnlicher Fußboden, Brynne? Die verfluchten Stollen an den Arbeitsstiefeln der Männer machen ihm ganz schön zu schaffen. Ich muß ihn zweimal im Jahr vollständig erneuern lassen, Yessir.«

»Das muß ganz schön teuer sein«, bemerkte Brynne, da ihr nichts anderes einfiel.

Minnie lachte wieder. »Allerdings. Aber die Schiffsratten und Holzhacker zahlen bei jeder Mahlzeit einen Penny dafür drauf – sie wissen es bloß nicht.«

»Wo soll ich die Bücher hinstellen, Minnie?« fragte Evan und nahm die Kisten vom Boden auf. Minnie zeigte auf eine Tür, die in der Dunkelheit kaum zu sehen war. »Nach hinten«, sagte sie abwesend, wobei sie Brynne musterte. Sie sprach erst weiter, als Evan gegangen war. »Mach nicht so ein ängstliches Gesicht, Kind. Du wirst hier hart arbeiten, aber es wird dir gutgehen bei mir. Es gibt im Umkreis von hundert Meilen keinen Mann bei Verstand, der sich mit mir anlegen würde.«

»Essen die Männer aus dem Holzfällercamp hier?«

Minnie schüttelte den Kopf. »Nicht oft. Die meisten meiner Kunden arbeiten im Sägewerk oder drüben auf der Werft. Die Männer in den Camps haben ihre eigenen Köche.«

Brynne schob ihr Bündel nervös von einer Hand in die andere. »Oh«, sagte sie und blickte stirnrunzelnd zu Boden.

»Sie tragen alle diese verfluchten Stiefel«, sagte Minnie,

die sich trotz der vielen Jahre harter Arbeit ihren Humor bewahrt hatte.

Evan kam zurück und lächelte breit, wenn auch etwas gezwungen, als das Sonnenlicht durch die offene Tür auf sein Gesicht fiel. »Ich bin in etwa einem Monat zurück, Brynne, dann bekommst du die Fotografie von gestern. Hör immer auf das, was Minnie dir sagt, dann wird alles gut werden.«

Brynne hatte einen Kloß im Hals. »Auf . . . auf Wiedersehen, Evan. Und vielen Dank.«

Zwei Minuten später, nach einem kurzen und größtenteils geflüsterten Wortwechsel mit Minnie Blode, war Evan fort. Brynne fühlte sich schrecklich verlassen und kämpfte mühsam gegen die aufsteigenden Tränen, als das Hufgeklapper seiner Pferde und das Knarren des Wagens sich langsam entfernten.

»Ich zeige dir, wo du schläfst«, sagte Minnie und bewegte sich für ihre Körperfülle erstaunlich behende auf die Tür zu. »Ich habe schon ein Bett für dich aufgestellt, neben Bessies und meinem eigenen. Bess ist Chinesin, aber ich kann ihren Namen beim besten Willen nicht aussprechen, also nenne ich sie Bess. Old China Joe arbeitet auch hier, aber selbstverständlich wohnt er nicht im Haus.«

Das einfache Hinterzimmer war hell und sauber. Die Dielenbretter waren leicht abgenutzt, aber noch fest, und an einer Wand, die nie fertig verputzt worden war, standen drei Betten. Gegenüber befand sich ein Waschtisch mit einer Schüssel, einem Wasserkrug und einem großen, verformten Stück rauher gelber Seife. In einer Ecke stand ein abgewetzter alter Wandschirm, hinter dem man sich unbeobachtet umziehen konnte, und hinter der Tür befanden sich einige Haken, die den Zweck eines Kleiderschrankes erfüllen würden.

»Ein hübsches Zimmer«, sagte Brynne, die es sich nicht erlauben konnte, wählerisch zu sein. Dann ging sie tapfer zum hinteren Bett. Die beiden anderen Betten waren nicht gemacht, und Evan hatte die beiden Bücherkisten am Fußende des ordentlichen deponiert. »Ist das meins?« fragte sie höflich.

Minnie nickte und betrachtete sie eine Weile nachdenklich. »Du kannst den Rest des Tages tun, was dir gefällt, aber ich würde dir raten, zu schlafen. Vier Uhr morgens ist verdammt früh.«

Brynne schluckte und wandte sich demonstrativ ab, um ihre Kleider auszupacken. Sie mußten beide gewaschen werden, vor allem das, das sie auf dem Picknick getragen hatte, und geschlafen hatte sie bei ihrer Tante genug.

»Kind?«

Brynne drehte sich wieder um und begegnete Minnies Blick. »Ja?«

»Man sollte mich dafür erschießen, daß ich das einem süßen Ding wie dir sage, aber ich kläre immer lieber alles vorab, damit es keine Mißverständnisse gibt. Mein Verehrer kommt regelmäßig her. Wag es ja nicht, Sam Prigg schöne Augen zu machen. Wenn du dich daran hältst, werden wir zwei beide bestens miteinander auskommen.«

»Ich verspreche es«, entgegnete Brynne feierlich. Dann, als Minnie sie allein gelassen hatte, ließ sie sich auf ihr schmales, spartanisches Bett fallen und lachte, bis ihr die Tränen über die Wangen liefen. Letzteres war nicht weiter schwer.

Als es dunkel wurde, hatte Brynne ihre Kleider und ihre Unterwäsche gewaschen und zum Trocknen über die wuchernden Brombeerbüsche hinter dem Speisesaal gebreitet. Sie hatte sich das Haar gewaschen und getrocknet und es sogar geschafft, so etwas wie ein Bad zu nehmen, indem sie sich hinter den Wandschirm gestellt und in einem Zuber stehend mit einem nassen Lappen gewaschen hatte.

Um halb acht setzten sich Brynne und Minnie an einen Tisch im Speisesaal und aßen im Schein einer Öllampe aufgewärmte Austern und aufgebackenes Brot.

»Gehören die Bücher alle dir?« fragte Minnie und nickte in Richtung des angrenzenden Zimmers.

»Sie haben meinem Vater gehört«, entgegnete Brynne mit einem Anflug von Traurigkeit, als sie daran zurückdachte, wie er seine Lieblingsbücher fast ehrfürchtig in Händen gehalten und ihr an manchen Abenden daraus vorgelesen hatte.

Aber das war alles vorher gewesen. Vor Maggie McFarrens Tod, bevor sie Port Propensity wie Diebe in der Nacht verlassen hatten, vor dem Alkohol. »Hast du sie gelesen?«

»Einige davon. Manche sind in Latein.«

»Dein Vater muß ein kluger Mann gewesen sein.«

Brynne lächelte warm. »Das war er. Er war Arzt und hat in Edinburgh studiert.«

»Glaubst du, du könntest mir ein paar Zeilen vorlesen? Ich mag es, wenn man mir vorliest.«

»Gern«, entgegnete Brynne aufrichtig. »Was würden Sie denn gern hören?«

»Etwas aus der Bibel, würde ich sagen.«

Zwanzig Minuten später, nachdem sie sich hastig gewaschen hatte, setzte sich Minnie Blode auf das Bett neben Brynnes und faltete die großen, schwieligen Hände über dem Bauch. Die Öllampe auf der Apfelkiste, die zwischen den beiden Betten stand und als Nachttisch diente, flackerte blaugolden in der warmen Nachtluft.

Brynne McFarren saß in ihrem Baumwollnachthemd im Schneidersitz auf ihrem Bett und schlug die muffige, abgegriffene Bibel ihrer Mutter auf. »Der Herr ist mein Hirte«, begann sie mit sanfter Stimme.

Als sie bei ›mein Kelch überläuft‹ angelangt war, schnarchte Minnie leise. Brynne klappte die Bibel zu, blies die Lampe aus und kuschelte sich in die Laken. Unwillkürlich mußte sie an die Schafe denken, die weit weg auf einer nachtdunklen Weide schliefen. Ihre Schafe.

Bevor sie die Augen schloß, verbesserte sie sich streng. Es waren nicht mehr ihre Schafe, sie gehörten jetzt den Tanners.

Bei dem Gedanken war sie wieder hellwach.

Joshua Tanner betrat sein Arbeitszimmer, das immer seine bevorzugte Zuflucht gewesen war, und verzichtete darauf, Licht zu machen. Er setzte sich in einen Ledersessel vor dem Kamin, nahm den knaufartigen Deckel von der Brandykaraffe auf dem Beistelltisch und schenkte einen großzügigen Schluck in ein Kristallglas. »Auf dich, du verkommener alter Lüstling«, knurrte er und prostete dem Porträt seines Vaters zu. Das gemalte Gesicht war zwar in der Dunkelheit nicht auszumachen, aber Joshua funkelte es dennoch böse an.

Nachdem er eine Weile vor sich hingebrütet hatte, leerte er sein Glas in einem Zug und schenkte sich nach. Dann lehnte er den Kopf an die hohe, gepolsterte Rückenlehne des Sessels, schloß die Augen und versuchte ganz bewußt, seine angespannten Muskeln zu entspannen.

Es war dumm gewesen, Tacoma zu verlassen und hierher zurückzukommen. Er hätte besser daran getan, Corrine Temples raffinierte Aufmerksamkeiten zu genießen, auch wenn sie anfing, ihn zu langweilen, als sich mit

Drew und all den anderen anzulegen. Verdammt. Warum mußte der Bengel sich auch immer wieder in Schwierigkeiten bringen.

Andererseits mochte wohl sein Haß auf seinen älteren Bruder dazu geführt haben, daß er sich den Verschwörern angeschlossen hatte, die fest entschlossen waren, die Chinesen gewaltsam aus der Stadt zu vertreiben. Zwar hatte er die Versammlung an diesem Abend unterbrochen und Drew unsanft nach Hause geschickt, aber das würde nicht viel nützen. Der Hitzkopf würde sich bei nächster Gelegenheit wieder mit dem ›Komitee‹ treffen und die Männer über Joshuas Schritte unterrichtet halten.

»Joshua?«

Beim Klang von Mirandas Stimme versteifte er sich unwillkürlich. Sie war sein bester Freund, aber er war nicht in der Stimmung für belanglose Konversation. »Geh schlafen«, sagte er brüsk. »Ich bin in Ordnung.«

Mirandas frischer Zitronenduft wehte durch die Dunkelheit zu ihm herüber, und ihre Röcke raschelten, als sie sich in den Sessel neben dem seinen setzte. »Kommandier mich nicht herum, Rothaut«, sagte sie ruhig. »Ich bin sechs Jahre älter als du, erinnerst du dich? Das verschafft mir eine gewisse Autorität.«

Der Brandy war inzwischen in seinen Blutkreislauf gelangt und milderte seine Niedergeschlagenheit. Joshua lachte heiser. »Ich dachte, Damen würden ihr Alter streng geheim halten. Achtunddreißig. Erinnere mich daran, daß ich dir einen Gehstock und ein Gebiß besorge.«

»Hast du einen Zigarillo?«

Kopfschüttelnd fischte Joshua das Gewünschte zusammen mit einem Streichholz aus seiner Westentasche. Er entzündete das Streichholz an der Sohle seines Stiefels, hielt die Flamme an den Zigarillo und reichte ihn dann an seine Schwester weiter. »Hast du denn gar keinen Anstand?« neckte er.

»Halt den Rand, du heuchlerischer Bastard«, entgegnete sie freundlich.

Hinter ihnen fiel die Haustür krachend in Schloß. Darauf folgte das Geräusch wütender Schritte, die die Treppe hinaufstürmten.

»Der liebe Drew«, sagte Miranda bissig, als weiter entfernt eine weitere Tür knallte. »Was hat er jetzt wieder angestellt?«

Joshua nahm einen Schluck Brandy. »Er hat sich diesen Idioten angeschlossen.«

»Was für Idioten, lieber Bruder? Davon gibt es hier viele, weißt du.«

Joshua legte den rechten Fuß über das linke Knie. »Denen, die vorhaben, die Chinesen zu vertreiben.« Miranda seufzte. »Ach die. Weißt du, ich habe mich immer gefragt, wo diese armen Menschen ihrer Ansicht nach hingehen sollen.«

»Ins große Anderswo«, erwiderte Joshua.

»Es wird Ärger geben, nicht wahr?«

Diesmal war es Joshua, der seufzte, und es klang erschöpft und bitter. »Natürlich.«

»Warum reist du nicht nach Europa oder sonstwo hin? Du könntest Drew, die Tanner Enterprises und das Chinesenproblem vergessen. Ebenso wie . . .«

»Ebenso wie John McFarren.«

Miranda versteifte sich, und Joshua spürte ihre plötzliche Anspannung. »John McFarren?« wiederholte sie, vergeblich bemüht, verständnislos zu klingen.

»Ja. John McFarren. Gut, daß du in deiner schweren Zeit dein Glück nicht als Schauspieler gesucht hast, Miranda. Man hätte dich bei jeder Aufführung mit faulem Obst beworfen.«

Miranda griff mit zitternder Hand nach der Brandykaraffe, die zwischen ihnen auf dem Tisch stand. »Schon gut, schon gut«, brummte sie. »Der Mann ist tot, Joshua.«

Joshua Tanner erstarrte. »Was?«

»Drew hat seine Tochter kennengelernt und gehört, wie Eloise Jennings sagte, McFarren wäre tot.«

»Er kann nicht tot sein!«

»Warum, Joshua? Weil du ihn eigenhändig umbringen wolltest?«

Ja, schrien die dunklen Kräfte, die in seinem Inneren aufwallten. Ja, ja und nochmals ja!

Er sprang auf und schleuderte in seiner grenzenlosen Wut sein Glas in den Kamin, wo es klirrend zerbarst.

»Joshua!« rief Miranda, mehr aus Angst als aus Protest. Sie erhob sich ebenfalls und tastete im Dunkeln nach Streichhölzern, um Licht zu machen.

Zu seinem eigenen und zu Mirandas Erstaunen entrang sich ihm ein primitiver Wutschrei, der laut in dem eleganten Raum widerhallte.

Das schwache Licht der hastig angezündeten Lampe erhellte Mirandas schockiertes Gesicht. *»Joshua«*, flehte sie.

Aber er fühlte sich wie vom Teufel besessen. Eine ungezähmte Kraft hatte sich seiner bemächtigt, und obwohl er der flehentlichen Bitte seiner Schwester entsprechen wollte, konnte er einfach nicht. »Wo ist sie?« fragte er.

Miranda zitterte am ganzen Leib. »Brynne? Ich würde lieber sterben, als es dir zu verraten, Joshua Tanner!«

»Ich werde sie auch ohne dich finden«, schwor er, und seine Stimme klang rauh. Dann stürmte er aus dem Zimmer und in die dunkle Eingangshalle.

»Joshua!« rief Miranda verzweifelt.

Die Haustür bebte in ihren massiven Scharnieren, als sie krachend hinter ihm ins Schloß fiel.

4

Mit großen Schritten ging Joshua um das schattenverhangene Haus herum zu den Ställen. Der durchdringende, frische Duft des Sommergrases, das er mit den Stiefelabsätzen zerdrückte, stieg ihm in die Nase und wirkte irgendwie beruhigend.

Innen im Stall fand er trotz der Dunkelheit mühelos zu Chinooks Box und zäumte den Hengst mit sicherer, erfahrener Hand auf. Einen Sattel brauchte er nicht. Er schwang sich auf den Rücken des Tieres und ritt davon.

Die Nacht war noch warm und voller Sterne und sprach besänftigend zu dem Teil von Joshua, der wie ein Sioux dachte und handelte. Als er die lange, steile Straße hinuntergeritten war, die vom etwas abseits gelegenen Tanner-Anwesen in die Stadt führte, hatte er seine Gefühle größtenteils wieder in der Gewalt.

Dennoch empfand er ein Dach und Wände manchmal als unerträglich einengend, und so erging es ihm auch jetzt. Er konnte John McFarrens zauberhafte Tochter nicht aufsuchen und zur Rede stellen – was ohnehin nichts ändern würde –, aber er würde auch nicht zurück zu dem imposanten Herrenhaus auf dem Hügel reiten, in dem er das Gefühl hatte zu ersticken. In dieser Nacht würde ihm die Natur Trost spenden.

Er ritt um die Stadt herum, sicher, daß wenn er sich innerhalb ihrer Grenzen bewegte, es ihn zu Brynne McFarren ziehen würde, wo immer sie sich befand.

Was hatte das Mädchen nur an sich, daß es ihn so unwiderstehlich anzog und Gedanken und Gefühle in ihm weckte, von denen er überzeugt gewesen war, daß sie für immer aus seinem Leben verschwunden waren? Was es auch sein mochte, und es war mehr als nur der Wunsch, sich durch sie an John McFarren zu rächen, es entzog sich den normalen Gesetzen der Vernunft und der Logik.

Joshua Tanner fluchte.

Plötzlich stiegen um ihn herum Erinnerungen auf wie kläffende Hunde. Sie forderten seine Aufmerksamkeit, und er gab seinem Hengst die Zügel frei. Der helle, silbrige Mond leuchtete Pferd und Reiter den Weg.

Rosalie, dachte er und versuchte, sich ihr Gesicht vorzustellen. Aber es entzog sich ihm; wie sehr er sich auch bemühte, die vagen Züge, an die er sich erinnerte, fügten sich nicht zu einem vertrauten Ganzen zusammen.

Joshua war gleichermaßen erzürnt und erschrocken. Zwei Jahre lang hatte er Rosalie heraufzubeschwören vermocht, wann immer er sie gebraucht hatte, aber jetzt wollte oder konnte sie nicht zu ihm kommen. In vollem Galopp folgte Joshua der gewundenen Straße, die die Stadt umgab wie der schützende Arm einer Mutter, bis zum Friedhof. Dort schwang er das rechte Bein über Chinooks kräftigen Nacken und glitt zu Boden. Ein stechender Schmerz durchzuckte seine Fersen, als er steif landete, aber sein Blick war auf die Grabsteine in einer Ecke des Friedhofes geheftet, die gespenstisch im Mondschein schimmerten.

Sie waren alle dort, außer Snowbird, seiner Mutter. Gott allein wußte, welcher Teil des Montana Territory ihr als Ruhestätte diente.

Fahrig, mit klopfendem Herzen und einem Kloß im Hals, band Joshua sein Pferd an den weißen Lattenzaun und stieg über das Tor. Dann ging er langsam auf den Friedhofsabschnitt zu, der der Familie Tanner vorbehalten war.

Er verhielt kurz vor Calebs imposantem, kunstvoll behauenem Grabstein. Daneben befand sich Ettas Grab, das ebenfalls mit einem aufwendigen Marmorstein und einem trompetenblasenden Engel gekennzeichnet war.

Joshua fühlte sich plötzlich in seine Kindheit zurückversetzt, während er im hellen Mondlicht dort stand und fast erwartete, daß Etta Tanner, die legitime Frau seines Vaters, aus ihrem Grab stieg und ihn mit ihrer schrillen, durchdringenden Stimme beschimpfte.

Gütiger Gott, wie sie ihn gehaßt hatte, obwohl er sich anfangs alle Mühe gegeben hatte, eine Art Frieden mit ihr zu schließen. Es hatte jedoch nicht lange gedauert, bis er erkannt hatte, daß sie in ihm immer den lebenden Beweis für die Treulosigkeit ihres Mannes sehen würde.

Er biß die Zähne zusammen, legte den Kopf in den Nacken und blickte zu den Sternen. Es war, als könne er ihren Haß über die Grenzen des Jenseits hinweg spüren.

Ich bin Mirandas Mutter, hörte er sie so deutlich sagen, als läge nicht der endlose Abgrund des Todes selbst zwischen ihnen. Deine Mutter war eine dreckige Rothaut.

Die Worte taten auch jetzt noch weh, obwohl Etta

bereits seit Jahren tot war. »Ich schätze, ich war eine böse Überraschung«, sagte Joshua laut, als eine Art Zugeständnis an die Verstorbene.

Die Meeresbrise flüsterte in den Wipfeln der düsteren, brütenden Kiefern, als würde Etta antworten. Joshua kämpfte gegen andere Erinnerungen an, aber sie stiegen trotz allem in ihm auf und drangen bis in die geheimsten Winkel seines Herzens vor.

Seine Mutter war in den Augen der Weißen Caleb Tanners Geliebte gewesen, aber Joshua wußte, daß sie selbst sich als seine wirkliche Frau betrachtet hatte. Sie hatte Caleb so sehr geliebt, daß sie, nachdem sie ihn im Montana Territory kennengelernt hatte, seinetwegen ihren Stamm verlassen hatte und ihm in die Wildnis des Puget Sound gefolgt war – wohin ihm seine erste Frau nicht hatte begleiten wollen. Es hieß, daß, während Etta Tanner in ihrem eleganten Bostoner Haus ein angenehmes Leben führte, Snowbird an Calebs Seite geschuftet und ihm geholfen hatte, das bescheidene Sägewerk aufzubauen, das der Grundstein zu einem wahren Imperium werden sollte.

Die beiden Liebenden waren zusammengeblieben, bis Joshua zwei Jahre alt gewesen war. Dann war ihre Welt plötzlich aus den Fugen geraten – Etta war überraschend aufgetaucht. Ihre achtjährige Tochter im Schlepptau war sie, Postkutschen und Züge verachtend, auf einem Handelsschiff um das Kap Hoorn zu ihrem Mann gesegelt.

Snowbird hatte, wohl den unerwarteten Geschehnissen nicht gewachsen, ihren Mann und ihren Sohn verlassen, um zu ihrem Volk zurückzukehren. Kurz darauf hatten sie Nachricht von ihrem Tod erhalten. Sie war bei einem Gemetzel zwischen zwei Stämmen ums Leben gekommen, und obwohl Joshua damals noch sehr jung gewesen war, konnte er sich noch gut an seine tiefe Trauer erinnern. Die anderen Details hatte natürlich Jahre später sein Vater hinzugefügt.

Die folgenden Tage, Monate und Jahre wären unerträglich gewesen, wäre nicht Miranda, seine Halbschwester gewesen. Das übermütige Mädchen mit den blitzenden Zigeuneraugen hatte ihn vom ersten Augenblick an ins Herz geschlossen.

Caleb Tanner hatte seinen Sohn geliebt, aber er war ein ehrgeiziger Unternehmer gewesen, und während sein bescheidenes Holzunternehmen expandierte und er zwei Werften, zwei Banken und eine Vielzahl anderer kleiner Firmen gründete, hatte er nur wenig Zeit für seine Frau, seine Tochter oder seinen unehelichen Sohn gehabt.

Joshua tauchte einen Augenblick lang aus dem Meer von Erinnerungen auf, die wie gewaltige Brecher über ihm zusammenschlugen, und wandte flüchtig den Kopf in Richtung des Tanner-Anwesens. Es war natürlich von Bäumen, der Dunkelheit und der Entfernung verdeckt, aber das spielte keine Rolle – manchmal kam es ihm vor, als verfolge ihn das Haus, wo immer er auch hinging, als schlössen sich seine Mauern immer enger um ihn, bis er glaubte zu ersticken.

Ohne Mirandas bedingungslose Freundschaft wäre das Leben dort so kalt und lieblos gewesen, daß er das Haus hätte verlassen müssen. Ettas Haß war wie ein knurrendes, bösartiges Tier gewesen, das ihm auflauerte und ihm nachschlich.

Als er mit zwölf Jahren nach England auf die Schule geschickt worden war, war er überglücklich und erleichtert gewesen. Das einzige, was er damals bedauert hatte, war die Trennung von Miranda.

Jedenfalls hatte seine Abwesenheit eine Art gespannten Friedens zwischen Caleb und seiner verbitterten Frau herbeigeführt – ein Jahr nach Joshuas Abreise war Drew geboren worden.

Joshua hob das Gesicht gen Himmel und gestattete sich die Erinnerung daran, wie sehr er sich darüber gefreut hatte. Er hatte Mirandas Brief jedem seiner Freunde gezeigt und es kaum erwarten können, seinen kleinen Bruder kennenzulernen.

Drew war sieben Jahre alt gewesen, als Joshua mit zwanzig aus England zurückgekehrt war, und das Kind hatte seiner Mutter nicht nur in bezug auf Haar- und Augenfarbe geglichen. Etta hatte ihm einen abgrundtiefen Haß auf seinen älteren Bruder eingeimpft.

Nachdem Caleb und Etta kurz hintereinander verstorben waren, hatte Joshua versucht, zu Drew vorzudringen.

Auch jetzt noch, nach über zehn Jahren vergeblicher Bemühungen, hatte er es noch nicht völlig aufgegeben, obwohl ihm dieses Unterfangen nach jedem weiteren gescheiterten Versuch, eine Beziehung zu Drew aufzubauen, hoffnungsloser erschien.

Entschlossen wandte sich Joshua von Etta Tanners Grab ab und ging weiter zu Rosalie.

Ihr Grab war nur von einem schlichten Stein gekennzeichnet. Er hatte sie nicht hier bei den anderen begraben wollen, sondern irgendwo hoch in den Bergen. Er war fast verrückt gewesen vor Trauer, doch Miranda hatte ihn mit vernünftigen, ruhig vorgebrachten Argumenten überzeugen können. Rosalie war eine Tanner, hatte sie gesagt, also müsse sie auch bei den anderen liegen.

In dem Augenblick, als Joshua die Hand auf den kühlen, marmornen Grabstein legte, erinnerte er sich an ihr Gesicht, ihre Figur, ihren Duft. Er sehnte sich mit jeder Faser seines Seins nach ihr und schloß die Augen, als ihn das schmerzliche Bewußtsein übermannte, daß er sie niemals wiedersehen würde.

Sie war seit zwei Jahren tot, aber manchmal hatte er das Gefühl, als ginge sie neben ihm her, als fühlte er ihre kleine, sanfte Hand auf seiner Schulter, als flüsterte sie ihm etwas zu.

Er blieb lange regungslos so stehen, an diesem erfüllten und doch leeren Ort, und sein Haß auf John McFarren loderte wieder auf. Wie konnte es dieser Bastard wagen zu sterben, bevor er ihn eigenhändig getötet hatte, um den Mord an seiner Frau zu sühnen?

Joshua stieß einen gequälten Fluch aus, und der Laut wurde von den Grabsteinen zurückgeworfen, die sich wie stumme mißbilligende Zeugen um ihn herum erhoben.

»Entschuldigen Sie.«

Die Stimme erschreckte Joshua fast zu Tode.

»Geht es Ihnen gut?« fragte sie nun zaghaft besorgt.

Joshua fuhr herum. Unmittelbar hinter ihm stand wie ein Gespenst Brynne McFarren.

Ihre Augen weiteten sich, und sie wich einen Schritt zurück. »Ich wollte Sie nicht stören«, sagte sie tapfer, als sie ihn erkannte. Erst jetzt fand Joshua seine Sprache wieder. »Was um alles in der Welt tun Sie hier, mitten in der Nacht?« fragte er rauh, während er immer noch überlegte, ob sie nicht vielleicht doch ein Gespenst war.

Sie hob stolz und trotzig das Kinn. »Das gleiche könnte ich Sie fragen, nicht wahr? Aber das werde ich nicht. Ich werden Ihnen einfach die Wahrheit sagen.« Sie zeigte auf einen anderen Teil des Friedhofs. »Ich bin gekommen, um meine Mutter zu besuchen.«

Joshua schloß die Augen, als eine Reihe unbeschreiblicher Gefühle in ihm aufstieg. »Ein junges Mädchen sollte sich um diese Zeit nicht an einem solchen Ort aufhalten . . .«

»Sie müssen entschuldigen«, unterbrach sie ihn kühl. »Ich bin eine erwachsene Frau von achtzehn Jahren, vielen Dank, und darüber hinaus verdiene ich mir eigenhändig meinen Lebensunterhalt, also seien Sie so gut und erzählen Sie mir nicht, was ich zu tun und zu lassen habe!«

Er lachte. Trotz der Umstände und des Schauplatzes lachte er. Und dieses Lachen hate eine bemerkenswert heilsame Wirkung.

Brynne wich einen weiteren Schritt zurück. »Wenn es Ihnen gut geht . . .« meinte Sie und betrachtete ihn mit den Augen einer verschüchterten Elfe.

Joshua lachte schallend. »Wenn es *mir* gut geht?« rief er aus. Dann führte er die Hofverbeugung aus, die er in England gelernt und bis zu diesem Augenblick nie wieder angewendet hatte. »Ich danke Euch, meine Beschützerin.«

Trotz der Dunkelheit war die Röte, die ihr elfenhaftes Gesicht überzog, deutlich zu sehen. »Gute Nacht, Sir«, sagte sie knapp, machte auf dem Absatz kehrt und stolperte prompt über eine im Gras verborgene Baumwurzel. Unsanft und in einer Kattunwolke landete sie auf dem Boden.

Joshua half ihr auf die Füße, wobei er sich alle Mühe gab, ihre Würde so weit wie möglich zu wahren. Er machte seine Bemühungen jedoch gleich darauf zunichte, als er erneut in schallendes Gelächter ausbrach.

Brynne holte aus und schlug ihn mit aller Kraft ins Gesicht.

Der Schlag brannte auf seiner Wange und wirkte so ernüchternd wie ein Schwall kaltes Wasser. »Du kleines Biest!« fuhr er auf, dann packte er mit eisernem Griff ihre Handgelenke und blickte ihr drohend in das gleichzeitig stolze und angstverzerrte Gesicht.

Sie trat ihn gegen das rechte Schienbein, und sein verblüffter Schmerzschrei hallte bis hin zu den gespenstischen Bergen und wieder zurück.

»Lassen Sie mich los!« rief Brynne.

Joshua fluchte anhaltend. Es schien, als wäre ihm in diesem Augenblick alles entfallen, was nicht ein Schimpfwort war. Und je mehr sie sich wand und wehrte, desto entschlossener hielt er sie fest.

Plötzlich blieb sie stocksteif stehen – wahrscheinlich war ihr die Zwecklosigkeit ihrer Gegenwehr bewußt geworden – und blickte schweratmend und aus zornsprühenden Augen zu ihm auf. »Also gut«, sagte sie würdevoll. »Bringen wir es hinter uns. Machen Sie mit mir, was Sie wollen.«

Joshua lachte laut auf. Sein Gelächter kam tief aus seinem Inneren, durchströmte seinen Geist, sein Herz und jeden einzelnen Muskel, so daß er vorübergehend hilflos war. Er ließ ihre Handgelenke los und krümmte sich vor Lachen.

Jedes andere Mädchen, das er kannte, wäre weggelaufen, und das aus gutem Grund, aber Brynne blieb einfach stehen, die Hände in die Seiten gestemmt, und tippte wütend mit einem Fuß auf den Boden.

Als Joshua sich soweit erholt hatte, daß er ihr ins Gesicht sehen konnte, schossen ihre Augen Blitze.

»Was ist so komisch?« fragte sie hochmütig.

Joshua unterdrückte mühsam einen weiteren Lachanfall. Gott, ich muß ihr vorkommen wie ein Irrer, dachte er. Und anstatt vernünftigerweise Angst zu haben, steht sie da und bietet mir die Stirn.

»Nun?«

»Also gut«, stimmte Joshua ihr mit anzüglichem Grinsen zu und trat auf sie zu. »Es wird mir eine Freude sein, mit Ihnen zu machen, was Sie von mir erwarten.«

Sie schrie auf und wirbelte herum, aber Joshua packte ihren Arm und hielt sie fest.

»Warten Sie«, sagte er, bemüht, normal zu klingen. »Es

tut mir leid – haben Sie bitte keine Angst.«

Und wundersamerweise hatte sie tatsächlich keine Angst. Sie hob das Kinn, so daß das Mondlicht auf ihr ebenmäßiges Gesicht fiel und in ihren Augen glitzerte. »Wer sind Sie?« fragte sie mit ruhiger Stimme, als wären sie sich auf einer Tanzveranstaltung begegnet statt auf dem Friedhof.

Die Antwort lag Joshua auf der Zunge, aber aus einem ihm unerfindlichen Grund hielt er sie zurück. »Ich bringe Sie nach Hause«, sagte er nur und führte sie zu seinem Pferd.

»Ich weiß nicht ... Wir kennen uns doch gar nicht ...«

»Aber natürlich kennen wir uns«, entgegnete Joshua und hob sie seitlich auf Chinooks Rücken, wo sie sich haltsuchend mit beiden Händen an die Mähne des Hengstes klammerte. »Beim ersten Mal sind wir uns hier oben begegnet, wenn Sie sich erinnern, und dann haben Sie mich mit Wassermelone bombardiert.«

Sie antwortete nicht, bis er hinter ihr aufgesessen war und einen Arm um ihre schmale Taille legte, um die Zügel aufzunehmen.

»Ich schätze, dafür sollte ich mich entschuldigen. Ich habe Sie nämlich für jemand anderen gehalten.«

»Oh«, sagte Joshua milde, bemüht, Chinook in ruhigem Schritt zu halten, um das Mädchen nicht zu erschrecken, das auf so skandalöse Weise mit ihm durch die Nacht ritt. Ihre Nähe weckte seltsame Gefühle in ihm, und er mußte an sich halten, um nicht den Kopf zu neigen und ihren unwiderstehlichen, im Mondschein wie Elfenbein schimmernden Nacken zu küssen.

»Ich hatte gedacht, Sie wären Drew Tanner«, fuhr sie fort, Gott sei Dank nicht wissend, daß sie ganz allein war mit einem Mann, der nichts lieber getan hätte als sie in die Geheimnisse der körperlichen Liebe einzuführen.

»Mögen Sie Drew?« fragte er beiläufig.

Brynne lachte, und der Klang prägte sich für immer in Joshuas Geist ein.»Ja. Er ist amüsant. Er hat mich, bevor er meinen Namen kannte, gefragt, ob ich ihn heirate.«

»Hat er? Und was haben sie erwidert?«

Sein neckender Tonfall ließ sie den Kopf wenden und ihm lächelnd ins Gesicht sehen. »Nun, ich habe geantwortet, er wäre unmöglich.«

Bevor Vernunft und Ehre ihn erneut davon abhalten konnten, zügelte Joshua mit einer kaum merklichen Handbewegung den Hengst und küßte Brynne McFarren.

Im ersten Augenblick versteifte sie sich, dann entspannte sie sich und erwiderte seinen Kuß. Er begehrte sie mit solcher Intensität, daß es ihm fast unmöglich war, nicht mit ihr zu Boden zu gleiten und sie auf dem üppigen, duftenden Gras zu lieben.

Nach einer Weile brach Brynne den Kuß ab und starrte ihn an, während unschuldige Röte ihre Wangen überzog. Joshua schloß die Augen und sagte stumm eine Litanei auf, die sie ebenso wie ihn selbst vor dem Verderben bewahren sollte. Sie ist Jungfrau. Sie ist kein erfahrenes Freudenmädchen, sondern eine Jungfrau.

Aber bei Gott, er wollte sie. Er sehnte sich schmerzlich danach, sie zu küssen, ihre vollen, weichen Brüste zu streicheln und das unterschwellige Feuer zu entfachen, das, wie er spürte, in ihrem Inneren schwelte.

»Meine Tante zieht mir bei lebendigem Leibe die Haut ab, wenn sie je davon erfährt!« hauchte sie schließlich, womit sie gleichzeitig die Stille und den Bann dieser magischen Sommernacht brach. »Und Mrs. Blode würde Sie erschießen.«

Joshua lachte und brachte den Hengst wieder in Bewegung. »Mrs. Blode, ja? Woher kennen Sie Minnie?«

»Ich arbeite für Sie, erwiderte sie. »Sie hat zwar eine rauhe Schale, aber ein gutes Herz.«

Er nickte.

»Aber für das, was vorgefallen ist, hätte sie kein Verständnis.« Joshua lachte. »Nein. Sie würde mich ohne mit der Wimper zu zucken über den Haufen schießen.«

»Das würde ich nicht zulassen.«

»Und warum nicht?«

Brynne wandte sich ihm wieder zu, und der Duft ihres Haares hüllte ihn ein. »Ich mag Sie«, entgegnete sie ehrlich. »Auch wenn Sie sehr geheimnisvoll sind.«

»Bin ich das?«

»Ja«, entgegnete sie, immer noch zu ihm aufblickend, immer noch seine Selbstbeherrschung auf eine harte Probe stellend. »Zum Beispiel wollen Sie mir nicht Ihren Namen sagen.«

»Mein Name ist unwichtig.«

»Da bin ich anderer Ansicht.«

»Warum?«

Sie zuckte auf überaus anziehende Weise mit den Schultern. »Sie sind . . . nun ja . . . *anders.*«

»Danke, denke ich.«

Der kleine Kobold lächelte. »O ja, das war durchaus ein Kompliment. Sie haben Persönlichkeit und Ausstrahlung, wissen Sie. Ich kann mir vorstellen, daß man Ihnen zuhört, wenn Sie etwas sagen, aber Sie reden nicht viel, habe ich recht?«

Er strich ihr sanft mit der freien Hand über die Wange. »Nur wenn ich Gelegenheit dazu habe«, neckte er sie. »Versprich mir etwas, Pippin – daß du nie wieder allein im Dunkeln herumläufst. Das ist viel zu gefährlich.«

Überraschenderweise ließ sie sich seine Liebkosung gefallen. »Ich weiß. Ich neige dazu, erst zu handeln und dann nachzudenken.«

»Man hätte dir heute nacht mehr als nur einen Kuß stehlen können, weißt du.«

Sie lächelte reuig und senkte verlegen den Kopf. »Ja«, entgegnete sie. »Ich weiß.«

Joshua fragte sich, ob sie durch den Stoff ihres Kleides hindurch fühlen konnte, was in ihm vorging. Jetzt kein Gewissen haben, dachte er.

»Warum ›Pippin‹? Was heißt das?« fragte sie dann stirnrunzelnd.

Sie näherten sich der Stadt, und Joshua war trotz der späten Stunde darauf bedacht, den Hengst am dunkleren Straßenrand zu halten. Er wollte nicht riskieren, den Ruf des arglosen Mädchens zu ruinieren – was sie in Anbetracht ihrer unbekümmerten Natur zweifellos ohne fremde Hilfe fertigbringen würde. »Ein Pippin ist ein Apfel«, entgegnete er.

»Ich erinnere Sie an einen Apfel?«

Er lachte. »Ja. Du bist süß, knackig und appetitlich.«

Brynne errötete heftig und sagte kein Wort mehr, bis er sie sicher bis an Minnie Blodes Tür gebracht hatte.

Dort, ein märchenhaftes Wesen aus Mondschein und kecker Schalkhaftigkeit, legte sie den Kopf auf die Seite und lächelte zu ihm auf. »Gute Nacht, Mr. . .«

Joshua erwiderte ihr Lächeln, aber er war immer noch nicht bereit, ihr seinen Namen zu verraten, obwohl er sich selbst nicht erklären konnte, warum. »Gute Nacht, Pippin«, entgegnete er brüsk, bestieg sein Pferd und ritt davon.

Erst als er die Ställe hinter seinem eigenen Haus erreichte, erinnerte er sich, daß er Brynne McFarren nach dem Tod ihres Vaters hatte fragen wollen. Der Gedanke war ihm keine Sekunde gekommen, und während er den Hengst für die Nacht versorgte, wunderte sich Joshua Tanner über Brynnes verwirrende Wirkung auf ihn.

Mit klopfendem Herzen tastete Brynne sich vorsichtig durch den dunklen Speisesaal und in das angrenzende Schlafzimmer. Zweifellos würde sie ihren unschicklichen nächtlichen Ausflug am Morgen bedauern, aber im Augenblick konnte nichts die wunderbare Erregung trüben, mit der das Abenteuer sie erfüllt hatte. Leise zog sie sich aus und schlüpfte unter ihre Bettdecke. Minuten später war sie eingeschlafen und träumte von dem Mann, der ihr seinen Namen nicht nennen wollte.

Es war noch dunkel, als eine kraftvolle Hand Brynne an der Schulter schüttelte. »Wach auf, Kind«, sagte eine Stimme, die so tief war, daß sie ebensogut zu einem Mann wie zu einer Frau hätte gehören können.

Brynne schlug die Augen auf und sah über sich Minnie Blodes Gesicht. Schmerzliche Einsamkeit packte sie, als ihr klar wurde, daß sie nicht länger die Tochter eines Gentleman war, sondern eine Frau, die weitgehend auf sich selbst gestellt war. Die Kindheit war endgültig vorbei.

Irgendwo draußen krähte ein Hahn.

»Bist du jetzt wach?« fragte Mrs. Blode und wandte sich ab, um ihre ausgebleichten Kleider anzuziehen.

»Ja, Ma'am«, entgegnete Brynne tapfer. Dann stieg sie entschlossen aus dem Bett, wusch sich hastig in der Wasserschüssel und verschwand hinter dem Wandschirm, um sich anzuziehen. Innerhalb von fünf Minuten hatte sie ihr Bett gemacht, sich das Haar gebürstet, aufgesteckt, unter einem Kopftuch verborgen, das Minnie ihr gegeben hatte, und sich in dem kühlen, von Öllampen erleuchteten Speisesaal eingefunden, um ihre Arbeit anzutreten.

Bessie und China Joe – Minnie stellte sie ihr nicht vor, aber Brynne erinnerte sich aus der Unterhaltung vom

Vortag an ihre Namen – waren bereits an dem alten schmiedeeisernen Herd am anderen Ende des Hauses beschäftigt, auf dem zwei riesige Töpfe brodelten, deren Inhalt sorgfältig von Bessie überwacht wurde, während China Joe, dessen geflochtener Zopf sich wie eine glitzernde schwarze Schlange über seinen Rücken wand, geschäftig Speck briet.

»Deck die Tische«, sagte Minnie, rollte ihre Ärmel auf und begann, Wasser in den größten Kaffeetopf zu pumpen, den Brynne je gesehen hatte. »Wie viele Gedecke soll ich auflegen?«

Mrs. Blode lachte nachsichtig, und Brynne fühlte sich gleich besser. »Deck einfach weiter, bis kein Teller mehr im Schrank ist.«

Gütiger Gott, dachte Brynne mit einem Blick auf die Teller, Schüsseln und Tassen, die sauber gestapelt im Schrank standen. Dazu brauche ich ja den ganzen Tag.

Obwohl sie zügig arbeitete, brauchte sie fast fünfundzwanzig Minuten, bis die zwölf langen Tische fertig gedeckt waren. Brynne legte gerade die letzte Gabel an ihren Platz, als Minnie brummte: »Beweg dich, Mädchen, sonst sind die ersten Gäste hier, bevor du Zeit hattest, etwas zu essen.«

Brynne hatte Hunger, und so beeilte sie sich, sich zu China Joe, Bessie und Mrs. Blode an den Tisch neben dem Herd zu gesellen. Ein Teller Haferschleim und drei Scheiben Speck warteten bereits auf sie.

Das Essen verlief schweigsam, ganz anders als auf der Schaffarm. Sie waren in Eile und hatten keine Zeit für müßige Unterhaltungen.

Die ersten Arbeiter erschienen, als der Morgen graute. Es waren grobschlächtige, kräftige Kerle, und wenn Brynne Zeit gehabt hätte, sie genauer zu betrachten, hätte sie sich vor ihnen gefürchtet. Aber das Servieren von Platten mit Speck und Kaffee an den sich rasch füllenden Tischen erforderte ihre ganze Konzentration.

»Was für ein hübsches Ding«, rief einer der Männer mit vollem Mund und ließ den Blick über Brynnes Figur schweifen, während sie ihm Kaffee nachschenkte. »Wo hast du die denn her, Minnie?«

»Das geht dich einen Dreck an, Jack Clemmons«, knurrte Minnie, die damit beschäftigt war, an einem anderen Tisch Haferschleim auszuteilen. »Wenn du nicht die Finger von dem Mädchen läßt, besteht deine nächste Mahlzeit aus blauen Bohnen, du Großmaul.«

Schallendes Gelächter erscholl im ganzen Raum.

»Heißt das, wir dürfen der Kleinen nicht den Hof machen, Minnie?« rief ein anderer Mann.

»Wenn du ihr zu nahe kommst, lernst du mein Schießeisen kennen, du alter Holzwurm!« rief Minnie, der der Wortwechsel aber trotz ihrer barschen Mißbilligung offensichtlich Spaß machte.

Brynne konzentrierte sich derweil auf ihre Arbeit und hielt den Blick gesenkt. Die Plätze müßten doch langsam alle besetzt sein, dachte sie verzweifelt, als ein weiteres Dutzend Männer hereinkam und sich setzte.

Während sie hin und her eilte, schnappte sie hier und dort Gesprächsfetzen auf.

»Die Zeit des Faulenzens ist vorbei, Simpson, jetzt wo das Halbblut zurück ist . . .«

»Wo zum Teufel bleibt das Brot?«

»Nein, Sir, wir sind als Territory besser dran. Wenn wir zu einem Staat werden, bekommen wir nur Schwierigkeiten . . .«

Brynne hetzte weiter. Als sie gerade alle Kaffeetassen gefüllt hatte, verlangten die Arbeiter lautstark nach mehr. Sie eilte zurück zum Herd, um die nächste Kanne zu holen. Das Ding war so schwer, daß sie den Griff mit beiden Händen packen mußte.

Es mußten an die hundert Mann im Saal sein, und alle schienen ihre leeren Tassen hoch zu halten. Und, mit Ausnahme der vereinzelten Indianer und Chinesen, die sich ganz auf ihr Essen konzentrierten, schien jeder darauf erpicht, Brynnes Aufmerksamkeit auf sich zu lenken.

Auch das geht vorüber, sagte sie sich, während sie den Rest Kaffee in eine dargereichte Tasse schenkte und zurück zum Herd eilte, um den nächsten Topf zu holen.

Sie drehte sich gerade um, die Arme vom Gewicht der riesigen Kanne zitternd, als unter den Sägewerk- und Werftarbeitern plötzlich eine unheimliche Stille entstand. Es war, als würden sie alle die Luft anhalten.

Brynne folgte ihren Blicken zur Tür, und ihr Herz tat einen Sprung. Dort stand in grober Arbeitskleidung jener gutaussehende Riese mit den violetten Augen, dem sie in der vergangenen Nacht auf dem Friedhof begegnet war. Er ließ seinen durchdringenden Blick über den Raum schweifen. »Eßt«, sagte er, und bei diesem Kommando kam wieder Leben in die Männer, so, als wäre eine Fotografie durch einen Zauberspruch zum Leben erweckt worden.

In diesem Augenblick erkannte Brynne, wer dieser Mann war, und sein Name hallte in ihren Ohren wider.

Joshua Tanner durchquerte den Raum und nahm ihr den schweren Kaffeepot ab, den sie fast hätte fallenlassen.

Brynne wurde schwindelig. Der Raum schien sich zu drehen, und das Stimmengewirr war nur noch wie aus weiter Ferne zu hören. Plötzlich war sie wieder im Scherschuppen auf der Schaffarm. Es war dunkel, und in der Luft lag immer noch der eigentümliche Geruch der Wolle. Es gab ein seltsames, quietschendes Geräusch, und

Brynne hob die Augen und sah die Stiefel ihres Vaters direkt über sich in einem unheimlichen Rhythmus von der Decke baumeln.

Sie wollte schreien, aber ihre Kehle war wie zugeschnürt.

»Brynne!«

Mrs. Blodes Stimme durchdrang den dichten Nebel, der Brynne einhüllte. »Geht zurück, verdammt noch mal. Ja, du auch Joshua Tanner. Laßt dem Mädchen doch etwas Luft zum Atmen.«

Brynne schlug die Augen auf und erkannte entsetzt und verlegen, daß sie auf dem Boden lag und alle sie anstarrten.

Sie setzte sich hastig auf, den Blick auf Mrs. Blodes besorgtes Gesicht geheftet, weil sie nicht wagte, irgendwo anders hinzusehen. »Es ... es geht schon«, sagte sie.

Minnie nickte und half Brynne auf die Füße. »Du legst dich trotzdem besser eine Weile hin, Kind.«

Brynne schüttelte den Kopf. »Es gibt noch viel zu tun«, erklärte sie und machte sich mit grimmiger Entschlossenheit wieder an die Arbeit, sorgsam darauf bedacht, die Männer um sie herum zu ignorieren.

Endlich ertönte in der Ferne eine Dampfpfeife, und bei diesem Signal verließen die Arbeiter ihre Plätze und gingen hinaus in den anbrechenden Tag.

Erst jetzt wagte es Brynne, sich umzusehen, um sich zu vergewissern, ob auch Joshua Tanner gegangen war.

»Bist du auch sicher, daß du in Ordnung bist?« fragte Mrs. Blode mit brummiger Freundlichkeit, als sie die Gedecke abtrugen und die Essensreste für China Joes Schweine in Eimern sammelten.

Brynne schob das Kinn vor. Sie wollte nicht, daß Minnie glaubte, der Job wäre zu hart für sie – wenn sie ihre Arbeit verlor, würde sie elendig verhungern. »Es geht mir gut, Ma'am«, sagte sie. Während sie die Teller und Schüsseln spülte, die zum Mittagessen gleich wieder auf die Tische verteilt werden würden, tat Brynne ihr Bestes, nicht an Joshua Tanner zu denken.

Als er trotz aller Bemühungen weiterhin ihre Gedanken beherrschte, beschloß sie, ihn zu hassen. Immerhin war dieser Mann für den Tod ihres Vaters verantwortlich ...

Brynnes Kehle war wie zugeschnürt. Und sie hatte sich in der Nacht von ihm nach Hause bringen und küssen lassen, hatte ihm in ihren Träumen sündige Freiheiten gestattet. Und das schlimmste war, daß sie ihn immer noch wollte.

Brynne war fast dankbar, als es Zeit war, die nächste Mahlzeit aufzutragen – die fieberhafte Hektik ließ ihr weder Zeit zu denken noch zu fühlen. Und sobald das Mittagessen vorüber war, mußte das Abendessen vorbereitet werden.

Und zwischen den Mahlzeiten mußte jedesmal jede Gabel, jeder Löffel, jedes Messer, jeder Teller und jede Tasse gründlich geschrubbt werden.

Die Männer, die am Morgen so übermütig gewesen waren, verhielten sich beim Abendmahl so ruhig wie beim Mittagessen. Sie scherzten nicht mit Minnie, und nicht einmal die Weißen warfen auch nur einen flüchtigen Blick auf Brynne.

Als das letzte Abendgeschirr gespült und abgetrocknet war, war sie völlig erschöpft, aber etwas in ihr wagte nicht zu ruhen. Was, wenn sie einschlief und wieder träumte?

Also sagte sie sich, daß sie auf diese Weise am Morgen kostbare Minuten sparen würde und deckte zum vierten Mal an diesem Tag die endlos langen Tische, bevor sie sich auf einen Stuhl fallen ließ und desinteressiert die kalten Reste betrachtete, aus denen ihr Abendessen bestand.

Da Minnie sich draußen mit Sam Prigg unterhielt, China Joe nach Hause gegangen war und Bessie auf der Treppe mit einem Bauern verhandelte, der frischen Fisch verkaufte, war Brynne allein. Sie war hungrig und aß, soviel sie konnte, aber sie war so müde, daß das Essen nach gar nichts schmeckte.

Es war noch hell, als Brynne McFarren ihr Geschirr spülte, ins Schlafzimmer stolperte und sich auf ihr Bett fallen ließ, ohne sich auch nur die Mühe zu machen, ihre Haarnadeln herauszunehmen, sich das Gesicht zu waschen oder ihr Kleid auszuziehen.

Sie fiel augenblicklich in einen tiefen, traumlosen Schlaf.

5

Was Brynne McFarren betraf, kam der Morgen viel zu bald. Da es jedoch keinen Sinn hatte, sich zu beklagen, tat sie es auch nicht. Sie wusch sich Gesicht und Hände, zog sich an und steckte sich das Haar auf.

»Du hättest noch ein Weilchen weiterschlafen können«, sagte Minnie mit brummiger Anerkennung, als sie die Tische betrachtete, die bereits am Vorabend gedeckt worden waren.

Brynne schüttelte den Kopf und verschlang hungrig das geröstete Brot und die Rühreier, die Bessie vor sie hinstellte. Sie lächelte der Chinesin zu und blickte dann über den Tisch hinweg auf Minnie. »Sie haben mich doch nicht zum Faulenzen eingestellt, oder?«

Minnie lachte. »Du kannst wirklich zupacken, bei

Gott. Ich kenne viele Männer, denen etwas von deinem Eifer guttun würde.«

»Ich habe ja auch keine große Wahl«, entgegnete Brynne ehrlich, zwischen zwei Bissen Rührei. »Ich kann es mir nicht erlauben, *nicht* mit Eifer an die Arbeit zu gehen.«

»Es ist nicht leicht, diesen wilden Haufen zu füttern«, sagte Minnie und hob ihre blaugesprenkelte Emailletasse an die Lippen. »Gott, an manchen Tagen würde ich mich am liebsten einfach umdrehen und die Arbeit Arbeit sein lassen. Ich führe dieses Gasthaus nun schon seit vierzig Jahren, aber ein so hübsches Mädchen wie du wird wohl kaum so lange hier schuften müssen.«

»Vierzig Jahre?« wiederholte Brynne entsetzt.

»Ich habe angefangen, als ich Witwe wurde – Homer Blode hatte mir keinen Cent hinterlassen –, aber ich habe mich auch so durchgeschlagen. Ich habe für den großen Mike Fletcher oben in Providence gekocht. Im Laufe der Zeit habe ich jeden Holzbaron von hier bis Willamette bekocht.«

»Aber jetzt arbeiten Sie auf eigene Rechnung, oder?« fragte Brynne, die mit einem Ohr auf die gefürchteten Geräusche lauschte, die das Herannahen der Arbeiter verkündeten.

Minnie nickte. »Aber langsam werde ich zu alt für diesen Job. Wenn Sam Prigg mir nur endlich einen Antrag machen würde, würde ich das Gasthaus schneller verkaufen, als du gucken kannst, das kannst du mir glauben.«

Brynne hatte Sam am Vortag flüchtig kennengelernt – er war ein netter, zurückhaltender Mann mit grauem Haar und Silberblick –, und sie lächelte bei dem Gedanken daran, wie Minnie einen Hausstand gründete und sich fortan Mrs. Prigg nannte. Sie hoffte, daß sich ihr

Traum erfüllte. »Wie lange macht Sam Ihnen denn schon den Hof?« Minnie blickte nachdenklich an die hohe, düstere Decke. »Das müssen jetzt zwanzig Jahre sein«, antwortete sie schließlich.

Bevor Brynne etwas darauf sagen konnte, wurde die Tür aufgestoßen, und die ersten Arbeiter schlurften mürrisch herein.

Ihre schlechte Laune hielt an und schien auf alle überzugreifen. Einer nach dem anderen beklagte sich an niemand Speziellen gewandt darüber, daß ein Weißer das gleiche Gehalt bekam wie ein Schlitzauge oder eine Rothaut.

Sam Prigg wagte als erster, eine gegenteilige Meinung auszusprechen. »Hört auf zu jammern wie die Waschweiber«, sagte er zwischen zwei Bissen von China Joes Pfannkuchen. »Es geht euch doch gut.«

»Gut?!« brüllte ein Mann zwei Tische weiter. »Jedesmal wenn ich mich für das gleiche Geld krumm mache wie ein Rattenfresser oder ein Indsman, wird mir ganz schlecht.«

Die Chinesen, die abseits und unter sich an einem Tisch saßen, wirkten, als würden sie sich am liebsten unsichtbar machen, während die Indianer, die ebenfalls an einem eigenen Tisch saßen, aussahen, als würden sie jeden Augenblick das Kriegsbeil ausgraben.

»Das Halbblut ist ja selbst eine Rothaut!« rief ein untersetzter Mann mit buschigem roten Bart und gelben Zähnen.

Sam Prigg erhob sich betont langsam und würdevoll. Sein schielendes Auge glitzerte unheilverkündend im gedämpften Licht. »Warum erzählst du nicht mal etwas Neues, Burns. Mr. Tanner ist ein fairer Mann.«

»Fair!« Burns schnaubte verächtlich und sah sich in der Runde um, um sich davon zu überzeugen, daß seine Kumpel auch seiner Meinung waren.

»Ja, fair!« entgegnete Sam Prigg fest. »Er könnte euren ganzen traurigen Haufen durch Chinesen und Indianer ersetzen. Und er bezahlt nicht in Warengutscheinen oder Naturalien wie die meisten Bosse. Nein, Sir, bei ihm kann sich jeder seinen Lohn in harten Dollars abholen. Und du hustest dir nicht mehr die Lunge aus dem Leib, stimmt's, Pete? Und wem hast du das zu verdanken? Keinem anderen als Josh Tanner, der dir nach deinem Unfall im letzten Jahr eine leichtere Arbeit gegeben hat.«

Pete Burns hatte soviel Anstand zu erröten, wenn auch nur flüchtig.

Sam Prigg fuhr unbeirrt fort. »Ihr könnt euch beschweren, soviel ihr wollt, aber damit tut ihr euch selbst keinen Gefallen, weil das Halbblut nämlich nichts auf euer Geschwätz gibt. Wenn ihr nicht mit Indianern und Chinesen zusammenarbeiten wollt, verschwindet doch von hier!«

Ein stämmiger Indianer in Wildlederhosen und einem groben Hemd, das schwarze Haar zu Zöpfen geflochten, erhob sich langsam.

»Mr. Tanner ist *kloish tillicum* – guter Freund«, verkündete er düster.

»Und ich sage, daß Rothäute und Schlitzaugen den Weißen die Nahrungsmittel wegfressen!« rief Burns herausfordernd und erhob sich ebenfalls drohend. »Die Zugstrecke ist fertig, und wir haben hier keinen Platz mehr für gelbe Hunde und rote Bastarde!«

An der Schläfe des Indianers trat eine Ader hervor, bevor er jedoch etwas darauf erwidern konnte, fuhr Mrs. Blode furchtlos dazwischen. Sie hatte ihr doppelläufiges Gewehr hervorgeholt, stellte sich schützend neben Brynne und richtete den Lauf auf die Menge.

Sofort richteten sich alle Blicke auf Minnie. »In meinem Haus wird es keinen Ärger geben«, sagte sie mit fester Stimme. »Setzt euch und haltet den Rand, jeder einzelne von euch.«

Sam Prigg, der Indianer und Pete Burns setzten sich wieder.

»Ab und an werden die ungemütlich«, raunte Minnie Brynne zu und stieß sie mit dem Ellbogen an.

Brynne wurde bewußt, daß ihr der Mund offen stand, und sie schloß ihn wieder. Dann nahm sie ihre endlosen Runden mit dem Kaffeetopf wieder auf.

Der letzte Mann am letzten Tisch war Drew Tanner.

Er grinste sie an und hob eine Hand an die Stirn, als tippe er sich an einen eleganten Hut. »Brynne«, sagte er freundlich.

Brynne betrachtete seine Kleider, während sie beiläufig seine Tasse füllte. Er trug Arbeitskleidung, daran bestand kein Zweifel, aber seine Sachen waren aus feinem Stoff und maßgeschneidert. »Was machst du hier?« fragte sie und schämte sich plötzlich ihres alten Kattunkleides und des Kopftuches, das ihr Haar bedeckte.

Drew stellte ihr eine Gegenfrage: »Sonntags arbeitest du doch nicht, oder?«

Brynne, die sich nur zu bewußt war, daß sie trödelte, ein Vergehen, das Mrs. Blode bestimmt nicht übersehen würde, schüttelte den Kopf und mache Anstalten, sich abzuwenden. Der Kaffeetopf war leer, und sie mußte einen vollen holen.

Aber Drew erhob sich und nahm ihren Arm, als wären sie allein und nicht von fast hundert Arbeitern umgehen. »Dann fahren wir um zwei Uhr mit der Kutsche aus«, sagte er.

Brynne schluckte. Sie mochte Drew, aber er war immerhin ein Tanner, und sie wollte eine gewisse Distanz zu seiner Familie waren. Wieder schüttelte sie den Kopf.

Drew ließ ihren Arm los und vergrub die Hände in den

Hosentaschen. »Zwei Uhr«, wiederholte er unbeeindruckt. Brynne errötete und floh zurück zum Herd.

»Du tust dir keinen Gefallen, wenn du dich mit dem Bengel einläßt«, sagte Mrs. Blode, als Brynne an ihr vorbeihastete.

Brynne tat, als hätte sie nichts gehört. Tanner oder nicht, es machte Spaß, mit Drew zusammen zu sein, und die Aussicht auf eine Kutschfahrt war wirklich verlockend.

Sie träumte immer noch von frischer Luft und Sonnenschein, als vom Sägewerk ein schriller Pfiff ertönte und die Arbeiter aufbrachen.

Während sie die Tische abräumte und die Teller abkratzte, dachte Brynne über Drew Tanner nach. Machte er ihr den Hof?

Bestimmt nicht, sagte sie sich gleich darauf, während ihre Gedanken so emsig waren wie ihre Hände. Männer seines Standes interessierten sich nicht für Serviermädchen, es sei denn, sie hatten nur ein bißchen Spaß und ein romantisches Abenteuer im Sinn.

Brynne errötete heftig, während sie brühendheißes Wasser in das Spülbecken gab und begann, Tassen, Teller, Gabeln und Messer zu schrubben. Wenn Drew Tanner sie für ein Flittchen hielt, würde er sich noch wundern.

Mrs. Blode nahm Besteck und Geschirr aus dem Becken mit klarem Abspülwasser und trocknete sie ab. »Sam sagt, drüben auf der Werft arbeitet eine Schicht über Mittag«, sagte sie, ohne Brynne anzusehen, »Bessie und ich packen etwas ein, das du dann rüberbringen kannst. Wir müßten soweit sein, wenn du den Tisch für das Mittagessen gedeckt hast.«

»Gern«, entgegnete Brynne freudig.

Minnie lachte. »Das dachte ich mir. Aber trödle nicht herum. Zu Mittag wird der Saal so voll sein wie sonst auch.«

»Ich beeile mich«, versprach Brynne.

Zwei Stunden später verließ sie das Gasthaus mit einem großen Korb über dem Arm und Minnies Instruktionen noch in den Ohren. Die Crew arbeitete an Bord der *Rosalie*, deren Deck überholt wurde. Brynne sollte das Essen abgeben und sofort zurückkommen, ohne zu trödeln.

Der Tag war so strahlend hell wie poliertes Messing, und Brynne summte vor sich hin, während sie der holprigen, unbefestigten Straße zur Tanner-Werft folgte. Der salzige Geruch des Flusses und die heiseren Schreie der Möwen waren eine willkommene Abwechslung von dem Lärm und den Gerüchen in dem düsteren, Speisesaal.

Sie erreichte das nur eine halbe Meile entfernte große Tor zur Werft nur allzu schnell und betrat zögernd das Gelände. Hier waren völlig neue Geräusche zu hören – Hämmern, Sägen, Zurufe der Arbeiter. Sie sah sechs Schiffe, die sich alle in verschiedenen Stadien der Fertigstellung befanden – einige auf Gerüsten am felsigen Ufer und einige, die an knarrenden hölzernen Stegen vertäut waren.

Brynne erfreute sich an dem Anblick der neuen Schiffe mit den frischen, duftenden Holzplanken. Wo sie wohl hinsegeln mochten, wenn sie erst einmal seetüchtig waren? Nach China? Zu den Berbern? Boston oder sogar London? Oder nach Paris in Frankreich?

Die Romantik des Ganzen weckte Brynnes müde Lebensgeister.

Die *Rosalie* war leicht auszumachen – sie war das einzige Schiff, das bereits einen Namen am Bug trug, und das einzige mit Masten und Segeln. Die Segeltuchdreiecke knallten wie Peitschen im Wind, als Brynne den Kai hinunter zur Gangway ging.

Trotz Minnies Ermahnung, nicht zu trödeln, verhielt

sie eine Weile, bevor sie weiterging. Immerhin setzte man nicht alle Tage den Fuß auf das Deck eines richtigen Schiffes, und die Erinnerung würde lange vorhalten müssen. Sie schloß die Augen, um sie ungestört zu genießen.

»Ahoi, da unten«, sagte eine belustigte männliche Stimme über ihr.

Brynne öffnete die Augen und blickte auf. Joshua Tanners Silhouette hob sich dunkel von den Segeln und dem wolkenlosen Himmel ab.

Es kam ihr vor, als schwankte der Kai unter ihren Füßen, und wahrscheinlich wäre sie in Panik davongelaufen, hätte das Gewicht des Proviantkorbes sie nicht daran gehindert.

Joshua sah aus wie die Verkörperung des Wilden. Sein braungebrannter, muskulöser nackter Oberkörper schimmerte in der Sommersonne wie Bronze. Er hatte sich wie ein Indianer ein rotes Tuch um die Stirn gebunden, und seine abgewetzten Hosen schmiegten sich eng an seine kraftvollen Schenkel. Er lächelte strahlend, und seine durchdringenden violetten Augen blickten bis ins Innerste ihrer Seele, mit einer Unverschämtheit, die eigentlich beleidigend hätte sein müssen, es jedoch nicht war. Nach kaum merklichem Zögern stieg er die Gangway hinunter und blieb vor ihr stehen, die Hände lässig auf die Hüften gelegt.

Vom Wasser widerscheinende Lichtreflexe tanzten auf seiner kupferfarbenen, schweißnassen Brust, und einen Augenblick lang konnte Brynne nichts anderes hören als ihren eigenen Herzschlag und das dumpfe Schaben der *Roaslie,* deren Rumpf im Rhythmus der Wellen gegen den Kai stieß.

Sie wich einen Schritt zurück, von Joshuas Anblick und seiner Nähe verwirrt. Ihre Kehle zog sich schmerzhaft zusammen, aber Brynne brachte keinen Ton hervor.

Joshua packte ihre Unterarme mit seinen starken, von der Arbeit rauhen Händen. »Geh nicht weiter zurück, Pippin, es sei denn, du kannst schwimmen.«

Allein bei dem Gedanken, mitsamt Minnies Broten vor den Augen dieses unmöglichen Mannes in den Sound zu stürzen, stieg ihr brennende Röte ins Gesicht. »Ich kann schwimmen«, entgegnete sie mit kindlichem Stolz.

Joshua Tanner lächelte wieder und schlug Brynne damit erneut in seinen Bann. Als er ihre Arme losließ, empfand sie plötzlich eine seltsame Leere. »Wenn du es sagst«, sagte er. »Aber du bist nicht zum Schwimmen angezogen, oder?«

Brynne biß die Zähne zusammen und kämpfte gegen ihre verrückten Gefühle an. Zornig rief sie sich ins Gedächtnis, daß ihr Vater wahrscheinlich noch leben würde, wenn es diesen Mann nicht gäbe. Sie hielt ihm den schweren Korb entgegen. »Ich habe Ihnen das Essen gebracht.«

Lächelnd nahm er den Korb entgegen, so mühelos, als wäre er federleicht. Er hob die rechte Hand und strich sacht über das schäbige Kopftuch, das ihr Haar bedeckte. Brynne hielt die Luft an.

»Du solltest dein wunderschönes Haar nicht unter einem Lumpen verbergen, Pippin«, sagte er.

»Es würde sonst ins Essen geraten«, entgegnete sie, sich bewußt, daß sie entgegen ihrem Versprechen trödelte. »Guten Tag, Mr. Tanner.«

»Leben Sie wohl, Miss McFarren«, entgegnete er mit einer spöttischen Verbeugung und mit unverhohlener Belustigung.

Brynne wandte sich um und entfernte sich mit soviel Würde und Haltung, wie sie aufbringen konnte. Es grenzte an ein Wunder, daß sie nicht geradewegs vom Kai ins glitzernde Wasser ging, so, wie seine Augen sie anzogen.

In sicherer Entfernung wagte es Brynne zurückzuschauen. Sie hatte richtig vermutet; Joshua Tanner beobachtete sie – er stand immer noch am Fuß der Gangway, und trotz der Entfernung schien sein Blick sie förmlich zu versengen. Ein dünner Schweißfilm überzog seinen nackten Oberkörper, dessen Anblick allerlei beschämende Reaktionen in ihr auslöste.

Brynne wandte sich hastig ab und floh Hals über Kopf. Joshuas Gelächter erhob sich klar über die Kakophonie der Hammer, der Sägen, des Möwengeschreis und des schrillen Heulens der Maschinen im angrenzenden Sägewerk. Atemlos und erhitzt stürmte sie in den Eßsaal. Ihr Herz raste, als wäre sie um ihr Leben gelaufen.

China Joe, Bessie und Mrs. Blode hielten inne in dem, was sie gerade taten, und starrten sie an. Minnie sprach als erste. »Was oder wer zum Teufel ist denn hinter dir her?« fragte sie.

Brynne schüttelte den Kopf. Sie war nicht vor dem Teufel davongelaufen, sondern vor einem Teil von sich selbst – dem Teil, der sich Joshua Tanner zu Füßen werfen und sich schamlos seinen Händen und Lippen hingeben wollte.

»Ich bin in Ordnung«, sagte sie und kämpfte schnell den seltsamen, verrückten Lachreiz nieder, der in ihr aufsteigen wollte.

An diesem Nachmittag arbeitete sie härter als je zuvor in ihrem Leben, in der Hoffnung auf völlige Erschöpfung.

Vom rein physischen Standpunkt aus betrachtet hatte sie damit auch Erfolg; nachdem sie sich mit dem Schwamm von Kopf bis Fuß gewaschen hatte, fiel sie ausgelaugt ins Bett, und ihre Lider schlossen sich von ganz allein.

In dieser Nacht träumte sie jedoch wieder. Und in ihren Träumen tat Joshua Tanner seltsame, sinnliche, unbeschreiblich schöne Dinge mit ihr.

Jeder Muskel in Drew Tanners Körper protestierte, als er sich auf seinen Stuhl am Eßtisch setzte, und er knirschte mit den Zähnen. Er warf Joshua einen Seitenblick zu und sah, daß dieser ihn mit unverhohlener Belustigung betrachtete.

Zum Teufel mit diesem Halbblut-Bastard! Er saß völlig entspannt an seinem Platz am Kopfende des Tisches und wirkte so gelassen und ausgeruht, als hätte er den ganzen Tag über untätig herumgesessen.

Geschirr klapperte, als How Ling eine Porzellanterrine auf den Tisch stellte und begann, Suppe zu servieren.

»Wie gefällt dir das Arbeitsleben, Andrew?« fragte Miranda, als How Ling gegangen war.

Drew versteifte sich, als er hörte, wie seine Schwester ihn bei seinem vollen Namen nannte, und er funkelte Miranda böse an. »Es hat seine Vorzüge«, entgegnete er schroff.

Mirandas dunkle Augen blitzten belustigt. »Ach wirklich?«

»Ja«, brummte er und wollte mit dem Essen anfangen, doch in diesem Augenblick stiegen so erotische Bilder von Brynne McFarren vor ihm auf, daß sein Körper sich vor Erregung spannte. Es war wirklich peinlich, wie er in den unpassendsten Momenten von unziemlichen Gedanken an sie heimgesucht wurde – wenn er sie nicht bekam, und zwar schnell, würde er bestimmt vor Verlangen sterben! »Du bist zum Frühstück gar nicht hier gewesen«, sagte Miranda, und ihre Stimme vertrieb die süße Qual, die Drews Phantasie hervorgerufen hatte. »Wir haben dich vermißt.«

»Darauf wette ich«, erwiderte er, ohne seine Schwester anzusehen. Sie kannte ihn zu gut, und im Augenblick gab es vieles, was sie nicht wissen sollte. »Ich habe in Mrs. Blodes Gasthaus gegessen.«

Ein Blick auf Joshua verriet ihm, daß dessen breite Schultern sich bedrohlich angespannt hatten. Drew fühlte den eindringlichen Blick seines Bruders auf sich ruhen, nachdem er seine Aufmerksamkeit wieder seiner Suppe zugewandt hatte.

»Sieh an«, meinte Miranda, die sich ganz offensichtlich amüsierte. »Mrs. Blodes Gasthaus. Demnächst wirst du noch Umgang mit gewöhnlichen Arbeitern pflegen.«

Drew warf seiner Schwester einen vernichtenden Blick zu und wandte sich dann seinem Halbbruder zu. »Es wird Ärger geben, Joshua«, erklärte er beiläufig, sorgfältig darauf achtend, sich seine Freude darüber nicht anmerken zu lassen. »Einige der Arbeiter beklagen sich, weil deine heißgeliebten Chinesen und Indianer die gleichen Gehälter bekommen wie die Weißen.«

Joshua tat nicht einmal so, als interessierte er sich für seine Suppe. Er hatte den Löffel noch nicht einmal in die Hand genommen. »Das ist nichts Neues«, entgegnete er und fügte dann scharf hinzu: »Was gibt es denn bei Minnie so Interessantes?«

Drew lächelte breit, wie ein liebender Bruder, der im Begriff ist, eine gute Neuigkeit zu verkünden. »Brynne McFarren«, erwiderte er. »Ich habe vor, sie zu heiraten.«

An Joshuas Hals traten die Muskeln deutlich hervor, doch dann entspannte er sich wieder. »Ich verstehe.«

Es stimmt also, dachte Drew erstaunt. Er hatte instinktiv gespürt, daß Brynne Joshua nicht nur aufgefallen war, sondern daß sein Halbbruder sich ebenso zu ihr hingezogen fühlte wie er selbst. Endlich bot sich ihm eine Gelegenheit, sich an seinem Bruder zu rächen.

»Sie fährt am Sonntag mit mir aus«, fuhr er fort. »Ich nehme die Kutsche, wenn du nichts dagegen hast.«

Joshua schob seinen Suppenteller von sich und machte ein finsteres Gesicht. »Ich habe nichts dagegen«, log er. Dann stieß er seinen Stuhl zurück, stand auf und verließ ohne ein weiteres Wort den Raum.

Miranda blickte ihm verwundert nach, Drew dagegen belustigt.

Plötzlich kehrte Drews zuvor durch die Müdigkeit gedämpfter Appetit zurück. Hungrig aß er von dem Roastbeef, den Kartoffeln und dem wilden Spargel, die How Ling hereinbrachte. Als er satt war, entschuldigte er sich mit ungewohnter Höflichkeit, stieg die Treppe hinauf und ging den dunklen Flur hinunter zu seinem Zimmer.

Als er den Lichtstreifen unter Joshuas Tür sah, mußte er lächeln. Er hätte sein letztes Hemd darauf verwettet, daß Joshua in dieser Nacht keinen Schlaf finden würde.

Während sie sich für einen weiteren harten Arbeitstag ankleidete, fragte sich Brynne McFarren, ob sie für ihre Träume in die Hölle kommen konnte. Sie waren so real gewesen – ihre Brüste prickelten immer noch, als hätte Joshua sie wirklich liebkost, und die Brustwarzen waren hart und aufgerichtet. Ihr ganzer Körper schmerzte vor Verlangen, war bereit, ihn in sich aufzunehmen.

»Schluß damit!« rief Brynne laut aus, womit sie die arme Bessie erschreckte, die gerade hinter dem Wandschirm hervorkam.

Die Chinesin sah sie verwirrt an. »Schluß?« murmelte sie.

»Ich habe mit mir selbst gesprochen«, gestand Brynne und begann, sich energisch das vom Schlaf zerzauste Haar zu bürsten.

Bessie machte ein leicht beunruhigtes Gesicht und eilte hinaus, um Minnie zu helfen, die bereits mit China Joe geschäftig am Herd wirtschaftete.

Brynne steckte ihr Haar auf, band sich das häßliche Tuch um den Kopf und verließ das Zimmer, um den Tag anzugehen.

Drew erschien erneut zum Frühstück, doch er sprach Brynne nur ein einziges Mal an. »Sonntag?« fragte er, als sie ihm Kaffee einschenkte.

Ohne ihn anzusehen, nickte sie.

Mittags schickte Minnie sie erneut mit einem Proviantkorb zur Werft, aber diesmal begegnete Brynne Joshua nicht. Sie war gleichzeitig erleichtert und enttäuscht, als Sam Prigg den Korb am Fuß der Gangway entgegennahm.

Als Sam zum Abendessen kam, brachte er wie am Vorabend den leeren Korb zurück.

Den Rest der Woche schuftete Brynne bis zum Umfallen, ständig von den quälenden Sehnsüchten ihrer Nächte verfolgt. Sie begann, Drew jeden Morgen zuzulächeln – aus einem ihr unbekannten Grund erschien er nie zum Mittag- oder Abendessen –, und unterhielt sich sogar mit ihm. Obwohl sie jeden Tag den mit belegten Broten vollgepackten Korb zur Gangway der ›Rosalie‹ brachte, bekam sie Joshua kein einziges Mal zu Gesicht.

Sie sagte sich, das wäre gut so in Anbetracht der sündigen Träume, die sie ihm verdankte, aber sie war dennoch jedesmal ganz niedergeschlagen, wenn sie an ihre Arbeit zurückeilte.

Am Samstagabend, nachdem die Handvoll Männer, die ihr Geld nicht im Orion Hotel oder dem anrüchigen Shore House vertranken, gegangen waren, ließ Minnie Blode drei schimmernde Silbermünzen in Brynnes Handfläche fallen.

»Sie haben sich verzählt ...«

Minnie lachte über den Ausdruck auf Brynnes Gesicht. »Das habe ich nicht, Kind. Ich habe zwei Dollar gesagt, aber du bist allemal drei wert.«

Überwältigt starrte Brynne das Geld an; sie kam sich schrecklich reich vor. Mit diesen drei Dollar und dem, was von der Goldmünze ihres Vaters noch übrig war, besaß sie ganze sieben Dollar und fünfzig Cent! Sie drehte den Kopf und blickte auf die alte Uhr an der Wand. Fünf Minuten nach sechs – zu spät, um zum Laden zu laufen und sich ein neues Kleid zu kaufen.

Enttäuscht setzte sie sich auf eine der abgenutzten Bänke im Speisesaal. In Anbetracht ihrer Arbeitszeiten würde sie *nie* rechtzeitig zum Laden kommen. Sie würde ihr rosafarbenes Baumwollkleid waschen und auf der Fahrt in Drew Tanners eleganter Kutsche tragen müssen.

»Miss Ada ist gewöhnlich bis mindestens sieben in ihrem Laden«, sagte Minnie mit ihrer untrügerischen, treffsicheren Menschenkenntnis. »Außerdem ist sie ein solcher Pfennigfuchser, daß sie wahrscheinlich den Laden extra öffnen würde, wenn du in der Ansicht hingingst, etwas zu kaufen.«

Brynne hatte Miss Ada Tuppins' Geschäft an dem Tag gesehen, als sie mit Evan in die Stadt gekommen war, und erinnerte sich noch genau, wo es sich befand. Strahlend lief sie ins Schlafzimmer, kramte das Geld hervor, das noch vom Picknick übrig war, und lief hinaus auf die Straße.

Miss Tuppins ließ gerade die Läden herunter, als Brynne atemlos und mit klopfendem Herzen auf sie zuhastete.

Das strenge Gesicht der Schneiderin leuchtete auf. Sie schloß die Tür auf und öffnete sie einladend. Minnie hatte recht gehabt – sie ließ sich kein Geschäft entgehen.

Um die Lady nicht zu lange aufzuhalten, erklärte Brynne hastig, daß sie wenn möglich etwas Fertiges haben wollte.

Miss Tuppin zeigte ihr einen kleinen Ständer voller Kleider, die sie aus San Francisco hatte kommen lassen, und Brynne kaufte glücklich einen grauen Rock aus weicher Baumwolle, eine rosafarbene Bluse aus hauchdünnem Batist und einen breitkrempigen Strohhut, dessen Band mit einem Strauß künstlicher, rosafarbener Gänseblümchen verziert war. Brynne verließ den Laden ärmer aber glücklich.

Es war niemand mehr da, als sie ins Gasthaus zurückkehrte, und so durchsuchte sie alles nach der gemeinschaftlichen Badewanne. Dann setzte sie singend Wasser für ein Bad auf. Das schmutzige Geschirr von ihrem gemeinsamen Abendessen war bereits gespült und weggeräumt.

Da sie immer fürchtete, gestört zu werden, hatte Brynne die Wanne hinter den Wandschirm im Schlafzimmer geschleppt, und jetzt trug sie einen Krug heißes Wasser nach dem anderen hinüber, bis die Wanne voll war. Als endlich alles bereit war, zog sie sich aus und ließ sich mit einem zufriedenen Seufzer ins Badewasser gleiten. Es war ihr gleich, daß sie die Beine in der kleinen Wanne übereinanderschlagen mußte wie ein Indianer – das heiße Wasser fühlte sich himmlisch auf der Haut an.

Als das Wasser langsam kalt wurde, wusch sie sich das Haar, und nachdem sie den Seifenschaum ausgespült hatte, wickelte sie ihr Haar in ein rauhes Handtuch und schrubbte sich, bis ihre Haut glühte.

Sie stieg gerade aus der Wanne, als sie das Klopfen hörte – es war so kräftig, daß es auf einen Mann schließen ließ, und es kam nicht von der Vordertür, sondern von der geschlossenen Schlafzimmertür.

Brynne löste hastig ihr Haar und bedeckte sich mit dem feuchten Handtuch. »Wer ist da?« fragte sie zögernd.

»Letitia!« rief ihre Kusine fröhlich. »Darf ich bitte reinkommen, bevor ich von einem Werftarbeiter angesprochen werde?« Brynne lachte erleichtert. »Natürlich, komm rein«, rief sie.

Letitia öffnete die Tür, durchquerte den Raum und lugte um den Wandschirm, eine Kaffeetasse in der Hand. »Ich mußte *das hier* zur Hilfe nehmen, um zu klopfen«, sagte sie und hielt die Tasse in die Höhe. »An der Vordertür habe ich mir die Fingerknöchel wundgeklopft!« Stirnrunzelnd betrachtete Brynnes Kusine die Finger ihrer rechten Hand, als erwarte sie, bloßgelegte Knochen und Sehnen zu finden.

Da sie keinen Morgenmantel besaß, zog sich Brynne ihr Flanellhemd über, ging um Letitia herum, griff nach ihrer Bürste und begann, ihr nasses Haar zu entwirren.

Letitia brach die kritische Begutachtung ihrer zerbrechlichen Knöchel ab und blickte auf Brynne. Sie streckte die immer noch flache Brust raus und fragte: »Findest du, daß ich schon etwas mehr Busen bekommen habe, Brynne? Ich benutze die Creme jetzt schon eine Woche!«

Brynne unterdrückte ein Grinsen und tat so, als betrachtete sie Letitias Rundungen von allen Seiten. »Ich glaube, deine Brüste sind tatsächlich ein wenig größer geworden.«

Die Lüge zauberte ein strahlendes Lächeln auf Letitias Gesicht. »Ich habe Mama *gesagt*, daß sie sich entwickeln, aber sie hat bloß gelacht und gesagt, ich wäre gebaut wie die Frauen in Papas Familie.«

Brynne setzte sich auf die Kante ihres Bettes und fuhr fort, ihr Haar weiter zu bürsten. »Du siehst in diesem Kleid sehr hübsch aus«, sagte sie, und diesmal meinte sie es aufrichtig. »Gehst du irgendwo hin?«

Letitia nickte. »Ich gehe mit Howard Macumber spazieren«, sagte sie düster. »Er ist gerade aus Harvard zurückgekommen.«

»Ich dachte, du hättest ein Auge auf Drew geworfen«, sagte Brynne vorsichtig. Sie dachte an ihr Versprechen, am darauffolgenden Tag mit ihm eine Kutschfahrt zu unternehmen, und fragte sich, ob Letitia sich betrogen fühlen würde, wenn sie davon erfuhr.

»Drew bemerkt mich ja nicht einmal«, gab Letitia schmollend zu. Dann weiteten sich ihre blaue Augen, und sie dämpfte die Stimme zu einem Flüstern. »Howard sagt, ich wäre sehr fraulich.«

Brynne lächelte. »Er hat eine gute Beobachtungsgabe.«

Letitia setzte sich Brynne gegenüber auf Minnies Bett. »Er sieht außerdem gut aus – abgesehen von seiner Nase. Ich fürchte, er hat die Macumber-Nase geerbt. Gütiger Himmel, bei diesen Nasen und dem Jennings-Busen würden unsere Kinder erschreckend häßlich, wenn wir welche bekämen.«

Wieder unterdrückte Brynne ihre Belustigung und versuchte, ein ernstes Gesicht zu machen. »Kinder? Letitia, du hast doch nicht etwa vor, diesen Harold...«

»Howard«, unterbrach Letitia sie brüsk und betrachtete eingehend ihre Fingernägel. Dann warf sie einen Blick auf ihre Uhr und fügte hinzu: »Ich muß gehen. Ich soll dir von Mama ausrichten, daß wir dich morgen früh um zehn abholen, damit du uns in die Kirche begleiten kannst.«

Brynne versteifte sich. »Sei so nett und sag Tante Eloise, daß ich von jetzt an nicht mehr in die Kirche gehen werde.«

Letitia sah ihre Kusine mit offenem Mund an. »Mama wird sehr ...«

»Das ist mir gleich.«

»Brynne McFarren!«

»Ich sagte, das ist mir gleich! Ich verdiene mir meinen Lebensunterhalt selbst, und deine Mutter hat mir überhaupt nichts mehr zu sagen. Außerdem habe ich keine Lust, noch einmal zuzuhören, wie dieser gräßliche Mensch zwei Stunden lang gegen die Sünde des Fleisches wettert.«

Letitia errötete, aber in ihren Augen lag ein schelmisches Glitzern. »Er hat dich angestarrt, nicht wahr? Ich glaube, Reverend Bradshaw mag dich, Brynne.«

Brynne schüttelte sich.

»Früher hat er immer Miranda Tanner aufs Korn genommen«, fuhr Letitia fort. »Ich glaube, sie ist nur in die Kirche gekommen, um ihn zu ärgern.«

Brynne lächelte.

»Ich persönlich bin eher *für* fleischliche Sünden«, sagte Letitia nachdenklich. »Brynne, hast du schon mal . . .«

Brynne errötete. »Letitia Jennings! Ich habe *nicht*, und ich kann nur hoffen, daß es bei dir auch so ist!«

»Ich würde es aber tun«, entgegnete Letitia mit fester Stimme. »Wenn Drew Tanner mich fragen würde, würde ich schon in der nächsten Minute . . .«

Brynne lehnte sich vor und sagte leise: »Glaubst du nicht, daß es länger als eine Minute dauert?«

»Das will ich doch hoffen!« entgegnete Letitia und blickte erneut auf ihre Uhr. »Ich sage Mama, daß du nicht mit in die Kirche kommst.«

»Danke.«

Darauf verabschiedete Letitia sich und eilte hinaus, um sich mit Howard Macumber mit der Macumber-Nase zu treffen.

Nachdem sie ihr Haar gebürstet und sich die Zähne mit Natron gereinigt hatte, nahm Brynne ihre neuen Kleider aus den Schachteln und hängte sie sorgfältig auf, damit sie am nächsten Tag nicht verknittert waren.

Dann wühlte sie auf der Suche nach einer interessanten Bettlektüre in den Kisten, die sie von der Farm mitgebracht hatte. Obwohl sie wußte, daß es ein Fehler war, wählte sie einen freizügigen Abenteuerroman und las, bis ihr die Augen zufielen.

Als sie schließlich einschlief, waren ihre Träume von Joshua Tanner mit einigen pikanten Details gewürzt.

6

Brynne erwachte Punkt vier Uhr morgens, wohl aus Gewohnheit, und konnte nicht mehr einschlafen, wie sehr sie sich auch bemühte.

In der kühlen Dunkelheit stieg sie aus dem Bett und zog sich leise an, bemüht, Bessie und Mrs. Blode nicht zu wecken, die zweifellos an diesem Tag einmal ausschlafen wollten. Im menschenleeren Speisesaal zündete sie eine Lampe an, bürstete sich dann das Haar und steckte es zu einem lockeren Knoten auf. Es war schön, einmal nicht das Kopftuch tragen zu müssen.

Immer noch bemüht, leise zu sein, machte sie im gewaltigen Herd Feuer und setzte Kaffeewasser auf. Dann schnitt sie sich von einem frischen Laib Brot eine dicke Scheibe ab, die sie ohne Butter oder Marmelade aß. Als der Kaffee fertig war, schenkte sie sich eine Tasse ein und trat ans Fenster, um zuzusehen, wie das rosafarbene und goldene Licht der aufgehenden Sonne sich über die Berge ergoß und die Dunkelheit vertrieb.

Sie war in keiner Weise auf Joshua Tanners Erscheinen vorbereitet, und als sein Gesicht direkt vor ihr am Fenster erschien, schrak sie so heftig zusammen, daß sie Kaffee auf ihr rosa-weißes Baumwollkleid verschüttete.

Als sie mit vor Schreck klopfendem Herzen ärgerlich aufblickte, grinste er sie an.

»Mach auf«, rief er ihr zu.

Brynne zögerte. Sie wollte sich auflehnen, sich abwenden und ihn ignorieren, aber sie wußte instinktiv, daß er dann klopfen und Bessie und Mrs. Blode wecken würde.

Verärgert sperrte sie die Tür auf.

Joshua Tanner betrat den verlassenen Eßsaal mit einer für einen Mann von seiner Größe überraschenden Lautlosigkeit. Brynne nahm an, daß er es seinem indianischen Blut verdankte, daß er sich so geräuschlos zu bewegen vermochte. Sie fragte sich, ob Mrs. Blode und Bessie seine Anwesenheit nicht ebenso spüren würden wie sie – als eine Art elektrischer Schlag.

»Seien Sie leise!« zischte sie. Sie wollte nicht im mindesten freundlich erscheinen.

Sein Gesicht blieb unbewegt, doch seine Augen blitzten vor ungebändigtem Lachen. Sein stummes Gelächter schien den Raum zu erschüttern, und Brynne war fast darauf gefaßt, das Rumpeln von Tischen und Bänken und das Klappern von Geschirr zu hören.

Dann trat er an ihr vorbei und schenkte sich am Herd eine Tasse Kaffee ein. Beunruhigt, verärgert und gleichzeitig fast unerträglich erregt, setzte sich Brynne an einen entfernten Tisch in einer dunklen Ecke, in der absurden Hoffnung, daß Joshua Tanner wieder gehen würde.

Ihr Magen tat einen Sprung, als er statt dessen mit großen Schritten den Raum durchquerte und ihr gegenüber am Tisch Platz nahm. Er umfaßte seine Kaffeetasse mit beiden Händen, betrachtete Brynnes abweisendes Gesicht und zwinkerte ihr zu.

Licht fiel jetzt durch die Fenster herein, und Staub tanzte in den Sonnenstrahlen. Endlich fand Brynne ihre Stimme wieder.

»Was wollen Sie?« fragte sie leise.

Wieder glitzerten die violetten Augen, und sein Blick glitt für einen Moment zu ihrem Busen. Brynne spürte, wie unter diesem Blick Hitze in ihr aufstieg.

»Kaffee«, sagte er brummig und hob in einer gleichzeitig versöhnlichen und spöttischen Geste die Tasse. »Nur Kaffee.«

»Den hätten Sie auch zu Hause bekommen können!« erwiderte Brynne zornig.

Joshua musterte sie düster, und sie spürte einen seltsamen Schmerz an ihm, einen Schmerz, den sie wohl nicht ertragen hätte, wenn es der ihre gewesen wäre. »Warum sind Sie, als ich das letzte Mal hier war, in Ohnmacht gefallen?«

Brynne schluckte. Sie wollte den Blick abwenden, konnte jedoch die Augen nicht von ihm nehmen. Sie wußte, daß sie es ihm sagen sollte, aber irgendwie brachte sie es nicht über sich, die schattenhafte Qual in seinen Augen noch zu vertiefen. »Ich war müde«, sagte sie.

»Und Sie haben erst vor kurzem einen schweren Verlust erlitten«, bemerkte er, erlöste sie endlich von seinem eindringlichen Blick und sah auf die Tasse in seinen Händen.

Er wußte also, daß ihr Vater tot war! Wußte er auch, daß er der Hauptgrund für John McFarrens Verzweiflungstat war? Er mußte es wissen. Er war schließlich ein Geschäftsmann, und die Tatsache, daß er das Darlehen auf die Schaffarm gekündigt hatte, konnte ihm unmöglich entgangen sein, wie unbedeutend der Besitz auch gewesen sein mochte. Brynne hob das Kinn. »Ja, mein Vater ist gestorben.«

»Mein Beileid«, sagte er mit solcher Aufrichtigkeit, daß Brynne sofort wieder völlig verwirrt war. Auf dem kantigen Gesicht oder in den traurigen Augen hätte zumindest ein Anflug von Schuld zu sehen sein müssen, aber sie konnte nichts dergleichen entdecken.

Vielleicht, dachte Brynne, ist Mr. Tanner nicht nur ein erfolgreicher Geschäftsmann, sondern auch ein hervorragender Schauspieler. Sie beschloß, das herauszufinden. »Er hat sich erhängt«, sagte sie mit absichtlicher Direktheit.

»Mein Gott«, flüsterte Joshua, und seine Augen weiteten sich in anscheinend aufrichtigem Entsetzen. »Warum?«

»Wir haben unsere Farm verloren.«

»Das tut mir leid«, sagte er, langte über den Tisch und legte eine Hand auf ihre.

Sie wollte ihm die Hand entziehen, aber sie konnte nicht. Die Art, wie er mit seinem Daumen ihre Handflächen streichelte, jagte flüssiges Feuer durch ihre Adern, und sie fragte sich nervös, ob er den pochenden Puls an ihrem Hals sehen konnte. »Warum sind Sie hergekommen?« fragte sie, verzweifelt bemüht, ihn abzulenken, ihn dazu zu bringen, ihre Hand loszulassen.

Sein Daumen glitt höher und strich sanft über ihr Handgelenk. »Um Sie zu sehen«, entgegnete er leise, und der Klang seiner Stimme ließ ihr Herz die wildesten Sprünge vollführen. Und dann verstärkte sich zu ihrer Verwunderung der Druck seiner Hand, er zog sie, Brynne, auf die Füße und trat um den Tisch herum vor sie.

Brynnes Sinn für Anstand und Moral schrie Alarm, aber die abenteuerliche, sinnliche Seite ihrer Natur siegte.

Sie genoß es, seinen harten Körper zu fühlen und ließ ihn gewähren, als er ihr Kinn hob und sie warm und fest auf den Mund küßte. Dieser Kuß war anders als der, den sie in jener Nacht, als sie sich auf dem Friedhof begegnet waren, getauscht hatten, und er erschütterte sie bis ins Tiefste ihrer Seele.

Das sehnsuchtsvolle Ziehen in ihrem Körper wurde fast unerträglich, und als seine Hände sich auf ihre Brüste legten, stöhnte sie leise auf.

Der erstickte Laut ließ Joshua erschauern, und sein Kuß wurde fordernder. Verräterische Bedürfnisse stiegen in Brynne auf, und prickelnde Hitze breitete sich in ihr aus.

Es war Joshua, der den Kuß abbrach und zurücktrat. »Ich denke, wir sollten lieber einen Spaziergang machen«, sagte er heiser.

Brynne errötete bis in die Haarwurzeln. »Ich glaube, du hast recht«, flüsterte sie.

Im grellen Licht der rasch aufgehenden Sonne nahm Joshua Brynnes Hand und zog sie hinter sich her die Straße hinunter. Erst als sie das Werftgelände betraten, auf dem zu dieser Tageszeit eine friedliche Stille herrschte, die nur hin und wieder vom Rauschen der Brandung und dem Kreischen einer Möwe gestört wurde, gelang es Brynne McFarren, ihren Atem unter Kontrolle zu bekommen.

Die ›Rosalie‹ dümpelte sacht auf der ruhigen Wasseroberfläche. Die Backbordseite stieß knirschend gegen den Kai, und ihre Segel hoben sich schneeweiß gegen den Himmel ab. Brynne betrachtete das Schiff ehrfürchtig.

Als sie schließlich den Blick von dem Segler abwandte, bemerkte sie, daß Joshua auf sie herablächelte. Er hatte den kühnen Traum von großen Abenteuern von ihrem Gesicht abgelesen. Seine Hand lag warm, stark und rauh um ihre.

Er lachte und verneigte sich unvermittelt. »Erlauben Sie mir, Sie an Bord zu geleiten, Pippin.«

»An Bord?« rief Brynne entzückt aus.

Statt einer Antwort führte er sie den Kai hinunter bis zur Gangway der ›Rosalie‹ und nahm Brynne auf die Arme.

Sie runzelte die Stirn. »Halt mir jetzt keine Predigt über Würde und Anstand«, sagte Brynne, der das Du ganz selbstverständlich über die Lippen kam – immerhin hatte er sie mehrfach geküßt, und sie fühlte sich ihm durch ihre Träume seltsam vertraut.

Er grinste, und Brynne mußte wider Willen lachen, als er sie auf das Schiffsdeck trug. Dort ließ er sie vorsichtig herunter und blickte sich dann voller Stolz um.

Brynne war ganz aufgeregt. Sie hatte noch nie auf dem Deck eines richtigen Schiffs gestanden, eines Schiffs, das um die ganze Welt segeln würde. »Bist du schon mal über den Ozean gesegelt?« fragte sie, während auch sie sich umschaute und alles gierig in sich aufnahm.

Er wartete, bis sie ihn wieder ansah, bevor er antwortete, und für den Bruchteil einer Sekunde heftete er den Blick auf ihre Lippen. Dann lächelte er und zeigte dabei makellose, strahlendweiße Zähne. »Ja – ein paarmal.«

»Wo bist du gewesen?« wollte Brynne wissen und fragte sich, ob alle Indianer seines Stammes so weiße Zähne hatten und ob sie zu diesem Zweck vielleicht irgendwelche Wurzeln kauten.

Joshua zuckte lässig mit den Schultern, und sie konnte das Spiel seiner Muskeln unter dem Stoff seines weißen Hemdes sehen. »Im Osten. San Francisco, Europa.«

»Europa!« rief sie aus und versuchte, ihre Phantasie im Zaum zu halten.

Er zuckte erneut mit den Schultern, aber seine wunderschönen, von dunklen Wimpern umrahmten Augen straften die Gelassenheit seiner Geste Lügen. »Ich war in England auf der Schule«, erzählte er. »Wir gehen besser.«

Brynne jedoch wollte nicht. Sie war noch nie zuvor auf einem richtigen Schiff gewesen, und sie würde nicht gehen, bevor sie nicht mehr davon gesehen hatte. »Ich möchte das Ruder sehen«, erklärte sie. »Und die Kombüse, und die Kapitänskajüte.«

»Brynne.«

Sie verschränkte die Arme über der Brust und schob in stummer Herausforderung das Kinn vor.

Joshua schüttelte ergeben den Kopf. »Teufel, du bist die dickköpfigste . . .«

»Wie steuert man ein solches Schiff?« unterbrach sie ihn ungeduldig.

Er lachte erneut, nahm ihre Hand und führte sie ins Steuerhaus, in dem das große, mit Griffen versehene hölzerne Steuerrad wartete. Er beobachtete sie mit einer verwirrenden Mischung aus Belustigung und Verlangen, als sie so tat, als wäre sie ein wagemutiger Kapitän, der sein Schiff durch die sturmgepeitschte See manövrierte.

Als Brynne das Steuer losließ, umfaßte Joshua ihre Ellbogen mit warmem, festem Griff und ging zurück in Richtung Gangway.

Brynne bot all ihre Kraft auf, um sich ihm zu widersetzen. »Die Kombüse!« verlangte sie grimmig.

Er wandte sich ihr zu, stemmte die Hände in die Seiten und funkelte sie wütend an. »Die Kombüse befindet sich unter Deck!« fuhr er sie an.

Brynne erwiderte furchtlos seinen Blick. »Und wenn sie im Krähennest wäre! Ich will sie sehen!«

»Gott verdammt noch mal!« donnerte Joshua. »Wenn Minnie Blode mir ein Loch in den Pelz brennt, geht das auf dein Konto, aber das ist dir wahrscheinlich egal!«

Brynne versuchte mir recht gutem Erfolg, sich selbst

davon zu überzeugen, daß sie nicht wußte, was passieren würde, wenn sie mit Joshua Tanner unter Deck des verlassenen Schiffes ging.

Die Kombüse bestand einfach aus einem länglichen Raum mit an den Boden geschraubten Tischen und Bänken. Silbrige Lichtreflexe fielen durch die Bullaugen herein und tanzten im Rhythmus des dümpelnden Schiffes auf den schimmernden Wänden.

»So«, sagte Joshua gepreßt, während sein glühender Blick sich auf ihr Gesicht heftete, dann tiefer glitt, bis zu ihren Brüsten. »Jetzt hast du die verfluchte Kombüse gesehen!«

Brynne fühlte, wie etwas von ihrem Mut sie verließ. Ihn zu bitten, ihr die Kapitänskajüte zu zeigen, in der ganz zweifellos ein Bett stehen würde, stand außer Frage. Die Situation war auch so schon brenzlig genug.

»Danke«, sagte sie kühl.

Einen Augenblick lang schien es, als würde Joshua einen schrecklichen Fluch ausstoßen. Statt dessen gab er nur einen seltsam erstickten Laut von sich, überwand die Distanz zwischen ihnen mit zwei Schritten und preßte seine Lippen suchend und fordernd auf ihre.

Brynnes sonst so rational arbeitender Verstand tanzte wie ein Stück Treibgut auf den Wellen ihres wilden, unerklärlichen Verlangens. Unerträgliche Leidenschaft erfaßte sie, als Joshuas Lippen zu der empfindlichen Stelle hinter ihrem Ohr und dann ihren Hals hinab glitten. Als er sie auf die Arme hob, kam es ihr gar nicht in den Sinn zu protestieren.

Die Kapitänskajüte war nicht weit entfernt. Joshua trug sie die wenigen Meter durch den schmalen Gang und stieß dann mit einem gezielten Fußtritt die Tür auf.

Fast wütend warf er Brynne auf das schmale Bett an

der Wand, und mit seinen Blicken schien er ihr die Kleider vom Leib zu reißen.

Brynne erschauerte. Sie hatte noch nie zuvor das Verlangen verspürt, einen Mann zu verführen, aber es war ein wunderbares Gefühl. »Nun?«

»Ich glaube es einfach nicht«, rief er in zornigem Erstaunen, wieder einmal die Hände in die Seiten gestemmt. »Brynne, bist du jemals mit einem Mann allein gewesen?«

Sie errötete und schüttelte den Kopf.

Joshua fluchte heiser, und einen Augenblick lang war Brynne überzeugt, daß er auf dem Absatz kehrt machen und hinausstürmen würde. Statt dessen setzte er sich auf die Bettkante und half ihr, sich aufzurichten.

»Bist du sicher, daß du das auch willst?« fragte er, und seine Stimme klang rauh dabei, fast ein wenig bedrückt.

Brynne war ganz und gar nicht sicher, aber ihr Körper war es, und so nickte sie und schloß erwartungsvoll die Augen, als er geschickt die Knöpfe im Rücken ihres Kleides öffnete. Langsam und ganz sanft streifte er ihr das Mieder ab, und seine Hände hinterließen eine feurige Spur auf ihren Armen.

Sie saß in einer rosa-weißen Wolke aus Baumwollstoff da, von der Taille aufwärts bloß bis auf ihr dünnes Musselinleibchen. Es war, als würde sie einen der süßen, sündigen Träume durchleben, in denen dieser Mann die Hauptrolle gespielt hatte. Als er ihr die Träger des Leibchens über die Schultern streifte und ihre vollen Brüste entblößte, entrang sich ihr ein sehnsüchtiger Laut.

Joshua seufzte tief, als er ihre makellosen Brüste betrachtete. Er drückte Brynne zurück auf die dicken Daunenkissen, und sie hob in einer zufriedenen, einladenden Geste die Arme über den Kopf.

Joshua stöhnte auf, packte ihre Handgelenke mit einer

Hand und hielt sie in dieser wehrlosen Lage fest. Dann neigte er quälend langsam den Kopf.

Brynne genoß das erwartungsvolle Prickeln auf ihrer nackten Haut, und sie wartete, immer noch nicht ganz begreifend, daß das alles wirklich geschah, daß er ein Wunder nach dem anderen vollbrachte. Ein primitives, kehliges Stöhnen entrang sich ihr, als seine Lippen sich um ihre Brustwarze schlossen und sie seine warme Zungenspitze auf der Haut fühlte.

Brynne schrie auf, als er begann, die rosige Knospe zu liebkosen, während er weiter mit sanftem Druck ihre Arme in die Kissen drückte. Ohne sie loszulassen hob er den Kopf.

»Möchtest du, daß ich aufhöre, Brynne?«

Brennende Röte stieg ihr ins Gesicht, und sie schüttelte den Kopf. »Nein«, flehte sie. »O nein. Die andere, Joshua, die andere . . .«

Er küßte und liebkoste die andere Brustspitze, bis sie sich aufrichtete und verhärtete. Doch erst als Brynne begann, sich stöhnend zu winden, widmete er sich ihren Brüsten mit dem ganzen Hunger, den er bis jetzt noch unterdrückt hatte.

Gerade als Brynne glaubte, die süße Qual nicht länger zu ertragen, zog er sich zurück, ließ ihre Handgelenke los und zog ihr Kleid, Leibchen und Schlüpfer aus. Mit einer Hand warf er die Kleidungsstücke beiseite.

Dann schob er sanft ihre Beine auseinander, kniete sich zwischen sie und zog sich das Hemd aus. Er beugte sich vor und begann, zärtlich ihre Schenkel zu streicheln. Brynne schnappte nach Luft, als seine Finger langsam höher glitten.

Sie stöhnte auf, und ihr Körper spannte sich, als ein wahres Feuerwerk unbeschreiblicher Empfindungen sie durchzuckte. Nicht einmal in ihren wildesten Träumen hatte sie sich vorgestellt, auf diese Weise von ihm berührt zu werden. Und als sie gerade überzeugt war, daß es keine größere Lust geben könne, lösten seine Lippen seine Finger ab, und die Welt um sie herum schien sich plötzlich zu drehen wie ein Karussell, bis sie von Wellen grenzenloser Lust emporgetragen wurde. Das Blut schoß durch ihre Adern wie flüssiges Feuer, und ihr Herz klopfte, als wollte es zerspringen.

Diese herrlichen, unglaublichen Gefühle waren kaum verklungen, als Joshuas Lippen sie erneut an den Rand der Ekstase trieben. Er küßte, streichelte und liebkoste sie, bis Brynne rasend vor Lust nach Erfüllung verlangte.

»Nimm mich«, flehte sie. »Bitte, nimm mich.«

Aber er ließ sich nicht drängen. Seine Lippen glitten warm über ihren flachen Bauch aufwärts und widmeten sich erneut hingebungsvoll ihren Brüsten. Wieder ließ er sich Zeit, sie genußvoll und hungrig zu erforschen.

Diesmal hatte sie die Hände frei, und ihre Finger machten sich daran, nun seinen Körper zu erforschen. Als sie ungeduldig an seinem Hosenknopf nestelte, stöhnte Joshua auf, rollte sich auf den Rücken und zog Brynne mit sich, so daß sie auf ihm lang. Wieder schlossen sich seine Lippen um ihre Brustwarze und liebkosten sie, bis Brynne glaubte zu sterben vor Lust.

Schließlich ließ er von ihren Brüsten ab und schob Brynne neben sich auf die Matratze. Bevor auch er sich ganz auszog, blickte er sie noch einmal an. »Bist du sicher?« fragte er leise.

Brynne nickte.

Sekunden später hatte er sich vollständig entkleidet. Er legte sich auf sie und schaute sie forschend an. Als er kein Anzeichen von Angst oder Widerwillen auf ihrem Gesicht entdecken konnte, drang er mit ungeheurer Zärtlichkeit und Zurückhaltung in sie ein.

Brynne verspürte einen stechenden Schmerz, der jedoch gleich darauf von dem wunderbaren Gefühl verdrängt wurde, ihn endlich in sich zu spüren, endlich eins mit ihm zu sein. Instinktiv paßte sie sich seinem Rhythmus an. Sie atmete keuchend, stöhnte und klammerte sich an ihn wie eine Ertrinkende.

Ihre vereinten Körper bewegten sich immer schneller, rasend und von fast verzweifelter Sehnsucht erfüllt. Die Erlösung war so überwältigend, daß Brynne aufschrie und ihre Nägel sich in Joshuas Rücken krallten.

Auch als Brynne schließlich wieder fähig war, die Augen zu öffnen, bewegte er sich immer noch kraftvoll in ihr. In zärtlichem Staunen beobachtete sie, wie seine Züge weich wurden und er die Augen schloß. Sein Körper spannte sich. Dann erschauerte er unter der Gewalt seiner Ekstase und schrie heiser auf.

Brynne lächelte, als er auf ihr zusammensank, völlig erschöpft und nach Atem ringend. Seine Haut war schweißnaß.

Nach einer Weile hob er den Kopf und küßte sie zärtlich. »Geht es dir gut?«

Sie nickte nur, denn sie war zu gerührt, um zu sprechen. Sie wußte, daß sie es später bitter bereuen würde, aber in diesem Augenblick zählte allein Joshuas Nähe und ihr Bedürfnis, ihm alles zu geben.

Lange blieben sie engumschlungen und schweigend auf dem schmalen Bett liegen, eingelullt von der körperlichen Zufriedenheit, die sie beide empfanden, und dem sanften Schaukeln der ›Rosalie‹.

Schließlich zog Joshua seine Hose über und verließ die Kabine. Als er zurückkehrte, hatte er einen Krug Wasser und weiche Handtücher bei sich und begann wortlos, sie zu waschen.

Als er fertig war, knieten sie sich einander gegenüber

auf das Bett. Brynne fuhr mit einer Hand über seine gebräunte, behaarte Brust und strich zärtlich über seine dunkle Brustwarze.

Joshua packte sie an den Handgelenken und gebot ihren wandernden Fingern Einhalt. Brynne lächelte kokett, sich ihrer Nacktheit nicht im mindesten schämend. »Minnie Blode wird dich ganz sicher erschießen«, sagte sie.

»Mein Leben liegt in deiner Hand«, entgegnete er mit spöttischem Pathos.

Brynne wollte nicht, daß dieses skandalöse Abenteuer schon endete – wenn es vorbei war, würde sie anfangen zu bereuen, und die Welt würde schrecklich leer sein.

»Liebe mich noch mal, Joshua«, flüsterte sie und streichelte seine Brust.

»Brynne.«

»Bitte!« Zwar hob sie stolz das Kinn, aber es war dennoch ein Flehen.

Joshua seufzte und legte ihr die Hand auf die Schultern. »Pippin, ich komme mir jetzt schon vor wie ein Ungeheuer. Du bist so jung . . .«

»Ich bin eine erwachsene Frau!«

Er lachte und richtete den Blick auf ihre Brüste. Ganz offensichtlich erinnerte er sich noch ganz genau an die Lust, die sie ihm verschafft hatten. »Das kannst du laut sagen«, gab er leise zu.

Darauf drückte Joshua Tanner Brynne sanft zurück auf das zerwühlte Bett, und der Zauber begann von vorn.

Miranda sah ihren Bruder vom Pferd steigen und wütend im Stall verschwinden. Es war halb zwei, und er hatte das Haus schon früh am Morgen verlassen. Wo um alles in der Welt hatte er bloß gesteckt?

»Joshua?« rief sie von der Stalltür aus.

Ihre Augen mußten sich erst an das Dämmerlicht im Inneren der Stallungen gewöhnen, und sie konnte ihn anfangs nicht ausmachen.

»Was ist?« fragte er schroff, und in seinen schattenhaften Bewegungen schienen Ungeduld und Zorn zu liegen.

Miranda konnte jetzt bereits besser sehen, und sie trat auf die offene Tür von Chinooks Box zu. »Joshua, hör auf, mit diesem Pferd herumzuhantieren, und hör mir zu!«

Überraschenderweise hielt er tatsächlich inne. Im Halbdunkel betrachtete sie sein grimmiges Gesicht. »Ich höre!« knurrte er.

»Alf Gunderson ist tot.«

Chinooks Trense fiel mit einem melodischen Klicken auf den strohbedeckten Boden. »Wie ist das passiert?«

»Seine Leiche wurde heute morgen in Little Canton angespült«, entgegnete Miranda ruhig. »Man macht die Chinesen dafür verantwortlich, Joshua. Es hat in letzter Zeit viel Gerede über Lynchaktionen gegeben . . .«

»Mein Gott! Hat irgend jemand etwas gesehen? War er gestern nacht mit jemandem zusammen?«

Miranda holte tief Luft. »Niemand hat den Mord beobachtet, und er wurde im Shore House zuletzt lebend gesehen. Er hat mit Austin Darnell gesprochen und ist danach gegangen.«

Darauf folgte eine unheilvolle Stille, die Miranda nutzte, um sich gegen die unausweichliche Explosion zu wappnen.

Sie kam erst, nachdem Joshua die Stalltür hinter sich geschlossen hatte und mit seiner Schwester ins gleißende Sonnenlicht getreten war. Die Blässe in seinem Gesicht war erschreckend.

»Austin Darnell?« brüllte er, so laut, daß How Ling

und ihre Mutter, die als Köchin bei den Tanners beschäftigt war, ihre Arbeit in den Gemüsebeeten unterbrachen und herübersahen. »Wann ist er zurückgekommen?«

Miranda befreite sich aus dem schmerzhaften Griff ihres Bruders und rieb sich den Ellbogen. »Um Himmels willen, Joshua, woher soll ich das wissen? Er ist wieder da, mehr weiß ich auch nicht.«

Joshua fluchte anhaltend, und etwas Farbe kehrte in sein wutverzerrtes Gesicht zurück. Er wandte sich um und wollte zurück in den Stall, aber Miranda packte ihn am Arm und hielt ihn zurück.

»Warte, Joshua. Halt dich da raus.«

Er holte tief Luft und blickte, offensichtlich bemüht, nicht noch mehr die Beherrschung zu verlieren, in den strahlendblauen Himmel. »Miranda«, warnte er, in einem Tonfall, der jeden anderen als seine Schwester vor Angst hätte erstarren lassen.

»Ich bitte dich nur, erst einige Minuten darüber nachzudenken, Joshua«, sagte sie vernünftig. »Komm bitte mit ins Haus. Genehmige dir einen Drink, dann reden wir.«

In seine Augen trat ein mörderischer Glanz – vielleicht dachte er an die Nacht zurück, als Austin Darnell Rosalie beinahe vergewaltigt hätte. Miranda erinnerte sich ebenfalls noch gut daran und erschauerte trotz der Hitze des Tages.

»Joshua«, flehte sie leise.

Er seufzte, und etwas von der zerstörerischen Wut fiel von ihm ab. Erst jetzt bemerkte Miranda seine zerknitterten Kleider und sein zerzaustes Haar.

Lächelnd zog sie ihn mit sich auf das Haus zu. »Du solltest dich schämen, Joshua Tanner«, neckte sie ihn, um die gespannte Atmosphäre zu lockern. »Du hast deine strenge Regel gebrochen und . . .«

Er verschloß sich augenblicklich wieder; sein Gesicht

wirkte plötzlich wie versteinert, in seinen violetten Augen loderte ein gefährliches Feuer.

Miranda jedoch erwiderte seinen Blick furchtlos. Er mochte jeden anderen in der Gegend einschüchtern, ihr machte er keine Angst. Für sie war er immer noch der kleine Junge, der die Grausamkeit ihrer Mutter in ergebenem Schweigen über sich hatte ergehen lassen und sich hinterher im Sommerhaus versteckt hatte, um zu weinen.

Einen endlosen Augenblick lang standen sich Bruder und Schwester gegenüber und funkelten sich an. Schließlich gab sich Joshua mit einem heiseren, widerwilligen Lachen geschlagen.

»Wer ist sie?« fragte Miranda, die zu den Menschen gehörte, die einen Vorteil zu nutzen wußten.

»Das«, entgegnete Joshua brüsk und verschränkte die Arme vor der Brust, »geht dich einen feuchten Kehricht an.«

Darauf ging er mit großen Schritten auf das Haus zu, wohl um sich umzuziehen und sich den Drink zu genehmigen, den er ganz offensichtlich dringend nötig hatte. Eins war klar: Es hatte absolut keinen Zweck, mit ihm reden zu wollen.

Miranda wartete, bis die Küchentür ins Schloß gefallen war, bevor sie ihm folgte. Sie wurde noch verrückt vor Neugier, wenn sie nicht herausfand, mit wem Joshua zusammen gewesen war.

Seine Geliebte zu besuchen hatte er keine Zeit gehabt. Soweit sie wußte, lebte Corrine Temple, die Frau, die derzeit seine Leidenschaft befriedigte, in Tacoma, und Joshua hatte nie einen Hehl daraus gemacht, daß er sich niemals mit Frauen aus der näheren Umgebung einlassen würde. Joshua war ein Mann, der zu seinem Wort stand, aber diesmal war es jemandem gelungen, seine unbeugsame Entschlossenheit zu untergraben.

In der Küche fiel Mirandas Blick auf den Picknickkorb, den Drew auf seine Kutschfahrt hatte mitnehmen wollen. Typisch für ihn, daß er ihn vergessen hatte.

Unerklärlicherweise lief ihr plötzlich ein kalter Schauer über den Rücken. Instinkt und die Tatsache, daß sie ihre Brüder durch und durch kannte, ließen sie die Wahrheit erkennen. Brynne McFarren. War sie die Frau, die Joshua dazu gebracht hatte, gegen seine Prinzipien zu verstoßen?

Miranda zog sich einen Stuhl heran und setzte sich mit zitternden Knien. Sie versuchte sich einzureden, daß sie sich irrte, daß ihre Phantasie mit ihr durchging und es nichts gab, was ihre Vermutung erhärtete, aber vergeblich.

Das Verhältnis zwischen Drew und Joshua war auch so schon gespannt, und jetzt hatten sie sich, so sicher wie die Sonne im Osten auf- und im Westen unterging, beide in dieselbe Frau verliebt.

7

Als die Kutsche sich, geschickt von dem Stallburschen der Tanners gelenkt, in Bewegung setzte, musterte Drew Brynne verstohlen und grübelte.

In ihrer rosafarbenen Bluse, dem schmalen grauen Rock und dem breitkrempigen Strohhut sah sie zum Anbeißen aus, aber Drew bezweifelte, daß sie sich ihrer unwiderstehlichen Anziehungskraft bewußt war.

»Brynne?«

Sie wandte sich ihm zu, wich jedoch seinem Blick aus. Von ihr ging ein Strahlen aus, das Strahlen einer Frau, die gerade leidenschaftlich geliebt worden war.

»Ja?«

Drew holte zitternd Luft. Er begehrte sie so sehr, daß er Gespenster sah. Gott, es war zwei Uhr am Sonntagnachmittag. Wer hätte ihre jungfräuliche Abwehr überwinden und Minnie Blodes Argusaugen entgehen können, um diese verlockenden Rundungen zu erforschen?

»Du siehst hübsch aus.«

Brynne lächelte, sah ihn jedoch immer noch nicht an. Zweifelsohne war sie schüchtern. »Danke.«

Drew unterdrückte das überwältigende Bedürfnis, sie anzufassen, und erwiderte ihr Lächeln. Er wollte um jeden Preis erreichen, daß sie sich wohl fühlte. »Entspann dich. Ich habe nicht vor, Annäherungsversuche zu machen.«

Offensichtlich hatte er die richtigen Worte gefunden. Sie begann sich zu entspannen, und sie sah ihm zum esten Mal ins Gesicht. »W . . . weißt du, wer ich bin, Drew?« fragte sie.

Gott, wie er sich danach sehnte, den Arm um ihre schmale Taille zu legen! Wenn sie eine Frau aus seinem Bekanntenkreis gewesen wäre, würden sie sich jetzt schon in den Armen liegen.

»Du bist Brynne McFarren«, entgegnete er und verzog den Mund zu jenem schiefen Grinsen, das ihm schon so manches Frauenherz erobert hatte.

Brynne hatte die ganze Zeit über einige zusammengefaltete Papiere in den Händen gehalten, die sie ihm jetzt plötzlich entgegenhielt.

Die Lektüre gewichtiger Dokumente war nicht Drews Stärke, aber bei diesem Dokument erkannte er gleich, worum es sich handelte. Die Tanner Enterprises hatten das Darlehen auf die Farm eines gewissen John McFarland gekündigt . . . Drew unterdrückte einen Triumphschrei. »McFarland – McFarren?« fragte er nachdenklich und zog eine Augenbraue hoch.

Die Kutsche wurde auf der unbefestigten, holprigen Straße durchgerüttelt, und Brynne griff haltsuchend nach Drews Arm. Brennende Hitze durchzuckte Drew, und sein Verlangen loderte auf.

Brynne jedoch musterte ihn aus schmerzerfüllten Augen. »Papa hat jedem erzählt, unser Name wäre McFarland, sogar eurer Bank, wie es scheint.«

Drew mußte den Blick abwenden, sonst konnte er für nichts garantieren. Er gab vor, die vorbeiziehende Landschaft aufmerksam zu betrachten, und konzentrierte sich ganz bewußt auf die einzeln stehenden Bäume und den glitzernden, silberblauen Sound. Schließlich, nach einer unbehaglichen Weile, wandte er sich ihr wieder zu.

»Es tut mir leid, Brynne.«

Impulsiv griff sie nach seiner Hand. »Nein. Es war allein Papas Schuld. Er hat die Hypothek nicht bezahlt.«

»Trotzdem«, sagte Drew in scheinbarem Mitleid. Insgeheim war er froh, daß irgendein Esel – die Unterschrift war von einem Bevollmächtigten Joshuas – gegen die Firmenpolitik verstoßen und die McFarland-Farm enteignet hatte. Wenn er es nicht getan hätte, hätte er, Drew, Brynne niemals kennengelernt.

»Ich hätte es dir nicht sagen sollen«, sagte sie leise.

»Es ist völlig zwecklos und ...«

Drew legte ihr eine Hand unters Kinn. »Du wolltest nur aufrichtig sein, habe ich recht? Ich bewundere das, Brynne.«

Gott, wenn Flossie und Maude ihn so sehen könnten, würden sie ihm Beifall klatschen!

Die Belohnung für seine schauspielerische Leistung war ein Lächeln, das ihm durch und durch ging. »Dann können wir also Freunde sein?«

Drew hätte schreien können, diesmal vor Frust, aber statt dessen lächelte er.

»Ja, Freunde«, stimmte er zu. »Außerdem ist es nur fair, wenn ich dir sage, daß ich mit diesen Dingen nicht das geringste zu tun habe. Joshua trifft alle geschäftlichen Entscheidungen.«

Ein seltsamer Ausdruck trat auf ihr Gesicht. Ihre Augen schienen plötzlich leer, und sie preßte die Lippen aufeinander. Sie schien sich auf einmal an etwas Entsetzliches zu erinnern.

Wieder hob Drew ihr Kinn an. »Brynne?«

Zu seiner grenzenlosen Verwunderung rollte ihr eine Träne über die Wange. Ihr Blick war auf die Unterlagen in seiner Hand geheftet. »Papa hat den Verlust nicht verwunden«, sagte sie so traurig, daß es Drew in der Seele weh tat. »E ... Er ist in den Scherschuppen gegangen und hat sich erhängt.«

»Und du hast ihn gefunden?« fragte Drew leise, ganz entsetzt von dieser Vorstellung.

Sie nickte und ließ es geschehen, daß er sie tröstend in die Arme schloß.

Die Kutsche kam am Ufer eines kleinen, in der Sonne glitzernden Teiches zum Stehen, und Brynne, die sich wieder gefaßt hatte, erlaubte Drew, ihr beim Aussteigen zu helfen.

»Ich habe den Picknickkorb vergessen!« brummte er, aber seine haselnußbraunen Augen blitzten amüsiert, und seine Hände blieben etwas länger als nötig auf Brynnes Hüften ruhen.

Ihr war immer noch flau im Magen, und das Essen war das letzte, was sie jetzt wollte. Sie hatte sich Joshua so schamlos hingegeben, und dann hatten sie sich schrecklich gestritten – er war wütend gewesen, daß sie nach dem, was zwischen ihnen gewesen war, dennoch mit Drew ausfahren wollte, und hatte einfach nicht einsehen wollen, daß sie es nun mal versprochen hatte und ihr Wort halten wollte. Und vorhin hatte sie, aus Gründen, die sie selbst nicht verstand, das Bedürfnis gehabt, zumindest einem Tanner die Papiere zu zeigen, die ihren Vater das Leben gekostet hatten.

»Ich habe keinen Hunger«, sagte sie endlich.

Sie fühlte, wie sich bohrende Kopfschmerzen ankündigten. Und dann nahm Drew plötzlich ihre Hand und zog Brynne von der Kutsche fort. Wie auf ein stummes Signal hin ließ der Kutscher die vier Braunen wieder antraben, und das Gefährt rumpelte davon.

»Er läßt uns hier allein!« rief Brynne, die zu spät erkannte, daß Drew Tanner trotz all seines Charmes vielleicht doch kein Gentleman war.

Drew lachte, und der Klang beruhigte sie etwas. »Keine Bange, Brynne. Ich habe doch versprochen, mich zu benehmen.«

Sie blickte forschend in das freundliche, auf jungenhafte Art anziehende Gesicht ihres Begleiters, hoffend, daß sie ihm wirklich trauen konnte. Sie hatte sich an diesem Tag bereits einem Mann hingegeben, und sie hatte nicht die Absicht, noch einmal den gleichen schrecklichen Fehler zu begehen.

»Und was tun wir jetzt?« fragte sie schwach.

»Spazierengehen«, entgegnete Drew ruhig.

Und das taten sie. Sie umrundeten den Teich, stiegen auf einen grasbewachsenen Hügel, von dem aus man einen herrlichen Blick auf die Berge hatte, und pflückten auf einer von uralten Bäumen umgebenen, verborgenen Wiese Feldblumen. Einmal pflückte Drew eine Tigerlilie und steckte sie Brynne hinters Ohr. Einen Augenblick lang dachte sie, er würde sie küssen, aber dann strich er nur mit dem Daumen über ihre Wange und lächelte.

»Du hast gearbeitet«, sagte Brynne etwas töricht. Seine Finger waren rauh von der ungewohnten Arbeit, und seine Hände erinnerten sie unwillkürlich an Joshuas.

Drew seufzte tief. »Leider«, sagte er. »Ich schätze, mein

Bruder hat beschlossen, daß ich lange genug ein verschwenderischer Taugenichts gewesen bin.«

Brynne hätte gelacht, wenn nicht Joshuas Name gefallen wäre. Ein kalter Schleier legte sich um ihr Herz, und sie erschauerte. Grundgütiger Himmel, was hatte sie nur getan?

»Ich habe mich gefragt, warum du in Mrs. Blodes Gasthaus frühstückst«, meinte sie abwesend.

»Hast du das?« sagte er. Seine Stimme klang weich und verführerisch, und er musterte Brynne mit unmißverständlichem Verlangen.

Schweigen breitete sich aus, und nur das Summen der Bienen, das Singen der Vögel und das Rauschen des Windes in den hohen Baumwipfeln war zu hören.

Drew trat einen Schritt zurück; er schien einen verzweifelten Kampf mit sich auszufechten. Als ihre Blicke sich wieder trafen, verrieten ihr seine Augen Dinge, die sie lieber nicht wissen wollte.

»Brynne, die Arbeit bei Minnie ist zu hart für dich. Ich kann es nicht ertragen, dich herumhetzen zu sehen wie eine Dienstmagd . . .«

Brynne unterbrach ihn stolz, aber höflich. »Ich *bin* eine Dienstmagd, Drew.«

Er schüttelte heftig den Kopf. »Nein. Du bist zu gut, um für diesen zerlumpten Haufen stinkender Arbeiter zu schuften. Ich lasse das nicht zu!«

Brynne errötete vor Zorn. »Du läßt es nicht zu?« fragte sie spöttisch. »Du *läßt es nicht zu?* Was glaubst du eigentlich, wer du bist, Drew Tanner? Im Gegensatz zu dir bin ich nicht der verwöhnte Liebling einer reichen Familie. Ich muß mir meinen Lebensunterhalt verdienen . . .«

Drew brachte sie zum Schweigen, indem er ihr die Hände auf die Schultern legte. »So habe ich es doch nicht gemeint, Brynne«, sagte er beschwichtigend, aber der gewohnte übermütige Ausdruck war aus seinen Augen verschwunden, die plötzlich hart glänzten. »Ich möchte für dich sorgen.«

Brynne starrte ihn entgeistert an.

Drew hatte sein Jackett in der Kutsche gelassen, und als er sich jetzt abwandte, sah Brynne, daß seine Muskeln unter dem Hemd und der seidenen Weste angespannt waren. »Meine Schwester hat ein Haus in der Stadt«, fuhr er fort. »Ich möchte, daß du bis zu unserer Hochzeit dort lebst.«

Brynne sah ihn mit offenem Mund an. Hochzeit? Sie kannte Drew Tanner gerade eine Woche, und er wollte sie *heiraten?* Plötzlich errötete sie. Joshua kannte sie auch nicht länger als seinen Bruder, und doch war sie mit ihm so intim gewesen wie mit einem Ehegatten. »Drew«, sagte sie schließlich, »ich kann nicht deine Frau werden.«

Er wirbelte herum. »Warum nicht?« stieß er hervor.

Aufrichtig hatte er sie vorhin genannt. Nun, jetzt brachte Brynne es nicht über sich, aufrichtig zu sein, zumindest nicht ganz. Wie sollte sie ihm sagen, daß sie sich schamlos jenem Mann hingegeben hatte, der ihren Vater in den Selbstmord getrieben hatte? Wie sollte sie ihm sagen, daß sie dennoch keinen Kuß und keine Berührung bereute? »Ich . . . ich bin nicht mehr unschuldig«, meinte sie unglücklich.

Ein mörderischer Ausdruck trat in Drews Gesicht, und er wurde kreidebleich. »Wer?« fragte er schroff.

Brynne schob trotzig das Kinn vor. »Das spielt keine Rolle. Außerdem geht es dich nichts an!«

»Und ob es mich etwas angeht!« schrie er außer sich. »Ich liebe dich!«

Jetzt war es Brynne, die zurückwich – einen Schritt, und noch einen. Sie wäre am liebsten davongelaufen, aber sie waren Meilen von der Stadt entfernt, und Drew wäre ohnehin schneller als sie. »Sag so etwas nicht«, flehte sie. »Ich habe dir doch gerade erzählt, daß ich . . .«

»Das ist mir gleich!«

»Aber . . .«

Sein glühender Blick glitt über ihr Gesicht, ihren Hals und ihr Mieder. »Wann, Brynne?« fragte er leise.

Brynne senkte den Blick. *Heute morgen.* Nein, das konnte sie ihm einfach nicht sagen. Sie hatte Drew auch so schon weh getan. »Vor Jahren«, log sie, von der Festigkeit ihrer Stimme überrascht.

Drew preßte die Lippen aufeinander. Offensichtlich glaubte er ihr nicht. Seine Worte bestätigten ihre Vermutung. »Vor Jahren«, spottete er, und seine Stimme klang leise und gefährlich. »Siebzehn? Achtzehn? Hast du mit elf deine Unschuld verloren? Mit zwölf?«

»Hör auf damit!« rief Brynne, der das Herz vor Scham und Angst bis zum Hals schlug. »Drew Tanner, du gemeiner . . .«

Er trat auf sie zu, packte sie an den Schultern und schüttelte sie. »Es tut mir leid!« schrie er. »Um Gottes willen, Brynne, würdest du mir bitte zuhören? Es tut mir *leid!*«

Dieser Tag war zuviel gewesen. Tränen strömten ihr über das Gesicht, und sie brachte keinen Ton heraus.

Drew zog ein sauberes Taschentuch aus seiner Hosentasche und trocknete zärtlich ihre Tränen. »Es spielt keine Rolle, Brynne«, sagte er sanft. »Gott hilf mir, ich liebe dich so sehr, daß mir alles andere egal ist.«

Brynne schluchzte verzweifelt. *»Nein«*, flehte sie.

Aber er zog sie an sich und hielt sie fest. Seinen schlanken, geschmeidigen Körper so nah zu spüren, war irgendwie falsch, wie ein Kleidungsstück, das nicht paßte. Sein Geruch war falsch, das Timbre seiner Stimme war falsch, alles war falsch.

Brynne wand sich aus seinen Armen und funkelte ihn wütend an. »Du hast versprochen, dich wie ein Gentleman zu benehmen!« sagte sie anklagend.

Drew stemmte die Hände in die Seiten, legte den Kopf ein wenig schief und musterte sie nüchtern. »Dieser Mann – es war jemand, den du nicht haben konntest, habe ich recht?«

Wie wahr! dachte Brynne niedergeschlagen und resigniert. Wie schrecklich, unabänderlich wahr. Joshua Tanner war der Mann, der ihren Vater um den Verstand gebracht hatte, und daran würde sich niemals etwas ändern. Und selbst wenn man diese Tatsache außer acht ließ, würde Joshua Tanner wohl kaum Minnie Blodes Dienstmagd den Hof machen, oder? Am Abend würde er bestimmt bei einem Glas edlem Brandy über seine Eroberung lachen und sich vielleicht sogar vor seinen Freunden damit brüsten.

»Ja«, gestand sie schließlich. »Es ist jemand, den ich nicht haben kann.«

»Dann laß mich dir helfen, ihn zu vergessen. Zieh in Mirandas Haus. Brynne, glaub mir, ich werde dich überzeugen, daß . . .«

In Mirandas Haus ziehen. Die Worte hallten in den dunklen Kammern ihres Herzens wider, und jetzt erst wurde ihr die volle Bedeutung dessen, was Drew sagte, bewußt. »Du willst mich *aushalten?* Wie eine . . . eine Hure? Vergiß es, Drew Tanner. Ich werde niemals deine Geliebte!«

Sie wandte sich um, wollte blindlings davonlaufen, ganz egal wohin. Wie sie befürchtet hatte, holte Drew sie mühelos ein, packte sie an den Ellbogen und zwang sie, sich zu ihm umzudrehen.

»Ich bitte dich nicht, meine Geliebte zu werden!« fuhr er sie an, und sein Gesicht verriet, welch rasenden Zorn er empfand. »Ich möchte, daß du meine Frau wirst!«

Bevor Brynne etwas darauf erwidern konnte, rollte die Kutsche auf dem schmalen, selten benutzten Weg auf sie zu. Es war Zeit, zu gehen. Drew fluchte, öffnete die Tür des auf Hochglanz polierten Gefährts und schob Brynne unsanft hinein.

Er war auf der ganzen Rückfahrt gräßlicher Laune, und Brynne unternahm keinen Versuch, ihn aufzuheitern. Es war besser, wenn sie nicht miteinander sprachen.

Knapp verabschiedete sich Drew eine halbe Stunde später vor Minnie Blodes Tür von Brynne und ging dann mit großen Schritten zurück zur Kutsche.

Brynne schluckte hart und trat dann ins Haus.

Der düstere Eßsaal schien verlassen zu sein. »Minnie?« rief Brynne, die auf einmal von einem unbehaglichen Gefühl erfaßt worden war.

Die Antwort war ein rhythmisches, knarrendes Geräusch.

»Minnie!« rief sie erneut und hörte im gleichen Augenblick, wie sich draußen Schritte näherten.

»Brynne«, rief Drew und schob im gleichen Augenblick die Tür auf, so daß Sonnenlicht den Raum durchflutete. »Allmächtiger«, flüsterte er.

Brynne blickte im selben Augenblick nach oben und sah China Joe leblos und mit glasigen Augen an einem Strick von der Decke baumeln.

Sie schrie und schrie und konnte nicht aufhören. Dann hüllte undurchdringliche Dunkelheit sie ein, und sie spürte nur noch, wie Drew Tanners starke Arme sie auffingen.

Drew stolperte, die regungslose Brynne auf den Armen, aus dem Eßsaal hinaus auf die Straße. Er war wie benommen, unfähig, einen klaren Gedanken zu fassen, und das grelle Sonnenlicht blendete ihn.

Er riß sich zusammen, als er Hufschlag hörte. Joshua, Sam Prigg und zwei Indianer galoppierten heran, vermutlich durch Brynnes Schreie alarmiert.

Joshua sprang von seinem Pferd und baute sich drohend vor Drew auf. Der mörderische Blick in seinen Augen verstärkte Drews Übelkeit noch.

»Was ist passiert?« fragte das Halbblut und blickte auf die ohnmächtige Brynne. Sein Gesichtsausdruck schien unergründlich.

Drew wurde schlecht. Er drückte Brynne seinem Bruder in die Arme, lief hinter das Haus und übergab sich. Als er sich schließlich ein wenig erholt hatte, stolperte er zurück und sah gerade noch, wie Joshua grimmig die Kutsche fortschickte.

Drew folgte den Männern, als Joshua, Sam Prigg und die Indianer den Speisesaal betraten und den Chinesen bemerkten, der wie eine Stoffpuppe am Ende des Stricks baumelte.

»Holt ihn runter«, befahl das Halbblut, wandte sich um und ging wieder hinaus.

Drew blieb ihm auf den Fersen. »Wo ist Brynne«, fragte er heiser.

Die violetten Augen waren völlig ausdruckslos, als Joshua den Blick auf die schneebedeckten Berge in der Ferne richtete. »Ihr Vater ...«

»Ich weiß«, sagte Drew. »Joshua, wo ist sie?«

»Auf dem Weg zu unserem Haus – fürs erste«, entgegnete Joshua, aber noch immer sah er seinen Bruder nicht an. »Miranda kann sich um sie kümmern, bis wir entschieden haben, was mit ihr geschehen soll.«

In diesem Augenblick erklang aus dem Inneren des Hauses ein Schrei voller Kummer und Wut. Joshua fluchte und lief hinein. Drew folgte ihm. »Sam!« rief das Halbblut und warf nur einen flüchtigen Blick auf die

Indianer, die den Leichnam des Chinesen in eine Decke wickelten.

»Ich bin hier«, antwortete Sam Prigg mit erstickter Stimme.

»Hör auf mit dem Gejammer, Sam«, sagte Minnie Blode, als ihr Verehrer ihr auf die Beine half. »Ich bin *okay!*«

»Ich dachte, du wärst tot!« jammerte Sam und streichelte Minnies kräftige Handgelenke mit einer Zärtlichkeit, die sogar Drew rührte.

»Ich hätte nie gedacht, daß dir auffallen würde, daß ich es nicht bin«, entgegnete Minnie brummig und blickte zu Joshua, während sie Drew völlig ignorierte.

»Was ist passiert?« fragte das Halbblut knapp.

Minnie machte ein beschämtes Gesicht. »Ich weiß es nicht genau, Josh. Ich habe draußen im Speisesaal Krawall gehört und wollte gerade nachsehen, als irgendein Stinktier auch schon versucht hat, mir den Schädel zu spalten. Das nächste, woran ich mich erinnern kann, ist Sam, wie er heult und jammert, als wäre ich hinüber.«

Sam machte ein verlegenes Gesicht, sagte jedoch nichts.

Minnie musterte das Halbblut, als könne sie die schlechte Nachricht von seinem Gesicht ablesen. »China Joe?« flüsterte sie.

Joshua nickte.

»Gott verfluche diese haßerfüllten, mörderischen Bestien! Zur Hölle sollen sie fahren!« Minnies grobe Züge waren wutverzerrt. Dann trat ein sorgenvoller Ausdruck in ihre Augen. »Was ist mit Brynne? W . . . was ist mit dem Mädchen . . .«

»Sie war nicht hier, Minnie«, antwortete Joshua schnell und warf Drew einen flüchtigen Blick zu, bevor er sich wieder Minnie zuwandte. »Ich denke, sie wird darüber hinwegkommen.«

»Du *denkst*, sie wird darüber hinwegkommen?« wiederholte Minnie.

»Sie hat den Chinesen gefunden«, erklärte Drew, und seine Stimme klang erstickt. Er mußte wieder daran denken, wie sie geschrien hatte und dann ohnmächtig geworden war, und sein Magen rebellierte erneut. Eine Hand auf den Mund gepreßt, stolperte er an Joshua vorbei nach draußen, gerade als Sam Prigg Minnie Blode einen Antrag machte.

Drew rang keuchend und mit schmerzender Kehle nach Atem, als Joshua um die Hausecke bog und ihm eine Tasse kaltes Wasser reichte. Drew lehnte sich an die Wand, spülte sich den Mund aus und trank dann gierig.

»Danke«, sagte er, als er wieder sprechen konnte. Joshuas Augen schienen bis auf den Grund seiner Seele zu blicken und Dinge zu sehen, die besser im Verborgenen blieben. »Kein schöner Anblick, wenn diese Art von Vorurteilen ausufern, was, Drew?« fragte er spöttisch, wandte sich dann um und entfernte sich.

Obwohl ein Teil von ihm Joshua zurückrufen oder ihm sogar nachlaufen wollte, blieb Drew reglos stehen, bis er Hufschlag auf der Straße hörte. Jetzt war es zu spät, seinem Bruder die Hand zu reichen. Es war immer zu spät gewesen.

Als ihm einfiel, daß die Kutsche bereits fort war und er kein Pferd hatte, fluchte er und machte sich in der brütenden Hitze zu Fuß auf den Heimweg.

Beruhigt, daß Brynne nun schlief, verließ Miranda das Zimmer gleich neben dem ihren und schloß leise die Tür hinter sich. Der Flur im oberen Stock war nur spärlich beleuchtet und sehr still, und doch schien die Luft elektrisch geladen, als würde jeden Augenblick ein Sturm losbrechen.

Miranda stieg langsam, eine Hand auf dem Geländer, die Treppe hinunter. Sie wußte, daß ihre Brüder beide im Arbeitszimmer darauf warteten, daß sie ihnen sagte, wie es Brynne McFarren ging.

Sie straffte die Schultern, bevor sie die Tür leise öffnete, und blieb auf der Schwelle stehen. Es wurde allmählich dunkel, und jemand hatte die Lampen angezündet.

Joshua saß mit dem Rücken zu ihr an seinem Schreibtisch und gab vor zu arbeiten, während Drew rastlos auf und ab ging. Die Brüder schienen einander zu ignorieren, aber Miranda wußte, daß sie sich beide Gedanken über Dinge machten, die in ihren, Mirandas, Augen längst geregelt waren.

»Und?« fragte Joshua brummig, ohne von den Unterlagen und Zeitschriften aufzublicken, die auf seinem Schreibtisch verstreut lagen.

Drew dagegen sah seine Schwester an, und seine Augen glitzerten gefährlich im flackernden Lampenschein. »Ist sie wach? Miranda, es ist Stunden her, seit der Arzt gegangen ist.«

Miranda holte tief Luft und verschlang die Finger ineinander. »Wie soll ich dir antworten, wenn du mich nicht zu Wort kommen läßt? Brynne war noch so durcheinander, daß ich sie nicht allein lassen wollte.«

»Der Arzt sagte, sie würde schlafen«, brummte Joshua, der Miranda immer noch den Rücken zukehrte. Sie konnte sehen, wie angespannt seine Muskeln waren, und er tippte nervös mit einem Stift auf die Tischplatte.

»Er hat ihr Laudanum gegeben«, sagte Miranda. »Aber sie hat dennoch weiter um sich geschlagen und geweint, und ich hatte Angst, sie würde aufwachen und sich in der fremden Umgebung fürchten. Inzwischen hat sie sich aber etwas beruhigt.«

»Mein Gott«, murmelte Drew und blieb an einem kleinen Tisch stehen, um sich einen Drink einzuschenken. »Wenn du sie gehört hättest ... wenn du gesehen hättest, wie sie ...«

Miranda schloß für einen Augenblick die Augen, bemerkte aber trotzdem, daß Joshua sich erhob. Als sie die Augen wieder öffnete, lehnte er an seinem Schreibtisch, die Arme über der Brust verschränkt, den Blick forschend auf ihr Gesicht geheftet.

»Brynne McFarren kann nicht unter diesem Dach bleiben«, sagte sie und wappnete sich innerlich gegen die Proteste, die wahrscheinlich folgen würden. »Warum habt ihr sie nicht zu ihrer Tante und ihrem Onkel gebracht?«

Drew verzog verächtlich die Lippen und funkelte Miranda an. »Zu Eloise Jennings? Mein Gott, Miranda, diese Frau haßt Brynne!«

Miranda hatte sich jahrelang sowohl gegen Drew als auch gegen Joshua behaupten müssen und ließ sich auch jetzt nicht beirren. »Ich brauche euch doch nicht zu sagen, was für Gerüchte aufkommen werden, oder? Und glaubt ja nicht, daß die Leute sie netter behandeln werden, nur weil ich hier bin. Eine geschiedene Frau ist wohl kaum die geeignete Anstandsdame.«

Drew wandte sich fluchend ab und leerte sein Glas in einem Zug, und während dieser kurzen Zeitspanne verständigten sich Miranda und Joshua wortlos, nur durch einen Blick.

Miranda hätte beinahe ebenfalls geflucht. Sie hatte sich nicht getäuscht. Der Ausdruck in Joshuas Augen, die Angespanntheit seiner Schultern und die Tatsache, daß er seine Hände zu Fäusten geballt hatte, verrieten ihr, daß sie recht gehabt hatte. Der großartige, unbeugsame, stolze Joshua hatte schließlich doch sein Herz verloren.

Und ausgerechnet an Brynne McFarren, die Tochter jenes Mannes, den er so abgrundtief haßte.

Miranda hatte plötzlich das Bedürfnis nach einem Drink und schob Drew beiseite, um sich auch ein Glas einzuschenken.

Sie musterte ihren jüngeren Bruder von der Seite. Er war erregt und hochrot im Gesicht, aber Miranda erkannte, daß er noch nicht wußte, wer sein Rivale war. So eingenommen, wie er von sich war, war ihm wahrscheinlich nicht einmal der Gedanke gekommen, daß er überhaupt einen Rivalen haben könnte.

O Gott, dachte Miranda müde. Sie werden sich gegenseitig umbringen.

»Ich will Brynne heiraten«, sagte Drew unvermittelt, sah dabei aber weder Joshua noch Miranda an. Dann hob er sein Glas und trank einen Schluck.

Miranda ließ sich in einen Sessel sinken und schloß die Augen. Ein dumpfer Schmerz pochte in ihren Schläfen und ihrem Hinterkopf.

»Es gibt in diesem Haus zwei unverheiratete Männer«, bemerkte sie und bemühte sich, ruhig zu bleiben, obwohl sie das viel Mühe kostete. »Und, wenn ich so sagen darf, ihr seid beide für eure Frauengeschichten bekannt – ihr wart in dieser Hinsicht ja nie allzu diskret. Außerdem, wie ich bereits sagte, werde auch ich nicht gerade als leuchtendes Beispiel weiblicher Tugend betrachtet. Deshalb bleibt uns nur eine Möglichkeit – Brynnes Verwandte.«

»Es gäbe noch eine Möglichkeit«, warf Drew ein, und diesmal klang er eher eifrig als zornig. »Sie könnte in deinem Haus wohnen, Miranda. In dem Haus, das du mit deinem Mann bewohnt hast.«

Miranda riß die Augen auf. »Allein?«

»Mit dir«, ergänzte Joshua, dem diese Idee auch zu gefallen schien. Oder hatten die beiden eingeschworenen Feinde den ganzen Nachmittag über verschiedene Alternativen gesprochen?

»Mein Gott!« stöhnte Miranda. »Seid ihr taub? Ich habe euch doch gerade erst erklärt . . .«

»Daß du einen schlechten Ruf hast«, unterbrach Drew sie. »Komm schon, Miranda. Du weißt sehr gut, daß nicht du das eigentliche Problem bist, Joshua und ich sind es. Du könntest sie als deine Gesellschafterin oder so was einstellen.«

»Als Gesellschafterin!«

»Warum nicht?« fragte Joshua und zuckte mit den Schultern. »Reiche Frauen haben doch immer eine Gesellschafterin, oder?«

»Ja, wenn sie fünfundneunzig sind und blind wie Maulwürfe!« fuhr Miranda auf.

»Dann ist es also abgemacht?« Drew strahlte.

»Das kommt überhaupt nicht in Frage!«

»Miranda«, meinte Joshua seufzend.

»Verdammt noch mal, *nein!* N-E-I-N, nein!«

»In diesem Fall«, begann Joshua mit wohlbedachtem und eher noblem Zögern, »habe ich etwas mitzuteilen . . .«

»Wir ziehen gleich morgen früh um!« rief Miranda verzweifelt, bevor er fortfahren konnte.

Joshua grinste.

»Hervorragend«, meinte Drew, prostete seiner Schwester zu und leerte dann sein Glas in einem Zug. »Gute Nacht.«

Joshua und Miranda schwiegen, bis sie hörten, wie Drews Schlafzimmertür ins Schloß fiel.

»Es war Brynne«, sagte Miranda leise. »Du warst mit Brynne McFarren zusammen, habe ich recht?«

»Erwartest du wirklich, daß ich das tatsächlich zugebe, Miranda?« fragte ihr Halbbruder und zog eine Augenbraue hoch. »Wo du doch so besorgt um ihren Ruf bist!«

»Fahr zur Hölle, Joshua!«

Er zuckte kaum merklich die Schultern und wandte den Blick ab. »Ich hatte nichts dergleichen geplant«, sagte er.

»Drew liebt dieses Mädchen!«

»Das behauptet er jedenfalls.«

»Bei Gott, Joshua, wenn du Brynne benutzt, um ihm weh zu tun . . .«

Joshua trat an den Tisch und schenkte sich einen Brandy ein. »Auf dein Wohl«, sagte er, doch seine Stimme klang verletzend. »Und darauf, daß Blut stets dicker ist als Wasser.«

Tränen brannten in Mirandas Augen, und ihre Lippen zitterten. Joshua hatte ihr mit dieser Bemerkung absichtlich weh getan. »Zum Teufel mit dir!« sagte sie, hob die Hand und schlug ihm ins Gesicht.

Joshua wandte leicht den Kopf, aber das war seine einzige Reaktion auf den Schlag. »Keine Sorge, Miranda – Miss Tanner. Daddys Bastard hat nicht die Absicht, deinem kleinen Bruder weh zu tun.«

Miranda stampfte in hilflosem Zustand mit dem Fuß auf. Gott, wie sie es haßte, wenn er sich so benahm.

Aber er stellte nur wortlos sein Glas ab, machte kehrt und verließ den Raum. Miranda hörte, wie gleich danach auch die Haustür ins Schloß fiel. Joshua war fort.

8

Austin Darnell stand am Fenster seines Schlafzimmers und blickte hinaus. Er hatte die sonnenbeschienenen Fluten des Puget Sound vermißt, die Berge – und sein überaus lukratives Geschäft.

Durch die Tür hindurch konnte er Gläserklirren und das gleichmäßige Fegen eines Besens hören. Es war noch früh – erst kurz nach Sonnenaufgang –, und die Mädchen oben auf der Galerie schliefen wahrscheinlich noch tief und fest. Er seufzte. Keine der faulen Schlampen würde vor Mittag aus dem Bett finden.

Es klopfte, und gleich darauf knarrte die Tür in den Angeln. »Mr. Darnell? Sie sind schon auf?«

Austin, der bereits fertig angekleidet war, wandte sich seinem Barmann zu – Peterson, Pedderson, Peters? Der Name war ihm entfallen, ebenso wie die Namen der

Mädchen, die in den Zimmern im Obergeschoß so große Profite erarbeiteten. »Ganz offensichtlich«, entgegnete er kühl.

Der glatzköpfige Barmann ließ sich von der spöttischen Erwiderung nicht beirren. Er räusperte sich und senkte den Blick.

»Was gibt's?« fragte Austin ungeduldig.

»Mr. Darnell, Sir, es geht um das Halbblut. Sie wissen doch, daß er wieder in Port Propensity ist, oder?«

Austin hatte es gewußt – er wußte immer, wo Joshua Tanner sich gerade aufhielt. »Ja«, sagte er, dankbar, daß seiner Stimme nicht anzuhören war, daß er innerlich zitterte. »Ich bin sicher, wir können jeden Moment mit seinem Besuch rechnen.«

»Ich könnte ihm sagen, Sie wären nicht hier«, erbot sich der Barkeeper.

»Nicht nötig«, erwiderte Austin und wandte sich wieder dem Fenster zu. Er nahm jedoch nichts mehr von der Landschaft draußen wahr, er sah nur Rosalie vor sich. Rosalie Meredith Tanner. »Ich kann ihm nicht ewig aus dem Weg gehen«, fügte er schließlich hinzu.

»Aber Mr. Darnell, beim letzten Mal . . .«

»Sie können jetzt gehen«, sagte Austin in einem Ton, der keinen Widerspruch duldete. Als er hörte, wie die Tür geschlossen wurde, lehnte er die Stirn an die kühle Fensterscheibe. Rosalie, dachte er.

Sie hatte zuerst ihm gehört, seine Rosalie. Bei Gott, sie war nach Westen gekommen, um ihn zu heiraten, ihn, Austin Darnell.

Aber schon kurze Zeit nach ihrem Eintreffen war es zu ersten Auseinandersetzungen gekommen. Rosalie Meredith hatte angenommen, daß ihr zukünftiger Mann ein seriöses Hotel führte, und war nicht erbaut davon gewesen zu erfahren, daß das Shore House, wie elegant und einträglich auch immer, im Grunde nichts anderes war als ein Bordell.

Auch jetzt noch, nach über drei Jahren, tat Austin die Erinnerung bis ins Tiefste seiner Seele weh. Er war bereit gewesen, Rosalie zuliebe das Hotel zu verkaufen, aber sie hatte ihm erklärt, sie hätte sich in Joshua Tanner verliebt und würde ihn heiraten.

Und genau das hatte sie getan, seine schöne, dunkelhaarige Rosalie mit den blauen Augen. Sie hatte das Halbblut geheiratet, und, was noch schlimmer war, sie waren glücklich miteinander gewesen.

Das Strahlen auf ihrem Gesicht, die sanften Rundungen ihres anmutigen Körpers hatten ihn rasend gemacht. Eines Nachts hatte er sie auf einem Fest im Stadtpark allein erwischt und die Beherrschung verloren.

Im Schatten der Holzbrücke, die sich über den Teich am Rand des Parks wölbte, hatte er sie ins weiche, duftende Gras gedrückt, ihr das Kleid vom Leib gerissen und die Nadeln aus ihrem nachtschwarzen Haar gelöst.

Und sie hatte geschrien! Nach allem, was sie ihm und was er ihr bedeutet hatte, hatte sie geschrien.

Das Halbblut war aufgetaucht wie ein tobender Dämon, und von da ab konnte Austin sich nur noch an einen unaufhörlichen, schrecklichen Schmerz erinnern. All diese Jahre hatte er seinen Saloon aus sicherer Entfernung geführt und sein Bankkonto durch andere Unternehmungen aufgepolstert; er hatte es nicht gewagt, zurückzukommen.

Nun, jetzt hatte er keine Angst mehr. Jetzt, wo Rosalie schon zwei Jahre tot war – Austin hatte erst kürzlich erfahren, daß sie bei der Geburt des Kindes, das sie von diesem Wilden empfangen hatte, gestorben war –, hing er nicht mehr so am Leben. Wenn das Halbblut ihn umbrachte, was durchaus im Bereich des Möglichen lag, würde Austin endlich an seinem rechtmäßigen Platz sein. Bei Rosalie.

Die Tür seines Schlafzimmers wurde so leise geöffnet, daß er kaum etwas davon hörte.

»Darnell.«

Er wandte sich lächelnd um. »Joshua«, sagte er freundlich. »Ich habe dich erwartet.«

Das Halbblut stand drohend in der Tür, die Lippen so fest zusammengepreßt, daß sie weiß wirkten. Er musterte Austin mit mörderischem Blick.

»Das kann ich mir denken«, antwortete er schließlich. »Was bringt dich zurück in unsere kleine Stadt?« Austin zuckte mit den Schultern, erfreut darüber, daß er diesen Mann nicht länger fürchtete. Er haßte ihn, ja, aber er empfand nicht den leisesten Anflug von Angst. »Ich habe hier ein Geschäft, hast du das vergessen?«

»Soviel ich weiß, hast du dir in San Francisco einen gutgehenden Laden aufgebaut«, bemerkte das Halbblut.

In den violetten Augen von Caleb Tanners legendärem Bastard lag ein gequälter Ausdruck, den Austin mit Genugtuung registrierte. »Ich hatte plötzlich ein schlechtes Gewissen, weil ich die Führung des Shore House so lange anderen überlassen habe.«

Joshua Tanner schloß ruhig die Tür. Was war das für ein Ausdruck in seinen Augen? Trauer um Rosalie, die schöne Rosalie, die er auf immer verloren hatte? Nein, bei Gott, es war mehr als das. Austin jubilierte.

»Ein Drink?« fragte er und entstöpselte eine Kristallkaraffe, die auf seinem Schreibtisch stand.

Tanner schüttelte den Kopf. »Du hast Alf Gunderson umgebracht«, sagte er ohne Umschweife. »Warum?«

Austin tat sein Bestes, eine betroffene Miene aufzusetzen. »Ich? Joshua, alter Freund, deine Phantasie geht mit dir durch! Sheriff Gunderson wurde schließlich in Little

Canton gefunden. Ganz offensichtlich geht sein Mord auf das Konto deiner so hochgeschätzten gelben Brüder.«

»Natürlich.«

Austin hob sein Glas an die Lippen und musterte den Mann, der die große Liebe seiner Rosalie gewesen war, mit wohl einstudierter Empörung. »Und wenn ich es getan hätte? Nehmen wir einmal rein theoretisch an, ich hätte es wirklich getan. Was würde das für eine Rolle spielen?«

»Was für eine *Rolle* es spielen würde?« wiederholte das Halbblut. Er stand immer noch in der Tür, wie ein bösartiges Tier, das gleich zum Sprung ansetzen würde. »Alf Gunderson war ein Mensch, Darnell, kein Abfall. Und du weißt verdammt gut, daß die chinesenfeindlichen Elemente in dieser Stadt seinen Tod als Vorwand benutzt haben, einen Unschuldigen zu lynchen.«

Austin trank gelassen einen großen Schluck aus seinem Glas. Selbstverständlich wußte er von dem Chinesen, den einige Hitzköpfe aufgeknüpft hatten. Doch für ihn war das nicht mehr als das Zerquetschen einer Laus. Der Sheriff hatte seinen Plan durchschaut, das Halbblut umzubringen, und ihm gedroht, ihn an den Galgen zu bringen, falls Joshua Tanner etwas zustieß. Zwei Fliegen mit einer Klappe, dachte er triumphierend. Austin, du bist ein Genie.

»Mein Beileid wegen Rosalie und . . . dem Kind«, sagte er nach einer wohlkalkulierten Pause. Zorn trat auf das stolze Gesicht, wurde jedoch sofort wieder unterdrückt. »Danke«, erwiderte das Halbblut mit kühler Höflichkeit. »Wann reist du wieder ab?«

»Ich werde nicht wieder abreisen«, entgegnete Austin und hob sein Glas, um Joshua zuzuprosten. »Immerhin ist das hier mein Zuhause.«

»Ist es das?«

»Aber ja. Und . . . Joshua?«

»Was ist?«

»Es ist mir gleich, ob du mich umbringst, falls du vorhast, mir zu drohen. Ich bin seit über drei Jahren ein toter Mann.«

»Gott«, meinte Joshua. »Du bist krank.«

Austin lächelte warm. »Das macht mich verdammt gefährlich, nicht wahr? Es gibt nichts, was ich nicht tun würde, keinen Preis, den ich nicht bezahlen würde, um dich kriechen zu sehen, Tanner. Und du *wirst* kriechen, du Bastard.«

Joshua hob in spöttischem Gruß die Hand. »Austin, ich zittere vor Angst.«

Dann fiel die Tür hinter ihm ins Schloß, und er war fort.

Austin fuhr herum und schleuderte sein Glas mit solcher Kraft an die holzgetäfelte Wand, daß es zersprang und glitzernde Splitter auf das Bett herabregneten, das er einst mit Rosalie hatte teilen wollen.

Das Zimmer war so still und so dunkel. Brynne lag auf dem breiten Bett, die Hände unter dem Kopf verschränkt, und betrachtete die Schatten, die das silbrige Mondlicht an die Decke warf. Morgen würde sie mit Miranda nach Seattle aufbrechen. Miranda hatte sie gefragt, ob sie nicht ihre Gesellschafterin sein wolle, und Brynne hatte das Angebot überwältigt angenommen.

Sie würde auf Parties gehen, ins Theater, neue Kleider bekommen und neue Freundschaften schließen. Brynne versuchte sich einzureden, daß ein solches Leben eigentlich viel zu überwältigend für sie war.

Aber im Grunde war es Joshua Tanner, den sie als zu überwältigend empfand; dennoch würde die Trennung von ihm ihr unerträglich sein.

Unruhig drehte sie sich auf die Seite, seufzte und betrachtete die glänzenden, leise raschelnden Blätter der riesigen Pappel vor ihrem Fenster. Es würde bestimmt so viel zu tun und zu sehen geben, daß sie gar nicht dazu käme, Joshua zu vermissen.

Aber ein stechender Schmerz in ihrem Herzen sagte ihr, daß diese Hoffnung vergebens war. Und wenn sie hundert Jahre alt würde, würde sie ihn niemals vergessen, ebensowenig wie den Duft seines Haares und seiner Haut, die Berührung seiner Hände und die unbeschreiblichen, primitiven Empfindungen, die seine Lippen in ihr weckten, wenn er sie auf intimste Weise küßte oder ihre Brüste liebkoste. Er hatte sie für jeden anderen Mann verdorben.

Brynne stöhnte leise auf. Wenn sie das alles nur bei Drew finden würde, dann könnte ihr Leben so einfach sein! Sie kniff die Augen zu und versuchte, sich selbst vorzumachen, daß sie Drew liebte – aber sie wußte, daß sie nie mehr für ihn empfinden würde als Kameradschaft.

Die Tür ihres Zimmers öffnete sich so leise, daß sie zuerst glaubte, sie hätte sich das Geräusch nur eingebildet. Als sie jedoch gleich darauf ein leises Klicken hörte, setzte sie sich mit klopfendem Herzen auf.

Am Fußende des Bettes stand Joshua. Sie konnte ihn nur schattenhaft erkennen, spürte aber seinen Blick auf sich ruhen. Doch seine Haltung drückte auch Widerstand aus. Es war, als zöge sie ihn gegen seinen Willen an.

»Brynne«, flüsterte er rauh, und der Klang seiner Stimme drückte Verlangen und Zorn, Hunger und Auflehnung aus.

Brynne wußte, daß sie ihn fortschicken sollte, aber sie konnte sich nicht rühren und brachte keinen Ton heraus. Und so blickte sie ihn nur abwartend an.

Nach einer Weile, die ihr vorkam wie eine Ewigkeit,

wandte er sich um, als wollte er wieder gehen, doch dann fuhr er mit einem verzweifelten, zornigen Stöhnen herum, kam um das Bett und setzte sich auf die Kante. Seine Hände legten sich kraftvoll auf ihre Schultern.

»Was machst du mit mir?« fragte er gepreßt.

Brynne konnte nicht sprechen, aber ihre Hände hoben sich von ganz allein und legten sich um seinen Nacken. Als er sich vorbeugte und sie küßte, stieg ihr der saubere Duft seines Haares in die Nase. Willig öffnete sie die Lippen und erwiderte leidenschaftlich seinen Kuß.

Joshua erschauerte und legte sich neben sie auf das Bett, ohne den hungrigen Kuß auch nur eine Sekunde zu unterbrechen. Brynnes Körper spannte sich unwillkürlich, als seine Hand sich auf ihre Brust legte. Schließlich ließen seine Lippen von den ihren ab, und er wandte seine Aufmerksamkeit ihrer Brustwarze zu, die sich deutlich unter dem Stoff ihres Nachthemdes abzeichnete.

Brynne stöhnte auf und zerrte mit einer Hand fieberhaft an ihrem störenden Nachthemd. Ihr ganzes Sein war auf ein einziges, sündiges Bedürfnis ausgerichtet – das Bedürfnis, nackt unter ihm zu liegen und sich ihm hinzugeben.

Joshua richtete sich auf, kniete sich über Brynne und riß ihr mit einem heftigen Ruck das Nachthemd vom Leib. Während er sie mit den Blicken verschlang, funkelten seine Augen im silbrigen Mondschein vor wilder Leidenschaft. »Brynne«, flüsterte er heiser. »Ich . . .«

Sie legte ihm einen Finger auf die Lippen, um ihn zum Schweigen zu bringen, und lächelte glücklich, als er bei ihrer Berührung erschauerte. »Wer zögert . . .« neckte sie ihn leise.

»Ist verloren«, beendete Joshua ihren Satz, und einen Augenblick wirkte er zornig, fast drohend.

Ein beklemmendes Schweigen breitete sich aus, und

Brynne kam es vor, als hielte die ganze Welt den Atem an. Sie wußte, daß mächtige, widerstreitende Kräfte in Joshuas Innerem miteinander kämpften, und hoffte schamlos, daß er nicht der Stimme nachgeben würde, die ihn ermahnte, sich von ihr abzuwenden.

Schließlich schlossen sich seine Hände um ihre vollen, weichen Brüste und liebkosten ihre Brustspitzen. Dann, als genieße er seine Eroberung in vollen Zügen, strich er mit den Fingern über ihren flachen Bauch und wieder aufwärts.

Brynne schlang ihm in fast verzweifelter Sehnsucht die Arme um den Hals und zog seinen Kopf zu ihren Brüsten herab. Sie bäumte sich auf und stöhnte, als er mit der Zungenspitze ihre rosige Brustwarze umkreiste und süße Qual ihren Körper erfaßte, bis sie Joshua keuchend und schamlos um mehr anflehte.

Joshua lachte kehlig, dann schlossen sich seine Lippen warm um die andere rosige Spitze, und in diesem berauschenden Augenblick unbeschreiblicher Lust erkannte Brynne, daß sie Joshua jederzeit verführen konnte.

Aber durfte sie ihn wirklich an sich binden? Gott, sie würde alles tun, um zu verhindern, daß er sich von ihr abwandte. Als er von ihrer Brust abließ, bot sie ihm ohne jede Scham die andere. Während er sich ihr mit der gleichen zärtlichen Leidenschaft widmete wie der ersten, vergrub sie die Finger in seinem Haar und hielt seinen Kopf an sich gedrückt.

Nach einer Weile wurde er ruhiger, aber seine Liebkosungen waren um nichts weniger wunderbar.

Dann rückte er abrupt von ihr ab.

Eine verräterische, quälende Leere breitete sich in ihr aus, und sie streckte die Hand nach ihm aus und flüsterte seinen Namen.

Wieder lachte er rauh. Er entkleidete sich hastig und

lag gleich darauf warm an ihrer Seite. In einer geschmeidigen Bewegung richtete er sich auf und zog Brynne mit sich.

Nackt und stolz stand sie vor ihm, zitternd, nicht vor Kälte, sondern vor Sehnsucht, von ihm geliebt zu werden.

»Hexe«, keuchte er. Auf der Bettkante sitzend betrachtete er sie mit einer Mischung aus Erstaunen, Zorn und brennendem Verlangen. Seine Hände glitten besitzergreifend und zärtlich über die weiche Rundung ihrer Hüften. Brynne legte den Kopf in den Nacken, schloß die Augen und gab sich ganz den Gefühlen hin, die sie wie Stromstöße durchzuckten.

Joshuas Lippen schienen ihre Haut zu versengen, während sie von ihrem Bauch abwärts glitten. Brynne stieß einen erstickten Schrei aus, als sie fanden, wonach sie gesucht hatten.

Als ihre Welt drohte, in tausend glühende Scherben zu zerspringen, hob er den Kopf und zog sie auf seinen Schoß.

Langsam drang er in sie ein. Als sie ihn schließlich ganz in sich aufgenommen hatte, stöhnte Brynne und legte erneut den Kopf in den Nacken, und sie erschauerte, als seine Lippen sich ihren Brüsten widmeten.

Instinktiv begann Brynne, sich auf und ab zu bewegen. Nun war es Joshua, der aufstöhnte, und sie spürte seinen heißen Atem auf ihrer nackten Haut. »O Gott ... Brynne ...«

Brynne drückte ihn sanft auf das Laken, so daß er unter ihr lag. Dann begann sie, sich schneller auf ihm zu bewegen, und das berauschende Gefühl der Macht wandelte sich in fieberhafte, verzehrende Sehnsucht. Sie schloß die Augen, als er sich unter ihr aufbäumte und dabei tief in sie eindrang. Die Zeit stand still, und sie nahm nichts anders mehr war als das Feuerwerk, das in ihrem Inneren explodierte und sie in ungeahnte Höhen schleuderte.

Wenn er nicht eine starke Hand über ihren Mund gelegt und ihren Aufschrei erstickt hätte, hätte wohl die ganze Stadt erfahren, auf welch wunderbare Weise Joshua Tanner sie geliebt hatte.

9

Als Brynne schließlich einschlief, zog Joshua sich leise an und verließ ihr Zimmer. Der Flur war verlassen, aber er eilte dennoch zu seinem Zimmer, denn er war zu atemlos und ungeduldig, um irgendwelche neugierigen Fragen zu beantworten, falls ihn doch jemand bemerkte.

In seinem Zimmer zündete Joshua die Nachttischlampe an und wandte sich dann langsam um, um Rosalies Porträt zu betrachten. Er flüsterte ihren Namen in dem vergeblichen Versuch, ihre Anwesenheit heraufzubeschwören, aber er vermochte sie nicht zu erreichen.

Seine Kehle war wie zugeschnürt, als er an die warme, lebendige, schöne Frau dachte, die er gerade erst verlassen hatte, und er wußte, daß er sie liebte, daß er sie immer lieben würde.

Er schloß die Augen und versuchte verzweifelt, seine

Liebe und sein Verlangen für Brynne McFarren zu ersticken, aber es war zwecklos. Er mußte sogar all seine Willenskraft aufbringen, um nicht zurück in ihr Zimmer zu stürmen, sie aus dem Bett zu holen und hier, in diesem Raum, erneut zu lieben.

Von der Intensität seiner Ekstase immer noch körperlich und emotional aufgewühlt, schlug Joshua die Augen wieder auf. Obwohl es ihm in der Seele weh tat, trat er näher an das Porträt heran und nahm es ab.

»Leb wohl, Rosalie«, flüsterte er gequält.

Mit Tränen in den Augen schob er das Bild hinter seinen Schreibtisch und stolperte zum Bett, auf dem er niedersank wie ein gefällter Baum. Erst nach langer Zeit raffte er sich auf und löschte das Licht.

Und auf einmal war ihm, als hörte er ein Wispern, zart wie ein Windhauch. Ein glückliches, befreites Lebewohl, das Rosalies Seele ihm zuflüsterte.

Wie lange hatte sie darauf gewartet, daß er sie endlich freigab?

»Es tut mir leid«, sagte er laut. Er hatte sie mit seiner Trauer nicht an sich fesseln wollen.

Noch einmal spürte er, wie Rosalies Seele über ihn hinwegstrich, dann war sie endgültig fort. Nur die Erinnerung blieb zurück. Ebenso wie Rosalie, war auch er endlich frei.

Und dann machte sich Joshua Tanner daran, seine Gedanken und Gefühle zu ordnen. Er liebte Brynne McFarren, aber in Anbetracht der Geschehnisse in dieser Nacht war es gut, daß sie eine Weile fort sein würde.

Er dachte an Drew und runzelte die Stirn. Er würde seine Gefühle für Brynne verbergen müssen, bis sein jüngerer Bruder über seine Verliebtheit hinweg war.

Dann wanderten Joshuas Gedanken zu Austin Darnell. Was immer auch geschah, Darnell durfte niemals erfahren, daß der einzige wunde Punkt des Halbblutes ein junges Mädchen mit Namen Brynne McFarren war.

Brynne erwachte an diesem vierzehnten Juli bei Morgengrauen und konnte nicht wieder einschlafen, wie sehr sie sich auch bemühte. Hatte sie die unvergeßliche Liebesnacht mit Joshua nur geträumt, oder war das alles wirklich geschehen?

In der Stille des Hauses hörte sie, wie erst eine und dann eine zweite Tür geöffnet und wieder geschlossen wurde.

Sie schlug die Decken zurück und stieg aus dem Bett. Erst jetzt bemerkte sie, daß ihr Nachthemd vom Kragen bis zum Saum zerrissen war, so daß sie es vorn zusammenhalten mußte. Während sie mit einer Hand den zerrissenen Stoff umklammerte, öffnete sie leise ihre Schlafzimmertür und blickte auf den Flur.

Im dämmrigen, grauen Licht des anbrechenden Tages sah sie Joshua und Drew auf die Treppe zugehen. Joshua mußte Brynnes zärtliche Gedanken gespürt haben, denn plötzlich, als hätte sie ihn berührt, blieb er stehen, wandte den Kopf und blickte sie an. Während Drew, der von alledem nichts bemerkte, weiter nach unten ging, formten Joshuas Lippen stumm und halb belustigt ein ›Auf Wiedersehen‹.

Brynne wäre ihm am liebsten nachgelaufen, aber etwas in seiner Haltung hielt sie davon ab, und sie verstand. Nach dieser leidenschaftlichen Nacht stieß er sie zurück. Ganz offensichtlich hatte sie ihren Zweck erfüllt.

Brynne empfand einen so unerträglichen Schmerz, wie sie ihn niemals für möglich gehalten hätte, wandte sich ab und schloß leise die Tür. »Dumme Gans«, flüsterte sie, während ihr Tränen der Verzweiflung über das Gesicht liefen. Eine Weile fühlte sie sich so schwach, daß sie nichts anderes tun konnte als an der Tür zu lehnen und ihren Tränen freien Lauf zu lassen, doch schließlich atmete sie tief durch und versuchte, sich zusammenzureißen. Was hatte sie denn erwartet? Einen Heiratsantrag? Ewige Liebe?

Hatte sie vergessen, daß Josha Tanner kein einziges Mal, auch nicht auf dem Höhepunkt ihrer Leidenschaft, das Wort ›Liebe‹ benutzt hatte? Zweifellos bedeutete Brynne ihm nicht mehr als ein billiges Vergnügen.

Brynne wischte sich mit dem Ärmel ihres zerknitterten, zerrissenen Nachthemdes über die Augen. Sie hatte sich darauf eingelassen, und nun mußte sie den Preis dafür zahlen. Ganz einfach. Aber Joshua Tanner sollte sich bloß nicht einbilden, daß sie auf einen Wink von ihm wieder schwach würde!

Bis dahin war Brynnes Freude darüber, daß sie in Seattle bleiben würde, von einer unbestimmten Furcht getrübt gewesen. Jetzt dankte sie Gott für die Chance, aus Port Propensity fortzukommen, bevor ihr Herz über ihren Verstand triumphierte und sie sich dem Halbblut zu Füßen warf.

Mit zornigen, heftigen Bewegungen wusch sie sich, zog sich an und bürstete sich das Haar, bis es knisterte und glänzte. Doch statt die Haare aufzustecken, wie sie es gewöhnlich tat, ließ sie sie offen über ihre Schultern und ihr Kattunkleid fallen.

Sie trat zurück, um sich im Spiegel über der Frisierkommode zu betrachten, und beschloß, ihr Haar doch aufzustecken. Wenn sie es offen trug, verlieh es ihr einen Hauch von Sinnlichkeit, der sie schmerzlich an ihre Sünden erinnerte. Bei Gott, dachte sie, während sie sich das Haar zu einem Zopf flocht, ab sofort würde sie sich benehmen wie eine Lady.

Sie steckte den Zopf zu einer Krone fest, als Miranda an die Verbindungstür zwischen ihren Zimmern klopfte und hereinkam, ohne auf eine Antwort zu warten.

Brynne achtete sorgsam darauf, dem Blick von Mirandas klugen dunklen Augen auszuweichen. »Guten Morgen«, sagte sie sittsam und wünschte, sie hätte ihr zerrissenes Nachthemd versteckt, anstatt es achtlos aufs Bett zu werfen.

Miranda seufzte, »Hast du gut geschlafen?« fragte sie freundlich, aber in ihrer Stimme schwang ein seltsamer Unterton mit.

Brynne nickte bloß, unfähig, auch nur einen einzigen Ton hervorzubringen, und sie versteifte sich unwillkürlich, als Miranda sich auf die Bettkante setzte.

Ein unbehagliches, drückendes Schweigen senkte sich herab. Brynne war überzeugt, daß ihre Knie ihr jeden Augenblick den Dienst versagen würden, aber schließlich wandte sie sich der Frau zu, die ihr eine so gute Freundin gewesen war. Wenn Miranda das zerrissene Nachthemd bemerkt hatte, das nur Zentimeter von ihrer Hand auf dem Bett lag, war sie wenigstens so gnädig, ihr peinliche Fragen zu ersparen. Sie lachte leise, als sie Brynnes Gesicht sah. »Entspann dich, Kleines. Ich bin auch eine Frau, weißt du.«

Aber Brynne war immer noch nicht in der Lage, ihr etwas zu antworten.

»Wir hätten schon gestern abreisen sollen«, fuhr Miranda fort. »Ich würde es mir nie verzeihen, wenn du schwanger würdest.«

Brynne spürte, wie ihr brennende Röte in die Wangen stieg. Sie wäre am liebsten tot umgefallen.

»Schwanger?« wiederholte sie, und versuchte, in Anbetracht der eindeutigen Anspielung schockiert oder sogar empört zu klingen.

»Mach mir nichts vor, Brynne«, sagte Miranda ungeduldig. »Ich bin nicht taub.«

Brynne senkte den Kopf, beschämt und nun ebenfalls besorgt. Sie hatte keine Sekunde lang daran gedacht, daß ihre Liebesnacht mit Joshua Folgen haben könnte. Gütiger Gott, was sollte sie tun, falls sie wirklich ein Kind bekam?

Mirandas blauer Seidenmorgenmantel raschelte, als sie sich erhob. »Sieh mich an, Brynne«, befahl sie.

Brynne gehorchte unglücklich.

»Ich bin ganz bestimmt nicht in der Position, dich zu verurteilen«, sagte Miranda brüsk und doch nicht ohne Freundlichkeit. »Und ich denke wegen dem, was geschehen ist, nicht schlecht von dir. Aber, Brynne, es ist ein gefährliches Spiel, das du da spielst. Dein eigenes und auch das Leben vieler anderer könnte dadurch zerstört werden.«

»Ich weiß«, flüsterte Brynne niedergeschlagen. Dann kehrte sie Miranda den Rücken zu und machte sich daran, die Kleider einzupacken, die How Ling für sie gewaschen und gebügelt hatte.

Sie zuckte leicht zusammen, als Miranda das Zimmer verließ und die Tür hinter sich zufallen ließ.

»Zur Hölle mit dir, Joshua Tanner!« zischte Miranda und eilte wutschnaubend Joshua nach, der im ersten Licht des Tages auf den Stall zuschritt. Der Saum ihres guten seidenen Morgenmantels war vom taufeuchten Gras völlig durchnäßt und klebte an ihren Fesseln.

Joshua blieb so abrupt stehen, daß sie beinahe mit ihm zusammengestoßen wäre, und als er sich seiner zornigen Schwester zuwandte, flackerte in seinen Augen Qual auf. »Du bist zu lange allein gewesen, Miranda«, sagte er schroff. »An Türen zu horchen!«

Miranda war so wütend, daß sie ihn am liebsten angeschrien hätte. Nur mit Mühe gelang es ihr, leise zu reden. »Ich brauchte gar nicht an der Tür zu lauschen, Joshua! Und wenn du Drew gestern nicht bis zum Umfallen hättest schuften lassen, hätte er es auch gehört.«

»Und?«

»Euer Verhältnis ist schon angespannt genug, auch ohne daß du dich nachts in das Zimmer der Frau schleichst, die er liebt, und sie verführst!«

»Ist dir je der Gedanke gekommen, daß ich Brynne lieben könnte?«

Miranda verzog verächtlich die Lippen. »Liebe!« spottete sie voller Bitterkeit. »Du wolltest dich doch nur über sie an John McFarren rächen! Das ist eine grausame Rache, Joshua!«

Seine Züge verdüsterten sich, entspannten sich jedoch gleich darauf wieder. »Ist es das, was du glaubst? Daß ich sie nur benutze?«

»Allerdings glaube ich das! Du willst dich an John McFarren rächen – Gott im Himmel, Joshua, der Mann ist *tot*! -- und gleichzeitig willst du Drew verletzen.«

Er seufzte und blickte in den wolkenlosen Himmel »Ich mache Brynne nicht für das verantwortlich, was ihr Vater getan hat, Miranda«, sagte er grimmig. »Und ich bin auch kein Ungeheuer, das nur darauf wartet, Drews Leben zu zerstören.«

»Es würde ihn umbringen, wenn er es wüßte!«

Joshua zuckte nur mit den Schultern. Als er jedoch wieder in Mirandas Gesicht blickte, waren seine Augen schmerzerfüllt. »Er ist noch ein Kind, Miranda. Sobald Brynne erst einmal eine Woche in Seattle ist, wird er die einsame Frau irgendeines armen Holzfällers trösten.«

Niemals zuvor hatte Miranda ihren Bruder so erlebt oder ein so überwältigendes Bedürfnis verspürt, ihn windelweich zu prügeln. Nur der gequälte Ausdruck in seinen Augen hielt sie davon ab.

»Diesmal ist es mehr als eine von Drews flüchtigen Verliebtheiten, Joshua. Er *liebt* dieses Mädchen.«

»Dann möge Gott uns beistehen«, entgegnete Joshua, wandte sich ab und betrat das Stallgebäude.

Miranda stand immer noch draußen, immer noch voller Zorn, als Joshua auf Chinook herausgeritten kam.

Der schwarze Hengst tänzelte ungeduldig, als Joshua ihn zügelte und auf seine Schwester herabblickte. »Drew ist noch im Haus. Sag ihm, daß ich seinen Lohn entsprechend kürze, wenn er zu spät zur Arbeit kommt.«

Miranda unterdrückte den Impuls, sich mit erhobenen Fäusten auf Pferd und Reiter zu stürzen. »Joshua Tanner . . .« begann sie drohend.

Aber Joshua hob nur eine Hand zum Gruß und grinste unverschämt. »Benimm dich in Seattle«, sagte er fröhlich und ritt davon.

Vor hilflosem Zorn bebend, stürmte Miranda zurück ins Haus. In der Küche, in der How Ling und ihre Mutter beschäftigt waren, traf sie auf Drew.

Er betrachtete Mirandas durchnäßten Morgenmantel und zog dann spöttisch eine Augenbraue hoch. »Kommst du von einem romantischen Stelldichein?» fragte er und biß dann in eine Scheibe getoastetes Brot.

Sie selbst war genauso verblüfft darüber wie Drew, daß sie die Hand hob und ihm eine schallende Ohrfeige versetzte. Und bevor er reagieren konnte, hatte sie die Küche bereits wieder verlassen und hastete durch das Eßzimmer in die Halle.

Den ganzen Weg die Treppe hinauf fluchte und schimpfte sie vor sich hin.

Brynne stand am Kai und blickte liebevoll ihre Kusine Letitia an. Auf der ›Marriott‹ hinter ihnen herrschte rege Betriebsamkeit. »Ich werde doch nur einen Monat weg sein«, versuchte sie ihre Kusine zu trösten, wobei sie fast schreien mußte, um sich bei dem Lärm verständlich zu machen.

Letitias Miene hellte sich auf. »Vielleicht habe ich einen richtigen Busen, wenn du zurückkommst.«

Trotz allem, was sie bedrückte, mußte Brynne lachen. Doch sie hatte Tränen in den Augen, als sie Letitia dann umarmte. »Ich bringe dir ein Geschenk mit«, versprach sie.

»Du hast mir schon eins dagelassen«, entgegnete Letitia. »Drew Tanner.«

Brynne runzelte die Stirn. »Und was ist mit Harold?«

»Howard«, verbesserte Letitia sie und hob die Stimme, um das Getöse des Dampfers zu übertönen. »Er hat eine Nebenhöhlenentzündung!«

Miranda, die sich um die Passage und das Verladen ihrer vielen Schrankkoffer und Taschen gekümmert hatte, trat an Brynnes Seite. »Wer hat Nebenhöhlenentzündung?« fragte sie, und obwohl sie lächelte, lag ein angespannter Zug um ihren Mund.

»Howard Macumber!« schrie Letitia.

»Der mit der Macumber-Nase«, fügte Brynne trocken hinzu. Sie konnte es plötzlich kaum noch erwarten, Port Propensity endlich hinter sich zu lassen.

In einem letzten Anflug rührenden guten Willens umarmte Letitia Brynne. »Bist du mir böse, wenn ich Drew Tanner während deiner Abwesenheit verführe?« flüsterte sie ihr mit blitzenden Augen zu.

»Wag es ja nicht!« schrie Brynne so laut, daß sogar die Matrosen an Bord der ›Marriott‹ herübersahen. Letitia verzog ihr hübsches Gesicht zu einem Schmollen. »Wie gemein, Brynne. *Du* willst ihn nicht und...«

»Mir geht es doch gar nicht um ihn!« entgegnete Brynne, ohne sich die Mühe zu machen, leise zu sprechen. Bevor sie jedoch ihren Standpunkt klar machen konnte, ergriff Miranda ihren Arm und zog sie mit sich fort zur Gangway des Dampfers.

»Worüber habt ihr gestritten?« fragte die ältere Frau, als der Dampfer stampfend den Hafen von Port Propensity verließ.

Brynne heftete den Blick auf die Tanner Werft in der Ferne und stellte sich vor, wie Joshua dort mit nacktem Oberkörper arbeitete, und sie spürte prompt, wie ihr Körper auf diese Vorstellung reagierte.

»Letitia hat vor, Drew zu verführen«, antwortete sie schließlich auf Mirandas Frage.

»Und?« meinte Miranda freundlich und beiläufig.

»Er wird ihr das Herz brechen«, entgegnete sie traurig, aber sie wußten beide, daß sie bei dieser Antwort nicht nur Letitia im Sinn hatte.

»Vielleicht wäre es ganz gut, wenn Drew sich in Letitia verlieben würde«, sagte Miranda, die ebenso wie Brynne ihren Blick über die Tanner Werft schweifen ließ.

»Das wäre wunderbar«, sagte Brynne. »Glaubst du . . .«

»Nein«, unterbrach Miranda sie.

Und damit war das Thema abgeschlossen.

Seattle war eine betriebsame, blühende Stadt, die ohne rechte Ordnung am Hang eines Hügels errichtet worden war. Am Ufer standen Mühlen, deren Flügel sich quietschend im Wind drehten, und obwohl es noch hellichter Tag war, herrschte auf der verrufenen Skid Road mit ihren Freudenhäusern und schäbigen Saloons reger Betrieb. Wagen und Pferde schienen sich auf den mit Holzplanken befestigten Straßen Rennen zu liefern, und das eindringliche *Klang-Klang* der von Pferden gezogenen Straßenbahnen erhob sich laut über den ohrenbetäubenden Straßenlärm.

Brynne war überwältigt.

»Bist du schon mal in Seattle gewesen?« fragte Miranda, die einen kleinen Jungen geschickt hatte, ihnen eine Kutsche zu besorgen.

Brynne schüttelte den Kopf, sprachlos vor Staunen. Auf dem Kai waren Männer damit beschäftigt, den Dampfer, der eben angelegt hatte, zu vertäuen. Die schwüle Luft roch nach Seetang, Salzwasser und Petroleum, und im glitzernden Wasser schwammen durchsichtige Quallen.

»Nun«, sagte Miranda, und ihr Mund verzog sich zu einem warmen Lächeln. »Dann wird es für dich viel zu sehen geben.«

Und so war es auch. Nachdem sie von Bord gegangen und eine Mietskutsche bestiegen hatten, tauchten sie mitten ins Herz dieser wundervollen, brodelnden, fieberhaften Aktivität ein.

Chinesen rannten die Gehsteige entlang, Stangen auf den Schultern balancierend, an deren Enden schwere Körbe voller Fische baumelten. Indianer trotteten barfuß und in Hosen aus hellem Hirschleder vorbei, anscheinend unberührt von der Hektik um sie herum. Prostituierte aus der Skid Road flanierten in farbenprächtigen, extravaganten Kleidern mit der gleichen Selbstverständlichkeit vorbei wie die Ladies mit ihren rüschenbesetzten Sonnenschirmen und den Einkaufskörben über dem Arm.

Und die Geschäfte! Es gab so viele davon, und in den Auslagen entdeckte Brynne Waren, die sie sich nicht einmal hätte vorstellen können.

Die Kutsche fuhr nun den steilen Hang hoch, und Brynne schloß überwältigt die Augen.

Miranda lachte laut auf. »Willkommen in der Großstadt, Miss Brynne McFarren«, sagte sie. Brynne stimmte in ihr Lachen ein und öffnete die Augen wieder, um die vielen reichverzierten Holzhäuser zu betrachten, an denen sie vorbeikamen. So viele Menschen an einem Ort – unglaublich!

»Ich kann nicht verstehen, wie man bei diesem Lärm schlafen kann«, meinte sie schließlich.

Miranda, die Brynne gegenüber saß, lehnte sich zurück. Sie sah in ihrem eleganten cremefarbenen Reisekostüm und dem schicken, mit Federn besetzten Hut wunderschön aus.

»Das Haus liegt etwas außerhalb der Stadt«, erzählte sie lächelnd. »Und wir haben keine Nachbarn, es ist dort also recht friedlich.«

Brynne hatte ihre damenhafte Haltung wiedergewonnen, als die Kutsche in eine gepflasterte, von Bäumen gesäumte Allee einbog. Dann folgte das Gefährt einer gebogenen Auffahrt und kam schließlich vor einem imposanten Herrenhaus aus rotem Backstein und mit grünen Fensterläden zum Stehen. Zwei Dienstmädchen in strengen schwarzen Kleidern und mit winzigen weißen Hauben auf dem Kopf warteten vor der Eingangstür und traten nervös von einem Fuß auf den anderen.

Die Tür der Kutsche öffnete sich knarrend, und der Kutscher reichte Miranda die Hand, um ihr beim Aussteigen behilflich zu sein. Brynne holte tief Luft und wappnete sich für das, was sie hier erwarten würde. Der Kutscher half auch ihr so galant aus dem Wagen, als wäre sie eine hochwohlgeborene Lady zu Besuch auf einem Schloß.

Miranda bezahlte den Kutscher mit einigen Banknoten, die sie ihrer mit Perlen bestickten Handtasche entnahm, und bat ihn, ihr Gepäck am Hafen abzuholen. Er gehorchte mit solchem Eifer, daß Brynne ihm mit offenem Mund nachblickte.

Sie errötete, als Miranda sie am Arm zupfte.

Eins der Dienstmädchen eilte auf sie zu und knickste zu Brynnes Erstaunen vor ihnen. Sie war noch sehr jung und nicht besonders hübsch, da die Pocken Narben auf ihrem Gesicht hinterlassen hatten, aber in ihren Augen lag ein warmer Glanz, als sie Miranda und deren Gesellschafterin willkommen hieß.

»Placenta, das ist Brynne McFarren. Wir werden etwa einen Monat bleiben, denke ich.«

»Jawohl, Ma'am«, entgegnete die junge Frau und nickte so heftig, daß ihre Haube in der heißen Brise gefährlich wippte.

»Wir nehmen ein Glas Limonade im Garten«, fügte Miranda hinzu, worauf das Mädchen ins Haus zurückeilte. Dann zog Miranda Brynne einen mit Steinplatten ausgelegten Weg hinunter, der um das Haus herumführte. An einem schattigen, mit Flieder und blühenden Rosen bewachsenen und von Zinien- und Petunienbeeten umgebenen Platz blieb sie stehen.

»Placenta?« staunte Brynne, die immerhin Tochter eines Arztes war.

Miranda lachte, legte Handschuhe und Hut ab, zog sich die taillierte Jacke ihres Reisekostüms aus und legte alles auf einen schmiedeisernen Stuhl, der an einem dazu passenden weißen Tisch stand. »Wen wundert's? Wahrscheinlich hat Placentas Mutter während der Geburt das Wort aufgeschnappt und fand es zu schön, um es in Vergessenheit geraten zu lassen.«

»Hat der Arzt es ihr denn nicht erklärt, was das ist?«

»Ich schätze, das war zwecklos. Wir nennen sie normalerweise Placie . . . obwohl Drew sich einen weniger schönen Spitznamen für sie ausgedacht hat.«

»Das kann ich mir vorstellen«, seufzte Brynne und nahm auf einem der anderen Stühle Platz. »O Miranda, wenn das hier mein Haus wäre, würde ich ständig hier leben und es nie verlassen.«

Miranda lachte. »Nicht einmal, um auf eine Party zu gehen oder zur Anprobe eines neuen Kleides?«

Brynne lächelte und atmete tief den berauschenden Duft des Flieders und der Rosen ein. Bienen summten, und der Himmel war strahlend blau. Es war einfach paradiesisch. »Vielleicht«, erwiderte sie. »Für ein rosafarbenes Satinkleid mit spitzenbesetztem Mieder würde ich mich vielleicht dazu bewegen lassen.«

Miranda lachte wieder und schüttelte den Kopf.

Kurz darauf brachte Placie ihnen zwei Gläser eiskalter Limonade und stellte sie vor ihnen auf den Tisch. »Möchten Sie sonst noch etwas, Miss Miranda?« fragte das Mädchen.

Während Miranda überlegte, zog sie eine Augenbraue hoch. »Etwas zu essen, denke ich. Hast du Hunger, Brynne?«

Brynne stellte mit Erstaunen fest, daß sie tatsächlich hungrig war. Die Überfahrt auf dem Dampfer hatte mehrere Stunden gedauert, und es war schon weit über die übliche Essenszeit. Also nickte sie.

»Ich bin auch halb verhungert«, meinte Miranda. »Vielleicht eine Schale Obst oder ein paar Sandwiches . . .«

Placie nickte eifrig; ganz offensichtlich betete sie ihre Herrin an. »Die Köchin war heute auf dem Markt«, sagte sie. »Wir haben Orangen, Bananen, Pfirsiche . . .«

Bananen und Orangen. Brynne, die sich sonst schon glücklich geschätzt hatte, wenn sie eine Birne oder einen Apfel hatte ergattern können, war überwältigt von dieser exotischen Auswahl.

»Das wird genügen«, antwortete Miranda unbeeindruckt. »Aber richte Cook bitte aus, daß meine Freundin und ich heute abend in der Stadt essen werden.« Placie nickte und eilte davon.

»Mach den Mund zu, Brynne.«

Brynne gehorchte verlegen.

»Nachdem wir etwas gegessen haben, zeige ich dir dein Zimmer. Ich denke, es wäre klug, wenn du dich heute nachmittag etwas hinlegen würdest. Es wird bestimmt sehr spät heute abend.«

Schlafen war das letzte, wozu Brynne jetzt Lust hatte. Was, wenn sie aufwachte und sich herausstellte, daß sie das alles nur geträumt hatte? Aber um nichts in der Welt hätte sie Miranda widersprochen.

Als die Kristallschalen mit den schon geschälten und appetitlich angerichteten Früchten gebracht wurden, langte sie hungrig zu, achtete aber gleichzeitig darauf, wie Miranda die Früchte aß, und machte es ihr nach.

Ihr Zimmer war kühl und luftig und befand sich im ersten Stock des blitzsauberen, mit schlichter Eleganz eingerichteten Hauses. Auf dem glitzernden Messingbett lag eine rosafarbene, mit schimmerndem Satin eingefaßte Tagesdecke. Von den Fenstern bot sich ein atemberaubender Blick auf die turbulente Stadt.

Zum Mobiliar gehörten außerdem eine weiße Frisierkommode mit Spiegel, ein passender Kleiderschrank und ein mit rosafarbener Seide bespannter Wandschirm. Der Holzfußboden glänzte, und hier und da lagen flauschige weiße Teppiche. Alles in allem war es das schönste Zimmer, das Brynne je gesehen hatte.

Sie öffnete die Tür des Kleiderschrankes und stellte sich vor, wie ihre Kleider darin aussehen würden. Etwas schimmerte in einer dunklen Ecke, und Brynne griff neugierig danach.

Es war ein Medaillon, das kühl und glatt auf ihrer

Handfläche lag. Aus einem unerfindlichen Grund zitterten ihre Finger, als sie nach einer Weile das herzförmige Schmuckstück öffnete. Scharf sog sie die Luft ein. Auf der einen Seite befand sich ein kleines Porträt von Joshua, und auf der anderen die gemalte Miniatur einer atemberaubend schönen, dunkelhaarigen Frau.

Brynne war wie erstarrt und blickte lange auf das kostbare Medaillon. Sie zuckte erschrocken zusammen, als direkt neben ihr eine schrille Stimme erklang.

»Das ist die arme Mrs. Tanner«, sagte Placie. Brynne hatte sie nicht hereinkommen hören, obwohl das Mädchen einen riesigen Porzellankrug und eine Waschschüssel trug. »Clarissa und ich haben den Anhänger überall gesucht. Wo haben Sie ihn gefunden?«

Brynne schluckte hart, während Placie Krug und Schüssel auf die Kommode stellte. »Im . . . im Schrank.«

»Seltsam«, sagte Placie erstaunt. »Da haben wir auch nachgesehen. Wirklich komisch.«

»Ja«, meinte Brynne gepreßt. »Sie war sehr schön, nicht wahr?«

»So schön, daß es einem den Atem verschlagen hat«, stimmte Placie ihr heiter zu. »Und sie war sehr nett. Sie hat Lissy und mich niemals angeschrien. Seit Mrs. Tanners Tod ist dieses Haus nicht mehr dasselbe.«

»Wie war ihr Name?« fragte Brynne und ließ sich auf die Bettkante sinken, weil ihre zitternden Knie drohten, ihr den Dienst zu versagen. »Ihr Vorname, meine ich.«

»Rosalie«, entgegnete Placie, ließ das Medaillon in ihre Schürzentasche gleiten und goß warmes Wasser aus dem Krug in die Schüssel. »Sie können darauf vertrauen, daß ich das Medaillon Miss Miranda gebe, sobald ich nach unten gehe«, fügte sie dann hinzu.

Brynne hatte keine Sekunde daran gezweifelt. »Danke«, sagte sie. Placie wandte sich um und betrachtete

Brynnes blaues Kattunkleid mit freundlicher Resignation. »Wenn Sie dieses traurige Etwas ausziehen und mir überlassen wollen, werde ich versuchen, etwas daraus zu machen.«

Die erfrischende Offenheit von Placies Bemerkung vertrieb Brynnes bedrückte Stimmung zumindest teilweise, und sie lächelte. »Ich fürchte, das ist ziemlich hoffnungslos.«

Placie lachte. »Zerbrechen Sie sich mal nicht den Kopf, Miss McFarren. *Brynne* – nun, das ist mal ein Name, den man nicht jeden Tag hört. Miss Miranda wird sie gebührend einkleiden.«

»Du hast Miranda sehr gern, nicht wahr?«

»Und ob!« entgegnete die redselige Placie. »Diese Frau hat keinen Funken Bosheit im Leib.«

Brynne wandte den Blick ab. »Und was ist mit ihren Brüdern? Magst du die auch?«

Placie machte ein nachdenkliches Gesicht. »Drew erteilt gern Befehle und kneift einen ab und an, aber Joshua ist in Ordnung.«

Brynne zog sich ruhig die Schuhe aus. »Er muß seine Frau sehr geliebt haben.«

»Manche sagen, er hätte sie angebetet. Ich habe sie jedenfalls nie streiten hören, und was er ihr für Kleider und für Schmuck gekauft hat . . .« Sie seufzte verträumt. »Saphire, passend zur Farbe ihrer Augen . . .«

Brynne schloß die Augen.

»Sie sind ein bißchen blaß, Miss Brynne.«

»Nenn mich einfach nur Brynne, bitte. Und du kannst mich ruhig duzen, ich bin niemand Besonderes.«

»Ich lasse Sie . . . dich jetzt allein, damit du dich etwas ausruhen kannst«, sagte Placie erfreut. »Ich wollte dir nicht die Ohren vollreden.«

Brynne öffnete die Augen erst wieder, als sie hörte, wie

die Tür leise geschlossen wurde. Und Placie war schon lange fort, bevor sie die Kraft aufbrachte, aufzustehen, sich bis auf das Leibchen und den Schlüpfer zu entkleiden und an die Waschschüssel zu treten.

Das Wasser war erfrischend und beruhigte ihre angespannten Nerven ein wenig. Anschließend ging Brynne zum Bett zurück und ließ sich auf die Matratze fallen.

Jetzt verstand sie den unbestimmbaren, ständigen Schmerz, den sie in Joshuas Augen gesehen hatte. Endlich verstand sie. Ein verzweifeltes Schluchzen entrang sich ihrer Kehle, und sie machte erneut die Augen zu.

Aber das Wissen, daß Joshua eine Frau gehabt hatte, eine Frau, die er ganz offensichtlich angebetet hatte, verfolgte sie. Und es brachte eine Trauer mit sich, wie Brynne sie nie gekannt hatte. Doch schließlich schlief Brynne ein.

Sie träumte, daß Rosalie Tanner am Fußende ihres Bettes stand und sie leicht und spielerisch an ihren nackten Füßen zog. Ihr dickes, rabenschwarzes Haar wehte ihr um die Schultern, ihre saphirblauen Augen blitzten, und ihre vollen Lippen lächelten. Sie nickte und löste sich in wabernde Nebelschwaden auf.

Anschließend träumte Brynne, daß Joshua bei ihr war, ihr das Leibchen auszog, ihre Brüste streichelte und ihre Brustwarzen liebkoste, bis sie sich in brennendem Verlangen aufrichteten. Sie fühlte, wie er ihr den Schlüpfer abstreifte und die Erforschung ihres bebenden Körpers fortsetzte. Sie spürte sogar, wie er in sie eindrang und ein untrennbarer Teil von ihr wurde.

Und ihr Traum-Joshua bewegte sich, führte sie erfahren und zärtlich zu einem so überwältigenden Höhepunkt, daß sie leise wimmerte, von Wellen unbeschreiblicher Lust erfaßt.

Brynne erwachte keuchend und mit klopfendem Herzen – sie war allein.

Immer noch am ganzen Leib bebend, vergrub sie das Gesicht in ihrem Kissen und weinte. Sie hatte Joshua Tanner bereits verloren, lange bevor sie ihm begegnet war, aber ohne ihn würde sie keinen Frieden finden.

Joshua wußte auch ohne die vorwurfsvollen Blicke seiner Arbeiter, daß er übelster Laune war. Gott steh ihm bei, er konnte sich auf nichts konzentrieren, weil er ständig an Brynne McFarren denken mußte.

Er riß sich das Stirnband ab, das er sich umgebunden hatte, hob den Kopf und prüfte den Stand der Sonne. Brynne und Miranda mußten inzwischen in Seattle eingetroffen sein und waren vermutlich schon im Haus.

Joshua knirschte mit den Zähnen, als er sich vorstellte, welches Aufsehen Brynne erregen würde, wenn Mirandas Schneider und ihr Hutmacher erst einmal mit ihr fertig waren. Innerhalb von vierundzwanzig Stunden würde es in ganz Seattle keinen Junggesellen mehr geben, der sich nicht nach ihr verzehrte.

Du denkst schon wie Drew, schalt er sich, aber diese Erkenntnis half ihm auch nicht weiter. Er würde jeden umbringen, der es wagte, sie anzurühren. Joshua atmete tief durch. In Gedanken entblößte er ihre festen Brüste, streichelte sie und genoß die sehnsuchtsvollen, flehenden Laute, die Brynne von sich gab. Die Bilder führten unweigerlich zu einer ungewollten körperlichen Reaktion, und er fluchte frustriert.

Sam Prigg blickte von seiner Arbeit an Deck der ›Rosalie‹ auf und lachte rauh.

»Wehe, du sagst ein Wort, du verkommener alter Lüstling!« rief das Halbblut.

»Bis nach Seattle ist es nicht weit«, entgegnete der alte Mann ungerührt. »Sieht so aus, als kämst du doch noch zu meiner Hochzeit.«

Joshua fluchte erneut, und es nützte nun auch nichts mehr, daß er sich abwandte, um seinen peinlichen Zustand zu verbergen.

Sam machte sich schmunzelnd wieder an die Arbeit. »Ich freue mich schon auf meine Flitterwochen«, sagte er und brach dann in schallendes Gelächter aus.

10

Corrine Temple ging wütend in dem einfach möblierten Salon von Joshuas Haus in Tacoma auf und ab. Wo steckte der Kerl bloß? Er hatte versprochen, aus Port Propensity zurückzukommen, sobald er Drew zur Räson gebracht und ›einige Angelegenheiten‹ erledigt hatte. Und jetzt war er schon neun Tage fort!

Als ob das nicht schon schlimm genug wäre, hatte der arrogante Mistkerl es nicht einmal für nötig befunden, ihr ein Telegramm oder einen Brief zu schicken, um ihr zu erklären, was ihn so lange dort festhielt.

Kochend vor Wut ließ Corrine sich auf einen der Stühle vor dem offenen Kamin fallen. Wenn sie es nur wagen würde, sich selbst mit ihm in Verbindung zu setzen, wenn sie nur einen Dampfer nehmen und ihn in seiner heißgeliebten Stadt zur Rede stellen könnte! Sie würde diesem verfluchten Indianer schon die Meinung sagen.

Gleich darauf lachte sie reuig. Wem wollte sie eigentlich etwas vormachen? Joshua Tanner brauchte bloß mit den Fingern zu schnippen, und schon würde sie bis Port Propensity kriechen und sich ihm zu Füßen werfen.

Aber vielleicht war er ja gar nicht mehr in Port Propensity. Er ließ sich nie mit einer Frau aus seiner Heimatstadt ein und erlaubte auch seinen jeweiligen Geliebten nicht, sich dort blicken zu lassen. Möglicherweise war er in Seattle und begann eine neue Affäre.

Wenn das der Fall war, waren Corrines Tage in seinem Haus gezählt. Jedermann wußte, daß das Halbblut immer nur eine Geliebte hatte.

»Verdammt!« fluchte sie.

»Miss Temple?«

Corrine fuhr erschrocken herum und sah die ältliche Haushälterin am Fenster stehen. Die Vorhänge waren aufgezogen, und durch das Glas hindurch konnte sie den feuerroten und goldenen Sonnenuntergang über der Commencement Bucht sehen. »Ja?«

»Das hier ist für Sie gekommen«, sagte die alte Frau, die nichts mehr erschüttern konnte, denn so viele Jahre hatte sie schon in dem Haus gedient, in dem Joshua Tanner seine Geliebten unterbrachte. Sie hatte viele Corrine Temples kommen und gehen sehen. Mit ausdruckslosem Gesicht reichte sie Corrine einen Brief.

Corrine riß ihn ihr förmlich aus der Hand, öffnete ihn hastig und ließ den Umschlag achtlos zu Boden fallen. Es war Joshuas Handschrift, und die in seiner kräftigen Schrift verfaßte Nachricht traf sie mitten ins Herz.

Tut mir leid. Es ist aus. Alles Gute. J.T.

Corrine las die Nachricht wieder und wieder. Sie konnte einfach nicht glauben, daß er sie so kurzangebunden entließ. Und, was die Sache noch schlimmer machte, er hatte einen großzügigen Scheck beigelegt, um ihre Abreise zu beschleunigen.

»Miss?« fragte die alte Haushälterin unschuldig, obwohl sie genau wußte, was in dem Brief stand.

Schäumend vor Wut zerknüllte Corrine den Brief und schleuderte ihn zu Boden. Dann stampfte sie vor Zorn mit dem Fuß auf und warf der Haushälterin einen mörderischen Blick zu. »Ich fahre nach Seattle«, verkündete sie. »Seien Sie so nett und packen Sie meine Koffer!«

Maude Simpson ließ sich nicht aus der Ruhe bringen. »Kommen Sie zurück?« fragte sie und blickte den zerknüllten Brief an, dann wieder Corrine.

Corrine schob das Kinn vor, »Ja!« sagte sie. Ihre Vorgängerinnen mochten es ja hingenommen haben, daß man sie mit einem Klaps und einem Scheck abspeiste, aber nicht sie, Corrine Temple!

»Wie Sie meinen«, entgegnete Mrs. Simpson in einem Tonfall, der deutlich zum Ausdruck brachte, daß sie nicht an Corrines Wiederkehr glaubte.

Miranda verschränkte die Arme vor der Brust und funkelte ihre Besucherin böse an. »Raus, Corrine«, sagte sie unverblümt. »Joshua ist nicht hier.«

Corrine blickte auf die Tür, durch die Brynne soeben verschwunden war. »McFarren«, wiederholte sie. »Wer ist sie, Miranda?«

»Sie ist meine Gesellschafterin, wie ich bereits sagte. Im übrigen geht dich das nichts an.«

»Nun, ich mag sie nicht.«

»Da bin ich aber tieftraurig, Corrine. Gott, ich werde das Mädchen natürlich sofort entlassen.«

Der beißende Spott traf Corrine, und sie wandte sich

Miranda wieder zu. Nachdenklich betrachtete sie Joshuas Schwester.

»Wenn das junge Ding eine Angestellte ist, fresse ich einen Besen. Bin ich ersetzt worden?«

Miranda lachte, obwohl die Kopfschmerzen, die sie vorgegeben hatte, um der Auseinandersetzung mit Corrine zu entgehen, sich langsam wirklich einstellten. »Woher soll ich das wissen, meine Liebe? Solltest du das nicht meinen Bruder fragen?«

Corrines heller Teint wurde sichtlich röter. »Sie ist etwas zu jung für Joshua«, sagte sie nach einer Weile. »Er zieht eine gewisse Erfahrung vor, weißt du.«

»Ich bin überzeugt, daß du in dieser Hinsicht ausreichend qualifiziert bist«, entgegnete Miranda. Dann packte sie Corrine am Arm und schob sie durch die Halle und hinaus auf die Veranda. »Gute Nacht, Miss Temple, und vielen Dank für Ihren Besuch!«

Der Droschkenkutscher zuckte philosophisch mit den Schultern und begann, Corrines zahlreiche Koffer wieder einzuladen.

Zu Mirandas großer Erleichterung ließ Corrine sich in die Kutsche zurückverfrachten, auch wenn sie sie mit giftigen Blicken bedachte und verhalten einen Fluch ausstieß.

»Gute Nacht!« sagte Miranda heiter und winkte Corrine zum Abschied nach. Und währenddessen legte sie sich in Gedanken eine saftige Predigt zurecht, die sie Joshua halten würde, sobald sie ihn wiedersah.

Sie wandte sich langsam um, schloß die schwere Eingangstür und lehnte sich müde an das gepolsterte Holz. Brynne kam herein, ein Glas mit einer milchigen Flüssigkeit in der Hand. Sie wirkte bedrückt und sah in diesem Augenblick sehr jung aus.

»Das Pulver gegen meine Kopfschmerzen, hoffe ich?« sagte Miranda.

Brynne hielt ihr das Glas hin. »Die Köchin war schon im Bett«, sagte sie unglücklich. »Aber ich habe das Pulver gefunden. Ich hoffe nur, ich habe es richtig verrührt . . .«

»Danke.« Miranda seufzte, schloß die Augen und nahm einen großen Schluck der bitteren Medizin.

»Miranda?«

»Was denn, Liebes?«

»Warum wiederholen alle den Namen McFarren, als wäre er ein Fluch oder so etwas?«

Miranda stellte das Glas auf den Dielentisch. »Was meinst du?« fragte sie, obwohl sie genau wußte, was Brynne damit meinte. Jemand würde es ihr sagen müssen, aber sie, Miranda, würde es ganz bestimmt nicht sein. Das war Joshuas Aufgabe.

Brynne schluckte, und als sie wieder sprach, klang ihre Stimme seltsam hohl. »Seit ich mit Evan nach Port Propensity gekommen bin, machen die Leute ein ganz komisches Gesicht, wenn sie meinen Namen hören.«

»Das ist mir nicht aufgefallen«, log Miranda. Sie haßte sich zwar für diese Lüge, brachte es jedoch nicht über sich, Brynne die Wahrheit zu erzählen. Wie lange würde es dauern, bis Corrine wieder einfiel, in welchem Zusammenhang sie den Namen McFarren gehört hatte?

Brynne seufzte. »Du wolltest noch Canasta spielen«, sagte sie ergeben. Miranda schmunzelte, erleichtert über den Themenwechsel. »Ich werde dich ein anderes Mal beim Kartenspielen schlagen«, antwortete sie. »Geh ins Bett, bevor du im Stehen einschläfst.«

Brynnes Gesicht zeigte deutlich ihre Erleichterung. »Gute Nacht!« sagte sie, machte auf dem Absatz kehrt und floh.

Wenn Miranda nicht solche Angst um sie gehabt hätte, hätte sie laut gelacht.

11

Drew blickte Joshua herausfordernd und trotzig entgegen, als er aus dem Shore House stürmte und sich seinem jüngeren Bruder und Sam Prigg näherte.

»Ich habe doch gesagt, du sollst dich von Darnell fernhalten«, sagte Joshua drohend, während Sam die Pferde losband.

Drew setzte eine finstere Miene auf. Er ließ sich nicht einschüchtern. Wenn er betrunken war, verlor er etwas von der Angst vor seinem Bruder. »Ich bin kein Kind mehr, Josh. Ich bin ein Mann.«

Joshua schnaubte verächtlich. »Mach nur weiter so, Drew. Red nur weiter. Im Augenblick gibt es nichts, was ich lieber täte, als dir eine ordentliche Tracht Prügel zu verpassen.«

»Josh«, mischte sich Sam ein, bemüht zu vermitteln. »Beruhige dich.«

»Mich beruhigen?« stieß Joshua hervor und riß Sam die Zügel seines Hengstes aus der Hand. Chinook schnaubte und tänzelte nervös. »Verflucht, Drew, ist dir eigentlich klar, was du angerichtet hast, indem du Brynnes Namen erwähnt hast? Weißt du eigentlich, wie gefährlich Austin Darnell ist?«

Drew zuckte gleichgültig mit den Schultern, aber in seinen Augen leuchtete so etwas wie Verstehen auf. »Brynne ... ihr Vater ...«

»Genau«, knurrte Joshua, schwang sich auf Chinooks Rücken und blickte wütend auf seinen Bruder herab. »In Austins Augen ist Brynne für das, was geschehen ist, ebenso verantwortlich wie ihr Vater.«

»Das ist doch verrückt!« protestierte Drew, als Sam ihm die Zügel seines Pferdes in die Hand drückte.

»*Austin* ist verrückt«, erwiderte Joshua barsch. »Bei Gott, Drew, wenn er durch deine Schuld Brynne etwas antut ...«

Es entstand eine lange, angespannte Pause, eine Pause, die sehr beredt war.

Drew war totenblaß geworden.

»Was kann dir das schon ausmachen?« fragte er schließlich. »Du hast McFarren doch auch gehaßt.« Dann verstummte er und musterte seinen Bruder eindringlich. »Mein Gott, du *willst* sie. Du willst Brynne!«

»Schlaues Kerlchen«, bemerkte Sam trocken und bestieg sein Pferd.

»Halt dich da raus«, rief das Halbblut, ohne den Blick von seinem Bruder abzuwenden.

»Du«, flüsterte Drew und wurde noch blasser. »*Du* bist es gewesen.«

»Drew ...«

Ein heiseres Schluchzen, das eine Mischung aus Wut und Schmerz ausdrückte, entrang sich seiner Kehle. »Du

Mistkerl, du dreckiges Halbblut, du mieser, hinterhältiger *Bastard* . . .«

Joshua war nicht entgangen, daß ihr hitziger Wortwechsel die Neugier von Austins Kunden weckte, die das Shore House betraten oder verließen. »Wir sprechen zu Hause darüber«, sagte er in einem Tonfall, der keinen Widerspruch duldete. Dann gab er Chinook die Sporen, und der Hengst galoppierte in die Dunkelheit.

Der Heimritt dauerte nicht lange genug. Joshua brachte Chinook gerade in seine Box, als Drew heranpreschte, dicht gefolgt von Sam Prigg.

Drew schwang sich von seinem Pinto-Wallach, noch bevor er ganz zum Stehen gekommen war, und ließ die Zügel fallen, um wie ein Besessener in den Stall zu stürmen. Die Hände zu Fäusten geballt und einen haßerfüllten Ausdruck in den Augen stellte er seinen Bruder zur Rede.

Während er den Blick diskret abgewandt hielt, versorgte Sam Prigg sein Pferd und das von Drew.

»Warum?« flüsterte Drew. Sein Gesicht wirkte im flackernden Licht der einzigen Lampe, die Joshua angezündet hatte, ganz verzerrt.

Joshua verschränkte die Arme über der Brust und blickte seinem Bruder fest in die Augen. »Warum was? Warum ich mir Sorgen um Brynne mache?«

Drews Mund verzog sich vor Verachtung. Ganz offensichtlich war er nicht in der Verfassung, vernünftig über die Angelegenheit zu sprechen. »Warum hast du mit ihr geschlafen?«

Joshua holte tief Luft und überlegte sich seine Lüge gut, bevor er antwortete. »Ich habe sie nicht angerührt«, sagte er, sowohl Brynne als auch Drew zuliebe.

Drew schwankte leicht, aber sein Hände waren nicht mehr zu Fäusten geballt. »Sie hat gesagt, . . . sie hat mir erzählt, jemand hätte . . .«

»Nun, ich war es nicht.«

Eine Weile war in dem düsteren Stall nichts zu hören außer dem Schnauben der Pferde und dem Geräusch knarrenden Leders, als Sam eins der Pferde absattelte.

Joshua musterte Drew neugierig. Er hatte die Erfahrung gemacht, daß Menschen dazu neigten, zu glauben, was sie glauben wollten, auch wenn das Gegenteil offensichtlich war. Seine Theorie bestätigte sich, als Drew plötzlich grinste.

»Gott verdammt, war ich betrunken«, sagte er. Dann wandte er sich um und ging pfeifend zum Haus.

»Manchmal würde ich den Jungen am liebsten umbringen«, brummte Joshua.

Sam trat aus dem Dunkel und setzte sich schwer auf einen Heuballen. »Mir scheint, du hast dir gerade die Gelegenheit entgehen lassen, das zu tun«, bemerkte der alte Mann. »Warum hast du gelogen, Josh?«

»Wer sagt denn, daß ich gelogen habe?« fragte Joshua barsch und wandte sich von seinem Freund ab, um völlig unnötigerweise einige Trensen zurechtzurücken, die ordentlich aufgereiht an der Wand hingen.

»*Ich* sage, daß du gelogen hast.«

»Du weißt gar nichts.«

»Ich weiß, daß ich mein Werkzeug vor der Kapitänskajüte auf der ›Rosalie‹ vergessen hatte und letzten Sonntag hingegangen bin, um sie zu holen. Am Morgen.«

Joshua verharrte mitten in der Bewegung. »Verdammt!«

»Mach dir deswegen keine Sorgen. Ich werde weder Drew noch sonst jemand davon erzählen, Aber du solltest das Mädchen lieber heiraten, Josh, es gibt nämlich nicht viele wie sie.«

Joshua seufzte, immer noch unfähig, sich umzudrehen und seinen Freund anzusehen. Er hoffte, daß sein Schweigen Sams Redefluß eindämmen würde.

»Meine erste Frau war jedenfalls ganz sicher nicht wie sie. Sie hat immer so stocksteif dagelegen wie eine Vogelscheuche und es mit zusammengebissenen Zähnen über sich ergehen lassen.«

Joshua mußte bei Sams Worten wider Willen lachen. Endlich wandte er sich um, die Hände in die Seiten gestemmt, den Kopf schräg gelegt. »Was zum Teufel hast du am Sonntag gemacht, Sam! Durch das Schlüsseloch gelinst?«

Es sprach für Sam, daß er nun heftig errötete. »Ich brauchte gar nichts zu sehen«, entgegnete er schließlich. »Weil es nicht zu überhören war, daß es der Kleinen gefallen hat. Paß nur auf, daß sie nicht schwanger wird, Josh. Sie ist kein Spielzeug wie die Frauen, mit denen du dich während der letzten Jahre vergnügt hast.«

Schwanger. Das Wort traf Joshua Tanner wie ein gutgezielter Faustschlag. Bis zu diesem Augenblick hatte er diese Möglichkeit überhaupt nicht in Betracht gezogen, und er schauderte bei dem Gedanken.

Sam erhob sich hastig. »Es tut mir leid, Josh. Ehrlich leid. Ich habe nicht nachgedacht. Ich habe nur gemeint . . .«

»Ich weiß, was du gemeint hast!« unterbrach Joshua ihn schroff. Er stürmte an ihm vorbei ins Freie und atmete gierig die frische Nachtluft ein.

Sam war an seiner Seite. »Es muß doch nicht immer so wie bei deiner Frau sein, Josh.«

Joshua schauderte erneut. Er schloß die Augen und sah wieder Rosalies wächsernes, stilles Gesicht vor sich. Für immer still.

Sam legte ihm besorgt eine Hand auf den Arm. »Josh.«

Joshua schlug die Augen auf. »Ich brauche einen Drink«, brummte er. »Was ist mit dir?«

»Klingt gut«, entgegnete Sam.

Drew konnte nicht mehr klar denken und wußte, daß er am nächsten Morgen einen schrecklichen Kater haben würde. An der Tür zu seinem Schlafzimmer blieb er stehen und dachte zurück an seinen Besuch im Shore House. Er hatte, betrunken wie er gewesen war, Celeste das rosafarbene Haar abgeschnitten. Wie sie gekreischt und um sich geschlagen hatte! Unwillkürlich lachte er. Aber er wußte, daß er über etwas anderes nachdenken mußte als über die Hure mit dem rosafarbenen Haar, aber seine Gedanken huschten in seinem Schädel herum wie Mäuse in einem Bottich mit Korn. Er bekam nicht einen einzigen zu fassen.

Doch plötzlich, ohne besonderen Grund blickte er auf die Tür von Joshuas Schlafzimmer, und da erinnerte er sich wieder. Er stellte sich vor, wie Brynne hingegeben in den Armen seines Halbbruders lag, und der Schmerz, den er bei dieser Vorstellung empfand, war so unerträglich, daß er mit aller Kraft mit der Faust gegen die Wand hieb.

Er hörte ein unheilvolles Knacken, und ein feuriger Blitz schoß seinen Arm entlang bis in seine Schulter. Drew stöhnte und lehnte sich an seine Zimmertür, bis ihn seine Beine wieder trugen.

Er versuchte, die Finger zu bewegen, und der Schmerz verstärkte sich zu einem unerträglichen Crescendo. Drew schloß die Augen, atmete tief durch und verfluchte sich für seine Dummheit.

Nach ein oder zwei Sekunden ließ der pochende Schmerz etwas nach, und Drews Blick glitt erneut zu Joshuas Zimmer. Er stolperte den Flur hinunter und öffnete mit der linken Hand die Tür.

Der Raum lag im Dunkeln und wurde von dem Mondschein, der durch das Fenster hereinfiel nur spärlich erleuchtet. Aber Drews Augen gewöhnten sich rasch an das schwache Licht. *Er hat sie nicht angerührt. Er hat gesagt, daß er sie nicht angerührt hat.* Die Worte hallten in seinem Verstand wider, so wie der pochende Schmerz in seiner Hand.

Drew unterdrückte die Übelkeit, die in ihm aufstieg. Was wollte er überhaupt hier im Zimmer des Halbbluts? Was hoffte er, hier zu finden?

Er ließ den Blick über die Wand gegenüber von Joshuas Bett schweifen und stutzte. Das Porträt war fort. Rosalies Porträt hing nicht mehr an seinem Platz! In diesem Augenblick wußte Drew, daß Joshua gelogen hatte. Nach zwei Jahren war eine Frau in Joshuas Leben getreten, die es vermochte, Rosalies Platz in seinem Herzen einzunehmen, und diese Frau war Brynne McFarren.

Irgend etwas tief in seinem Inneren zog sich zusammen. »*Nein*!« schrie er und torkelte wie ein Wahnsinniger. »Nein, verflucht, *nein*!«

Der Raum um ihn herum schwankte erbärmlich, und Drew fiel. »Nein«, schluchzte er.

Und dann war Joshua plötzlich da. »Was um alles . . .«

Ein Streichholz flammte auf, und der Geruch von Schwefel stieg Drew in die Nase. Sam Prigg zündete eine Lampe an, so daß Drew in all seinem Elend und seiner Demütigung zu sehen war.

Er setzte sich auf, was ihn all seine Energie kostete. Doch sein Haß gab ihm Kraft.

»Das Bild«, keuchte er. »Wo zum Teufel ist das Bild?«

Joshua hockte sich neben ihn und untersuchte seine Hand. Drews Blick ausweichend, wandte er sich an Sam. »Hol den Doktor«, brummte er.

Drews Hand fühlte sich an, als wäre sie zehnmal größer als normal, und der Schmerz brachte ihn fast um. »Ich . . . bringe . . . dich um«, stieß er mit erstickter Stimme hervor.

»Ich schwöre bei Gott, Joshua, daß ich dich umbringe . . .«

»Halt den Mund«, sagte Joshua erstaunlich sanft. »Wie in Gottes Namen hast du es angestellt, dir die Hand zu brechen?«

»Du Bastard. Ich . . .«

Joshua erhob sich seufzend und zog seinen Halbbruder auf die Füße. »Das habe ich alles schon mal gehört, Drew. Bastard. Halbblut. Schmutziger Indianer. Das verletzt mich schon lange nicht mehr, also spar dir den Atem.«

Drew hätte ihn abgewehrt, wenn er die Kraft gehabt hätte, aber das war nicht der Fall. Er hatte keine andere Wahl, als sich von Brynnes Liebhaber über den Flur in sein eigenes Zimmer helfen zu lassen.

Es war dunkel, und der Fußboden war mit Büchern und Kleidungsstücken übersät. Joshua fluchte verärgert, als er den halb bewußtlosen Drew endlich bis zum Bett geschafft hatte.

Drew ließ sich kraftlos auf die Matratze fallen. »Mach kein . . .«

Plötzlich war der Raum in helles Licht getaucht. »Verdammt«, fluchte Joshua. »Wie kannst du nur in einem solchen Chaos leben!«

Drew war bis in die letzte Faser seines Seins von quälendem Schmerz erfüllt, doch er lachte. Es war ein heiserer, schluchzender, fast wahnsinniger Laut, aber das war ihm gleich. »Du hast es schon immer gern sauber und ordentlich gehabt, was, Joshua?«

»Gott«, brummte Joshua. Drew spürte, daß er gehen wollte, es aber nicht über sich brachte. Ein seltsamer Ehrendkodex hielt ihn davon ab.

»War sie gut?«

»Wovon zum Teufel sprichst du überhaupt, Drew?«

Endlich war Drew in der Lage, zu seinem Bruder aufzublicken, der an seinem Bett stand. »Du weißt verdammt gut, wovon ich spreche. Brynne – war sie gut?«

»Wie würde es dir gefallen, wenn ich dir die andere Hand auch noch breche?«

»War sie gut?«

Joshua sah aus wie ein brodelnder Vulkan, der jeden Augenblick auszubrechen drohte. »Ich halte mich an die Regel, im Zweifel für den Angeklagten, und gehe davon aus, daß du phantasierst. Ich habe dir doch gesagt . . .«

»Du hast gelogen.«

»Habe ich das?«

»Ja. Du hast das Porträt abgenommen.«

Joshua seufzte, schob drei Bücher und einen Pullover von einem Stuhl und setzte sich. »Deine Logik ist mir zu hoch, Drew. Weil ich Rosalies Porträt abgenommen habe, habe ich auch Brynne verführt?«

Er war so verflucht vernünftig und logisch. Es bedurfte fester Entschlossenheit, seine Lügen nicht zu glauben, und Drew ging langsam die Entschlossenheit aus.

»Irgend etwas hat dich bewogen, es abzunehmen«, beharrte er. Joshua fluchte.

»Aber . . . aber Brynne bedeutet dir etwas. Das hast du selbst zugegeben. Was ist an ihr Besonderes, Joshua? Wie hat sie es fertiggebracht, dich Rosalie endlich vergessen zu lassen? Das hat vor ihr noch keine geschafft.« Drews Hand schmerzte inzwischen derart, daß er nur mühsam ein Stöhnen unterdrücken konnte.

»Liegt es daran, daß du gewußt hast, daß ich sie liebe?«

»Ob du es glaubst oder nicht, Drew«, entgegnete das Halbblut ruhig, »ich bin nicht auf die Welt gekommen, um dir das Leben schwer zu machen.«

»Aber du liebst Brynne McFarren.«

»Ja.«

»Und du hast mit ihr geschlafen.«

Die darauffolgende Stille war nur zu deutlich.

Ein rauher Schluchzer entrang sich Drews Kehle.

»Ich hasse dich, J... Joshua. Gott, wie ich dich h... hasse.«

»Ich weiß«, sagte das Halbblut resigniert.

»Nein, das weißt du nicht«, stöhnte Drew, jetzt halb wahnsinnig von den Schmerzen in seiner Seele und der verletzten Hand. »Wie der Vater, so der Sohn. Du b... bist genauso wie P... Papa.«

»Danke.«

Drew wollte ruhig liegen, aber er konnte einfach nicht. »Danke mir nicht... Bastard. Du bist nichts weiter als der Bastard einer dreckigen Indianerhure...«

Joshua erhob sich abrupt und wandte sich ab. »Das reicht, Drew«, sagte er gepreßt.

Aber Drew konnte nicht aufhören. Es war, als stünde seine Mutter neben ihm und ermutigte ihn, als lehre sie ihn zu hassen und jeden Funken von Bewunderung für seinen Halbbruder zu ersticken. »Bist du auf einem Fell in einem Tipi zur Welt gekommen?«

Die Schultern des Halbbluts spannten sich, aber er neigte nur den Kopf, als hätte Drew ihn geschlagen.

Der Schmerz wurde schlimmer, so viel schlimmer. »Ich habe dich geliebt«, bekannte Drew widerwillig.

Das Halbblut lachte kehlig. Es war ein heiserer, gebrochener, verächtlicher Laut. »Natürlich.«

»Doch«, beharrte Drew. »Du warst mein Bruder. Du konntest einfach alles...« Bei diesen Worten wandte sich das Halbblut Drew wieder zu, und in seinen violetten Augen lag ein Schmerz, der vielleicht sogar größer war als der seines Bruders. »Du weißt nicht, was du sagst.«

Bevor Drew darauf antworten konnte, wurde die Tür aufgerissen, und Dr. Barnett stürmte herein, dicht gefolgt von Sam Prigg.

»Guter Gott«, rief der Arzt und betrachtete Drew über den Rand seiner Brillengläser hinweg. »Was hast du denn angestellt, Junge?«

Drew antwortete nicht und richtete statt dessen den Blick auf Joshua. Er sah zu, wie sein älterer Bruder das Zimmer durchquerte, hinausging und leise die Tür hinter sich schloß. Sam Prigg funkelte den Doktor böse an. »Mach nicht Josh dafür verantwortlich«, verteidigte er seinen Freund und Arbeitgeber. »Das hat der Junge ganz allein fertiggebracht.«

»Sei endlich still und halt ihn fest, Sam«, brummte der Doktor, stellte seine Tasche ab und betrachtete stirnrunzelnd Drews Hand. »Ich fürchte, das wird weh tun, mein Sohn.«

»Hören Sie . . .« begann Drew, als Sam ihn mit beiden Händen fest auf die Matratze drückte.

»Der Bruch muß gerichtet werden«, brummte Sam Prigg, und sein warmer, nach Whisky riechender Atem strich über Drews Gesicht.

»Halt ihn gut fest«, sagte der Arzt leise, holte tief Luft und zog mit einem heftigen Ruck an Drews gebrochener Hand.

Drews gellender Schrei stieg an die Zimmerdecke und darüber hinaus in den Himmel zu den fernen Grenzen des Universums. Es war kein gewöhnlicher Schmerzenslaut, sondern ein Name: Joshua.

»Ich bin hier«, entgegnete eine ruhige Stimme vom Fußende des Bettes aus.

»Die Knochen liegen immer noch nicht richtig«, sagte der Doktor ärgerlich.

Drew wand sich unter Sams festem Griff, fast verrückt

vor Angst und Schmerz. »Nein, o Gott, Joshua. Laß nicht zu, daß er . . .«

»Moment.« Dann schob er Sam beiseite und nahm seinen Platz ein. Sein Griff war gleichzeitig fest und sanft, und obwohl Drew sein Gesicht nicht klar sehen konnte, verrieten seine ganze Haltung und seine Stimme sein Mitgefühl. »Hol tief Luft, Drew. Versuch, dich zu entspannen. Ich werde mit dir reden, und du hörst mir zu. Und ehe du dich versiehst, ist es vorbei. Okay?«

Drew schluckte hart und nickte. »Also gut. Rede, in Gottes Namen . . .«

Joshua redete. Er sprach über alles und nichts. Und als der unerträgliche Schmerz erneut seinen Arm hinaufschoß, schrie Drew nicht.

Es war vollbracht. Joshua stolperte blind aus dem Zimmer seines Bruders, die Treppe hinunter und aus dem Haus. Draußen, hinter dem Gartenhäuschen, übergab er sich, bis sein Magen völlig leer war.

Miranda Tanner fuhr hoch. Das Herz schlug ihr bis zum Hals. Drew. Irgend etwas Schreckliches war ihm zugestoßen.

Sie war aus dem Bett gesprungen und in ihren Morgenmantel geschlüpft, bevor ihr einfiel, daß sie ja gar nicht in Port Propensity war, sondern in Seattle. Und Drew lag nicht am anderen Ende des Flurs.

Zitternd zog Miranda ihren Morgenmantel wieder aus und ließ sich auf die Bettkante sinken. Er hatte ohnehin nicht nach ihr gerufen, sondern nach Joshua. Sie konnte nur beten, daß das Halbblut den Ruf gehört hatte – und ihm gefolgt war.

Bei Morgengrauen wusch sich Joshua, zog sich um und verließ sein Schlafzimmer. Drew schlief tief und fest, die gebrochene Hand sorgfältig geschient.

Welche Ironie, dachte das Halbblut, daß er geschlafen hat, während ich die ganze Nacht kein Auge zugetan habe. Dann schloß er leise die Tür und ging den Flur hinunter zur Treppe.

Er hatte etwa zwei Stunden an seinem Schreibtisch gearbeitet, als How Ling mit gesenktem Blick hereinkam und ihm das Telegramm reichte.

Joshua entfaltete die handgeschriebene Nachricht, überflog den Text und grinste. *Was ist mit Drew passiert? Miranda.*

»Der Bote möchte wissen, ob Sie antworten möchten«, sagte How Ling respektvoll und so leise, daß sie kaum zu verstehen war.

Joshua griff nach einem Füllfederhalter und einem Blatt Papier und schrieb eine Antwort auf. »Gib ihm das bitte.«

Miranda ging unruhig in der Halle auf und ab, als am späten Vormittag dieses schwülen, verhangenen Tages endlich der Bote eintraf. Sie riß die Tür auf, kaum daß er den Klopfer betätigt hatte.

»Nachricht für . . .«

Miranda riß das Papier aus der Hand und entfaltete es hastig. *Drew hat sich die Hand gebrochen. Er wird es überleben. Joshua.*

»Möchten Sie antworten, Ma'am?« fragte der Bote, der es offensichtlich eilig hatte, sich auf sein Fahrrad zu schwingen und in die Stadt zurückzufahren, bevor der Himmel seine Schleusen öffnete.

»Nur ein Wort«, sagte Miranda, nahm einen Dollar aus

der Tasche ihres Hausmantels und reichte ihn dem jungen Mann.

»›Danke‹?« riet der Bote grinsend.

»›Corrine‹«, entgegnete Miranda und trat zurück, um die Tür zu schließen. »Behalten Sie den Rest.«

Brynne kam gerade die Treppe herunter, als Miranda die Halle durchquerte, um Cooks Mann zu danken, daß er so früh am Morgen in die Stadt gefahren war, um ihre Nachricht durchzutelegrafieren.

»Guten Morgen, Fräulein Langschläfer!«

Brynnes Augenlider waren geschwollen, und sie wirkte immer noch verschlafen und etwas verwirrt. »Ist es schon spät?«

»Ja«, entgegnete Miranda freundlich. »Es wird aber gleich ein Unwetter losbrechen, also bleiben wir heute zu Hause.«

Brynne machte ein so erleichtertes Gesicht, daß Miranda ihren Weg lachend fortsetzte.

Die Luft war heiß und schwer, und gerade, als Brynne an die offene Küchentür trat und hinausblickte, begannen die ersten dicken Regentropfen zu fallen. Der Duft frischen Grases vermischte sich mit dem feuchten Staubes. Brynne liebte diesen Geruch.

Hinter ihr polierten Placie und Clarissa eifrig am Küchentisch das Familiensilber, während Cook, die Köchin, eine stämmige, immer gut gelaunte Frau, an der Spüle Gemüse putzte.

Miranda hatte sich mit einem Buch zurückgezogen, aber Brynne hatte sich nicht auf eine Lektüre konzentrieren können. Sie war zu rastlos, um still zu sitzen, fühlte sich zu unruhig und unbehaglich, um sich einer so passiven Beschäftigung wie dem Lesen zu widmen.

Außerdem hatte sie Halsschmerzen und ein Kitzeln in der Nase, so daß sie ständig das Gefühl hatte, gleich niesen zu müssen.

»Mach die Tür zu«, befahl die Köchin brüsk, »bevor der Regen mir noch den ganzen Fußboden ruiniert. Ich habe Tee aufgesetzt.«

Brynne fragte sich abwesend, was der Fußboden mit dem Tee zu tun hatte, schloß jedoch gehorsam die Tür. Mit Schmerzen in der Brust setzte sie sich an den Tisch und griff nach einem Poliertuch und einem silbernen Kerzenständer.

»Nicht!« rief Placie aus.

Trotzig zog Brynne Tuch und Kerzenständer dichter heran und fing an, das Silber zu bearbeiten. »Ich bin auch nur eine Angestellte, Placie«, sagte sie mit seltsam belegter Stimme.

Clarissa, ein pummeliges junges Ding mit dem unschuldigen Gesicht eines Schulmädchens, kicherte hinter vorgehaltener Hand. Die Blitze, die draußen den wolkenverhangenen Himmel durchzuckten, warfen blaue Lichtreflexe auf ihre widerspenstigen blonden Locken. »Eine Angestellte«, wiederholte sie immer noch lachend.

»Das bin ich«, beharrte Brynne und schob das Kinn vor. »Genauso wie du, Placie oder Cook.«

»Wenn du es sagst«, meinte Placie mit blitzenden Augen. »Nur von *uns* nimmt Miss Miranda keine in der Kutsche mit, und sie hat uns auch noch keine schönen Kleider gekauft.«

Brynne schluckte und blickte erst Placie und dann Clarissa forschend an. Aber keins der Mädchen schien ihr ihre Stellung zu neiden – in ihren Augen war kein Anflug von Mißgunst zu sehen, nur Belustigung. »Ich bin Gesellschafterin«, erklärte Brynne, aber sie war doch leicht verunsichert.

Placie lachte laut auf.

Brynne polierte den kostbaren Kerzenständer noch heftiger als zuvor. »Seht ihr«, sagte sie, »ich arbeite. Ich bin in diesem Haushalt angestellt, ebenso wie ihr anderen auch.«

Clarissa hielt in ihrer Arbeit inne und musterte Brynne forschend. »Welcher von beiden will dich haben, Brynne? Ist es Drew oder das Halbblut selbst?«

Brynne errötete, zornig und aufgewühlt. »Ihr denkt, ich würde *ausgehalten*?«

»Ist es denn nicht so?« fragte Placie freundschaftlich.

»Nein!« rief Brynne aus, sprang auf, schleuderte das Tuch auf den Tisch und fuchtelte mit dem Kerzenständer herum, als wäre es ein Degen.

»Es muß Drew sein«, überlegte Clarissa laut, Brynnes Einwand ignorierend. »Das Halbblut bringt seine Mätressen in seinem Haus in Tacoma unter, und jeder weiß, wer und was sie sind.«

Brynne sank langsam zurück auf ihren Stuhl und starrte Clarissa mit großen Augen an. Ihre zornigen Proteste erstarben ihr auf den Lippen. »Diese Frau, die gestern abend hier war – Corrine...«

Placie stellte eine glänzende Teekanne beiseite und setzte ihre Arbeit an einer silbernen Servierplatte fort. »Die ist mit allen Wassern gewaschen«, entgegnete sie munter. »Sie ist ein paar Mal mit Mr. Tanner hier gewesen. Letzten Monat hat er an Miss Mirandas Schreibtisch im Salon gearbeitet, und ich schwöre bei Gott, daß diese Frau unter dem Schreibtisch hockte. Als ich hereinkam, um das Dinner anzukündigen, hat sie gerade...«

»Placenta!« fuhr die Köchin scharf dazwischen, und ihre vielen Doppelkinne bebten.

»Stimmt aber doch. Sie hat es gemacht. Es klang, als würde sie ihn umbringen.«

Brynne riß die Augen auf. Sie war fasziniert und gleichzeitig über alle Maßen schockiert. »Und das am hellichten Tage«, beendete Placie ihre Geschichte.

»Noch ein Wort, und du kannst das Moos aus dem Vogelbad kratzen!« drohte die Köchin und hob das Tranchiermesser wie eine Lanze.

Placie neigte den Kopf, polierte wie wild die Silberplatte und warf Brynne ab und zu verstohlen einen Blick zu. Clarissa tat es ihr gleich und behielt ihre Kommentare für sich.

Brynne saß völlig regungslos auf ihrem Stuhl und tat nicht einmal mehr so, als würde sie den Kerzenständer in ihrer Hand polieren. In Gedanken sah sie Joshua vor sich, hörte ihn stöhnen. Sie wußte sehr genau, was Corrine Temple unter dem Schreibtisch hockend gemacht hatte.

Was für eine dumme Gans sie gewesen war, als sie geglaubt hatte, für Joshua Tanner etwas Besonderes gewesen wäre! Ihre zwei Begegnungen waren in keiner Weise etwas Besonderes gewesen – zumindest nicht für ihn.

Brynne wollte schreien, toben und mit Gegenständen um sich werfen, tat jedoch nichts von alledem. Statt dessen befahl sie ihrer rechten Hand, wieder mit dem Polieren zu beginnen. Nach einer Weile gehorchten ihr ihre Muskeln.

12

Das Anziehen dauerte ewig, und Drew bewältigte diese Aufgabe unter Schmerzen und mit vielen Pausen. Vor Anstrengung wurde ihm flau im Magen, der Schweiß brach ihm aus und lief ihm über den Rücken.

Er hatte kein Geld, da er seinen ganzen Lohn bei der Hure im Shore House gelassen hatte, und das war ein Problem. Wenn er erst einmal in Seattle war, würde er alles Geld, was er brauchte, von Miranda bekommen. Sie hatte seinen Überredungskünsten noch nie widerstehen können. Aber zwischen ihm und seiner Schwester lagen mehrere Seemeilen, und die Passage mußte hier bezahlt werden.

Drew dachte an das Geld, das Joshua in seiner Schreibtischschublade aufbewahrte. Ganz bestimmt würde ihm gar nicht auffallen, wenn ein paar Dollar fehlten . . .

Vorsichtig, da seine Hand immer noch schmerzhaft protestierte, wenn er sich zu hastig bewegte, stieg Drew die Treppe hinunter und durchquerte die Halle. Er betrat Joshuas Büro, und nach einem trotzigen Blick auf das Porträt seines Vaters über dem Kamin versuchte er, die Schublade zu öffnen.

Sie war abgeschlossen.

Drew fluchte und sah sich verärgert um. Hier stand er, ein Mitglied einer der wohlhabendsten Familien des Landes, und konnte nicht einmal eine Schiffspassage bezahlen!

In diesem Augenblick klingelte es an der Haustür. Vor allem, weil er sich jetzt mit irgend etwas anderem beschäftigen mußte, selbst wenn es eine niedere Aufgabe war, die normalerweise How Ling oder ihre Mutter auszuführen hätte, verließ Drew das Arbeitszimmer und öffnete.

Flossie Randall stand auf der Veranda. Sie wirkte nervös und blickte immer wieder über die Schulter auf ihr Pferd und den Buggy, die im Nieselregen in der Auffahrt standen.

»Der Doktor hat gesagt, du hättest dich verletzt«, flüsterte sie.

Drew schenkte ihr sein gewinnendstes Lächeln und hielt zum Beweis seine geschiente Hand hoch.

»Armer Liebling«, murmelte Flossie mitfühlend, die sich, darauf wettete er, viel lieber um ganz andere Teile seiner Anatomie gekümmert hätte. »Tut es sehr weh?«

Drew nickte. »Wenn ich nur die Stadt verlassen könnte«, murmelte er. »Dann wäre ich in Sicherheit.«

Flossie riß die Augen weit auf. »In Sicherheit?« wiederholte sie leise. Drew lehnte sich vor. »Du weißt schon, mein Bruder«, sagte er mit gedämpfter Stimme.

Flossie errötete, und die winzigen schwarzen Locken,

die ihr Gesicht umrahmten, hüpften in angemessenem Zorn. »Das Halbblut hat dir das angetan?«

Er seufzte ergeben, schloß die Augen, als überwältigte ihn allein die Erinnerung an seine Qualen, und nickte.

»Hast du denn kein Geld?« fragte Flossie.

Drew schüttelte den Kopf. »«Er hat mir alles weggenommen«, schwindelte er und hoffte, daß seine Augen ihr nicht verrieten, daß er sich innerlich köstlich amüsierte.

Flossie neigte den Kopf und wühlte in ihrer Handtasche. Dann hielt sie ihm wie ein rettender Engel eine Handvoll Banknoten hin.

»Das kann ich nicht annehmen«, flüsterte Drew, trat einen Schritt zurück und bemühte sich, ein leidgeprüftes Gesicht zu machen. »Nicht von ... von dir.«

In Flossies Augen blitzte der Schalk. »Wenn wir uns beeilen, kommst du noch rechtzeitig zum Dampfer. Ich fahre dich in meinem Buggy hin.« Ihr Blick glitt an Drew herab und wanderte dann in einer sinnlichen Art wieder hoch zu seinem Gesicht.

»Kommst du mit, Drew?«

Und so kam es, daß Drew Tanner nicht nur eine Fahrgelegenheit zum Hafen gefunden hatte, sondern den Weg auch noch genoß.

Als es Nacht wurde, hörte es auf zu regnen. Brynne ging in den Garten hinaus, setzte sich an den schmiedeeisernen Tisch und grübelte über ihr trauriges Los. Es war ihr gleich, daß sie dabei naß wurde. In ihrer Seele herrschten ein solches großes Leid und eine solche Kälte, daß ihr alles andere unwichtig erschien.

Würde Joshua sie lieben, wenn sie tat, was Corrine getan hatte? Sie errötete bei dem Gedanken, sich unter seinem Schreibtisch zu verstecken und etwas so Unkonventionelles und Skandalöses zu tun. Gütiger Gott, sie hatte nicht einmal gewußt, daß Frauen so etwas taten!

»Brynne?«

Beim Klang von Mirandas Stimme fuhr sie zusammen und errötete nur noch heftiger, als befürchtete sie, ihre Gedanken wären von ihrem Gesicht abzulesen. »H... Hallo«, stammelte sie und und senkte den Blick.

»Was um alles in der Welt machst du denn hier draußen? Willst du dir den Tod holen?«

Der Unterton sanfter Verärgerung, der in Mirandas Stimme mitschwang, löste alle Schleusen. Brynne schluchzte auf, schlug beide Hände vors Gesicht und begann dann richtig zu weinen.

Miranda trat an ihren Stuhl und legte ihr mitleidig eine Hand auf die Schulter.

Brynne schluchzte nur hoch heftiger.

»Du vermißt Joshua, habe ich recht?« fragte Miranda sanft.

Das kam der Wahrheit schon recht nah. Brynne nickte. Das Gesicht immer noch verborgen. Es war so vieles, was sie schmerzte – der sinnlose Tod ihres Vaters, die Trennung von Joshua, zu wissen, daß sie ihm nichts bedeutete, die Tatsache, daß ihre Unwissenheit sie davon abhalten würde, ihn in der Weise zu befriedigen wie Frauen wie Corrine.

Miranda zog Brynne sanft auf die Füße und führte sie ins Haus, wo es angenehm warm war. Als sie die Treppe hinaufstiegen, begann Brynne zu niesen.

»Mein Gott«, meinte Miranda und schnalzte mißbilligend mit der Zunge. »Du nimmst jetzt erst einmal ein heißes Bad, junge Dame, und danach legst du dich ins Bett.«

Nachdem Placie und Clarissa eine Wanne und heißes Wasser auf Brynnes Zimmer gebracht hatten und Brynne lange in dem dampfenden Wasser gelegen hatte, schlüpfte sie in einen Morgenmantel aus weichem Flanell, der unten vor dem Kamin angewärmt worden war, verknotete den Gürtel und ließ sich aufs Bett fallen.

Innerhalb einer Stunde hatten sich ihre Halsschmerzen von leicht unangenehm zu unerträglich gesteigert, und ihre Nase fühlte sich an, als wäre sie auf das Dreifache angeschwollen.

»Du siehst aus wie ein Säufer aus dem Rotlichtbezirk«, meinte Placie heiter.

Brynne streckte ihr die Zunge heraus.

»Cook bereitet dir einen Senfumschlag vor«, fuhr Placie fort. »Morgen früh wird es dir schon viel bessergehen – sofern du nicht vorher an dem Gestank eingegangen bist.«

Brynne stöhnte. »Es ist doch nur eine Erkältung.«

»Sag das Cook«, entgegnete Placie. »Nicht einmal das Halbblut wagt es, ihr zu widersprechen.«

Minuten später erschien die gewichtige Köchin mit einem nassen, übelriechenden Flanelltuch und bestand darauf, es Brynne unter dem Morgenmantel auf die nackte Brust zu legen. »Und wag ja nicht, es wegzunehmen«, drohte sie. »Falls doch, lege ich dich übers Knie, darauf kannst du Gift nehmen.«

Brynne nickte, doch kaum hatte die Köchin das Zimmer verlassen, da machte sie Anstalten, den Umschlag zu entfernen. »Das würde ich bleiben lassen, wenn ich du wäre«, sagte Placie. »Lissy hat auch mal gegen eine ihrer Anweisungen verstoßen, und als die Köchin mit ihr fertig war, konnte sie einen ganzen Tag nicht sitzen.«

Brynne dachte daran, wie kräftig die Köchin wirkte, und daß ihre Position im Haushalt unanfechtbar war, und ließ die Hände wieder sinken. »Es stinkt«, klagte sie. »Und es brennt.«

»Das heißt, daß es wirkt«, meinte Placie schulterzuckend. Dann verließ sie das Zimmer und überließ Brynne sich selbst.

Sie war ungefähr eine halbe Stunde allein gewesen und hatte sich gebührend selbst bemitleidet, als die Zimmertür vorsichtig geöffnet wurde und Drew Tanner höchstpersönlich auf der Schwelle erschien.

»Hallo, Zuckerpüppchen«, sagte er und grinste.

Brynne war gleichzeitig erleichtert und verlegen. Wie Placie so treffend bemerkt hatte, sah sie mit ihrer roten Nase und den tränenden Augen aus wie ein Gewohnheitssäufer, aber andererseits war Drew eine willkommene Ablenkung.

Er schlich sich an ihr Bett und warf immer wieder komisch-ängstliche Blicke über die Schulter. »Mein Gott«, sagte er leise, als er das Bett erreicht hatte, »was ist denn mit deiner Nase passiert, und was ist das für ein Gestank...«

»Hör auf«, fuhr Brynne ihn ärgerlich an. Dann bemerkte sie die Schiene an seiner rechten Hand. »Du bist verletzt!«

Er verneigte sich. »Ich bin gekommen, um etwas Mitleid zu heischen, aber wie es scheint, hast du mit dir selbst genug zu tun.«

Brynne lachte. »Armer, armer Drew!« sagte sie übertrieben mitleidig. »Tut es sehr weh?«

Drews Augen blitzten, aber unter die Belustigung mischte sich auch eine Spur von Schmerz. »Nein, es tut nicht weh. Was stinkt denn hier so?«

»Ein Senfumschlag«, erklärte Brynne.

»Ich würde dich gern küssen, Brynne McFarren.«

»Wag es ja nicht!«

Drew lachte. Dann beugte er sich vor und strich mit den Lippen über die ihren, bis sie sich für ihn öffneten.

Brynne wartete auf das Prickeln, das sie empfunden hatte, als Joshua sie geküßt hatte, aber es kam nicht. Wahrscheinlich liegt es an meiner Erkältung, dachte sie.

»Andrew«, rief Miranda wütend von der Tür her. Drew hob den Kopf, nachdem er Brynne einen letzten Kuß auf die Lippen gedrückt hatte. »Hmmmmmm«, machte er nur.

Brynne zog sich die Bettdecke über den Kopf und kam erst wieder hervor, als sie wußte, daß sowohl Miranda als auch Drew gegangen waren.

Stunden später kam die Köchin herein und entfernte endlich den Senfumschlag. Sie drückte Brynne eine Tasse heißen, cremigen und gesüßten Rum in die Hand.

»Trink das ganz aus«, befahl sie, und trotz ihrer brummigen Art wußte Brynne, daß es ihr Spaß machte, die Krankenschwester zu spielen.

Das heiße Getränk schmeckte köstlich, und Brynne leerte die Tasse bis auf den letzten Tropfen. Dann schlief sie ein und träumte sündige, unschickliche Dinge von sich und Joshua Tanner.

Mitten in der Nacht träumte sie, sie wäre aufgewacht, und Joshua kniete neben ihrem Bett. Er schob ihren Morgenmantel auseinander und legte eine Hand auf ihre warme Brust. Der Traum war so real, daß sie sogar den Duft seines Haares und seiner Haut riechen konnte.

Das macht der Rum, dachte Brynne, während die vertraute Hand tiefer glitt und begann, sie zwischen den Schenkeln zu streicheln. Sie stöhnte leise, als brennende Hitze in ihr aufstieg.

Brynne überließ sich ganz ihrem Traum, schloß die Augen, legte den Kopf in den Nacken und seufzte vor Lust. Sie fühlte einen kühlen Lufthauch, als die Decke zurückgeschlagen wurde – wie real dieser Traum war! – und dann nahm sie der Traum-Joshua hungrig und leidenschaftlich, bis sie sich unter ihm aufbäumte und heiser seinen Namen schrie.

Am nächsten Morgen war Brynne noch zu krank, um aufzustehen. Sie starrte an die Decke, dachte an ihren erotischen Traum und wartete darauf, daß die Köchin sie mit einer weiteren medizinischen Foltermethode behandeln würde.

Die Tür zu ihrem Zimmer öffnete sich langsam, und eine vertraute Silhouette erschien. Joshua musterte Brynne von Kopf bis Fuß, und seine Lippen verzogen sich zu einem unverschämten Grinsen. Bevor er die Tür wieder schloß, zwinkerte er ihr zu und gab einen seltsamen Laut von sich, der tief aus seiner Kehle kam.

Brynne errötete heftig, stieß einen erstickten Wutschrei aus. Also war Joshuas nächtlicher Besuch doch kein Traum gewesen, sondern schockierende Wirklichkeit. Und er fand das komisch!

Brynne wünschte sich, sie wäre tot, und zog sich erneut die Bettdecke bis über den Kopf. Sie würde sich vor der Welt verstecken, und weder Drew noch Placie oder Miranda – nicht einmal Cook – würde sie dazu bewegen können, jemals wieder ihr Gesicht in der Öffentlichkeit zu zeigen.

Etwa eine Stunde war vergangen, als sie hörte, wie die Tür erneut geöffnet wurde. Dickköpfig vergrub sie sich tiefer unter den Laken und versteifte sich. Wenn es Placie mit dem Frühstück war, konnte sie lange warten. Brynne McFarren würde nie wieder etwas essen.

Das Problem war nur, daß sie schrecklich hungrig war.

»Brynne.« Die tiefe Stimme war unverkennbar. »Komm raus da.«

»Nein«, entgegnete Brynne entschieden. »Verlaß dieses Zimmer, Joshua Tanner, sonst schreie ich.«

»Dann schrei«, entgegnete er ungerührt, und auch

wenn sie es nicht sah, wußte sie doch, daß er mit den Schultern zuckte. »Ich werde nicht gehen.«

Sein belustigter Tonfall machte Brynne wieder wütend, und sie vergaß ihren Entschluß, sich bis ans Ende ihrer Tage zu verstecken. Sie schlug die Bettdecke zurück und funkelte den unverschämten Riesen, der am Fußende des Bettes stand, böse an. »Du Mistkerl!« schimpfte sie. Ihr Hals brannte immer noch wie Feuer, und ihre Nase war immer noch verstopft.

»Gestern nacht hattest du nichts gegen meine Anwesenheit einzuwenden«, entgegnete er spöttisch.

»Man schleicht sich nicht in fremde Zimmer . . . und schon gar nicht in fremde Betten.«

Joshua verschränkte die Arme vor der Brust, legte den Kopf in den Nacken und lachte schallend. »Du warst einfach unwiderstehlich«, neckte er sie, als sein Gelächter etwas nachgelassen hatte.

Brynne spürte, wie sie von den Zehenspitzen bis zu den Haarwurzeln errötete. Sie hätte Joshua in diesem Augenblick liebend gern umgebracht, aber ihr verräterischer Körper erinnerte sich nur zu gut an seine Berührungen. »Laß mich in Ruhe!«

»Das würde ich ja gern«, entgegnete er und hob bedauernd die Hände, aber um seine Mundwinkel zuckte es, und seine Augen blitzten. »Aber ich kann dir einfach nicht widerstehen, Pippin.«

Brynne wollte ihm etwas an den Kopf werfen, aber außer ihrem Kopfkissen war nichts in Reichweite. »Hatte Corrine keine Zeit für dich?«

Sein Gesichtsausdruck veränderte sich, aber nicht in der Art, wie Brynne es sich unbewußt erhofft hatte. Auf seinem Gesicht spiegelten sich weder Scham noch Reue, sondern unverhohlene Belustigung. »Du hast Corrine also kennengelernt«, stellte er fest und verschränkte erneut die Arme vor der Brust. »Ich hoffe, sie hat sich nicht bei dir angesteckt.«

Primitive, eifersüchtige Wut packte sie, aber sie zwang sich, völlig ruhig zu bleiben. »Das käme dir zweifellos ungelegen.«

Er legte den Kopf ein wenig schief und musterte Brynne, als wäre sie das letzte Exemplar einer seltenen Spezies. »Ganz bestimmt«, entgegnete er nachdenklich. »Wie sollte sie mit einer solchen Nase einen neuen Liebhaber finden?«

Die violetten Augen blitzten. »Brynne, Brynne«, schalt Joshua. »Sag mir nicht, du hättest geglaubt, ich würde mich weiterhin mit Corrine ... treffen.«

Brynne verschlang ihre zitternden Finger und tat, als betrachtete sie sie mit größtem Interesse. »Sie ist sehr schön«, bemerkte sie.

Joshua lachte. »Sie ist Geschichte«, entgegnete er. Dann kam er näher und setzte sich ruhig auf die Bettkante. Brynne verfluchte die Gefühle, die in ihr erwachten, und sie konnte eine Zittern nicht unterdrücken, als er mit einer Hand ihre Wange streichelte. »Brynne, wir werden bald über deinen Vater sprechen müssen.«

Bei der Erinnerung an die Enteignung der Farm und den Alptraum vom Tod ihres Vaters, der indirekt die Schuld dieses Mannes war, versteifte sich Brynne unwillkürlich. »Rede«, krächzte sie.

Er schüttelte den Kopf, und er wirkte so anziehend auf sie, daß sie ihn einfach nicht hassen konnte.

»Nicht jetzt. Du bist krank. Aber bald.«

Brynne hätte geweint, wenn sie nicht gewußt hätte, daß das verheerende Auswirkungen auf ihre ohnehin schon lächerliche Nase gehabt hätte. »Du willst mir die Enteignung erklären«, murmelte sie vor sich hin.

Joshua machte ein überraschtes Gesicht und ließ die

Hand sinken. »Welche Enteignung?« fragte er stirnrunzelnd.

Was für ein Schauspieler er doch war! Er wirkte tatsächlich verwirrt. Brynne wandte den Blick ab, stieg aus dem Bett und trat an den Kleiderschrank. Dort durchwühlte sie ihre Handtasche, bis sie die Papiere gefunden hatte, die ihren Vater in den Selbstmord getrieben hatten. Abstand zu Joshua haltend, warf sie die Dokumente auf das Bett.

Er griff nach den Papieren und warf einen Blick auf den Briefkopf. Dann blätterte er stirnrunzelnd zur letzten Seite, um nach der Unterschrift zu sehen. Langsam richtete er den Blick auf Brynnes Gesicht.

»Du hast gewußt, daß er sich erhängt hat«, sagte sie mit bebender Stimme. »Und jetzt kennst du auch den Grund dafür.«

»Brynne . . .«

Sie weinte nun und schämte sich ihrer Tränen nicht. Sie war so von Zorn und Schmerz erfüllt, daß nichts anderes mehr zählte. »Er war ein ehrlicher Mann! Er hätte seine Schulden bezahlt!«

Joshua erhob sich langsam zu seiner vollen Größe, die Papiere immer noch in der Hand. »Brynne, wir haben nicht . . . ich habe nicht . . .«

»Es ist deine Bank – deine Unterschrift!«

»Nein«, entgegnete er und hielt ihr die Dokumente hin. »Es ist *nicht* meine Unterschrift.«

»Da steht ›Joshua Tanner‹!« schluchzte Brynne.

»Sieh die Initialen daneben an – es sind die eines meiner Mitarbeiter. Brynne, mein Stellvertreter hat die Enteignung veranlaßt. Ich habe nicht einmal davon gewußt.«

Wie sehr sie sich auch dagegen wehrte, sie glaubte ihm doch. Der Ausdruck in seinen Augen und die Art, wie er die Lippen aufeinanderpreßte, waren der sichtbare Beweis dafür, daß er die Wahrheit sagte. Und das machte alles nur noch schlimmer. Gott, er vernichtete Existenzen, ohne es auch nur zu wissen! Er erlaubte Angestellten einfach, mit einer einzigen Unterschrift Männer wie John McFarren zu zerstören. »Er hätte seine Schulden beglichen«, wiederholte sie bitter. »Nach dem Verkauf der Wolle.«

Wieder veränderte sich Joshuas Gesicht, in einer Art, die Brynne erschreckte.

»Er hätte seine Schuld bei mir nie begleichen können«, sagte er mit leiser, unheilvoller Stimme. »Meine Frau. Mein Kind. Wie hätte er das wiedergutmachen können, Brynne?«

Brynne sah ihn entgeistert an. »Deine . . .«

Aber Joshua hatte sich bereits umgewandt. Er ließ die Enteignungspapiere fallen. Sie flatterten zu Boden, und die Erde schien trotz ihres kaum spürbaren Gewichts zu erzittern. An der Tür blieb Joshua stehen und wandte sich noch einmal um. In seinen Augen loderte ein gefährliches Feuer. »John McFarren war ein Schlächter«, stieß er hervor. Dann stürmte er hinaus, ohne sich die Mühe zu machen, die Tür hinter sich zu schließen. Verwirrt und betroffen stolperte Brynne zurück zum Bett und ließ sich in die weichen Kissen sinken. Joshuas Haß war greifbar, eine tobende Bestie, die zerstörerisch im Zimmer wütete.

Meine Frau. Mein Kind. Schlächter. Verzweifelt versuchte Brynne, sich vor seinen Worten zu verschließen, aber vergeblich. Großer Gott, was hatte er damit gemeint? John McFarren war ein guter Arzt gewesen, ein sanftmütiger Mensch . . .

Brynnes Finger krallten sich in die rosafarbene Tagesdecke, als die Teile des Puzzles sich endlich zu einem Ganzen fügten. John McFarren hatte Hals über Kopf seine Praxis und sein Zuhause verlassen, und seither war er fast jede Nacht aufgewacht und hatte immer wieder dieselben Worte geschrien: *Das Baby.*

Gott im Himmel, war Joshuas Kind das ›Baby‹ in seinen Alpträumen gewesen? Hatte er nicht nur das Baby, sondern auch Rosalie umgebracht?

Aber das war unmöglich – oder doch nicht?

»O *nein*«, flüsterte Brynne und schüttelte verzweifelt den Kopf. »Nein . . .«

Als Placie Minuten später mit dem Frühstückstablett hereinkam, schüttelte Brynne immer noch den Kopf und wiederholte immer wieder ein Wort: Nein!

»Brynne? Brynne!« Placie stellte hastig das Tablett ab und packte Brynne mit festem Griff an den Schultern. »Mein Gott . . .«

»Nein«, sagte Brynne tonlos.

Placie schrie besorgt auf, und sofort stürmten Miranda und Drew herein.

Brynne schien nicht damit aufhören zu können, den Kopf zu schütteln und dieses eine Wort zu wiederholen.

Drew schob Placie unsanft beiseite und legte Brynne den gesunden Arm um die Schultern. »Was . . . *Brynne!*«

»Er hat es ihr gesagt«, murmelte Miranda, die auf der anderen Seite des Bettes stand. »O mein Gott, er hat es ihr gesagt.«

Brynnes Schockzustand hielt an, wenngleich sie schließlich verstummte und nur weiterhin den Kopf schüttelte. Sie sah, wie Drews Züge sich verhärteten, wie ein mörderischer Ausdruck in seine Augen trat und er die Lippen fest aufeinanderpreßte.

Dann sprang er auf und lief aus dem Zimmer.

Joshua war im Garten, einen Fuß auf eine marmorne Bank gestützt, und Drew sah, wie seine Schultermuskeln sich anspannten, als er sich ihm näherte. »Warum, Joshua?« fragte er rauh.

Sein Bruder wandte sich nicht um, sagte kein Wort. Die einzigen Geräusche im Garten waren das Summen der Bienen und Drews keuchender Atem. Der süße Duft von Mirandas Fliederbüschen und den Rosen verlieh der Umgebung einen trügerischen Frieden.

Drews gebrochene Hand begann zu pochen. Dennoch hätte er am liebsten auf Joshuas Rücken eingeschlagen, bis der Bastard zusammengebrochen wäre.

Schließlich, nach langem Schweigen, wandte Joshua den Kopf. Den Fuß hatte er immer noch auf der Bank, und er hakte die Daumen in die Taschen der schwarzen Weste, die er über einem weißen Leinenhemd trug. »Sie weiß nicht alles«, sagte er.

Drew schluckte hart. »Mein Gott, Joshua, wie konntest du das tun? Brynne hat doch keine Schuld an dem, was passiert ist!«

»Ist sie in Ordnung?«

Drew zitterte vor Anstrengung, sich zu beherrschen. »Wie nett, daß du dich danach erkundigst, Joshua! Sie ist am Boden zerstört!«

Ein seltsamer Ausdruck trat auf Joshuas eben noch so undurchdringlich wirkendes Gesicht. »Das glaube ich nicht. Nicht sie. Sie ist aus Leder und Essig gemacht. Sie ist nicht kleinzukriegen.«

»Du *Bastard!*«

Joshua lächelte bitter – ein Lächeln, das der abgrundtiefe Schmerz in seinen Augen Lügen strafte. »Sie gehört dir, Drew«, sagte er schließlich mit rauher Stimme. »Dir ganz allein.« Er seufzte leise, dann wandte er sich ab und ging zurück zum Haus.

Drew, den die Überraschung für einen Moment gelähmt hatte, wurde wieder lebendig und stürmte seinem Bruder hinterher. »Joshua, warte ...«

Joshua band den Apfelschimmel los, den er in einem Mietstall geliehen hatte, nachdem er am späten Nachmittag des Vortages den Dampfer verlassen hatte. Die Bewegungen seiner Hände und Arme waren kraftvoll, als er die Zügel löste.

»Joshua«, wiederholte Drew.

Das Halbblut hielt inne, und seine Lippen verzogen sich erneut zu einem schrecklichen, gequälten Lächeln. »Was ist!«

»Ich liebe sie. Ich werde gut zu ihr sein.«

Joshua nickte und schwang sich auf den Grauen. »Geh mit ihr fort, Drew. Und nimm dich vor Austin Darnell in acht.«

Drew schluckte hart und fragte sich, warum er sich wie ein Verlierer vorkam, obwohl er gerade die wichtigste Schlacht seines Lebens gewonnen hatte. Während er noch darüber nachgrübelte, bemerkte er, wie Joshuas Blick kurz zu dem Fenster von Brynnes Zimmer schweifte. »Sag ihr, daß die Farm ihr gehört«, meinte er. Dann gab er dem Pferd die Sporen und preschte davon.

Drew fühlte sich seltsam leer, während er seinem Bruder nachblickte, bis Joshua nicht mehr zu sehen war.

Allmählich erholte sich Brynne wieder. Länger jedoch als die körperliche Schwäche aufgrund ihrer Erkältung machten ihr die Worte Joshuas zu schaffen, die sie sehr verletzt hatten.

Da einige ihrer neuen Kleider bereits geliefert worden waren, hatte sie endlich eine größere Auswahl bei dem, was sie anziehen konnte und brauchte zu Minnies Hochzeit weder das einfache Baumwollkleid noch das gräßliche rosa-weiße anzuziehen. Auf Mirandas Rat hin trug sie zu diesem Anlaß ein Leinenkleid mit passender Jacke in Taubenblau.

Die Kirche war ein einfaches Gebäude, das während der Woche auch als Schule diente, aber das Sonnenlicht, das durch die Fenster fiel, strahlte mindestens genauso kräftig wie das glückliche Brautpaar.

Minnie und Sam, beide von Kopf bis Fuß neu eingekleidet, waren das Glück in Person. Sie sonnten sich in der Aufmerksamkeit ihrer zahlreichen Freunde, die sich in der Kirche drängten, und gaben sich mit fester Stimme das Jawort.

Brynne beneidete sie und fragte sich, wann und ob ein solcher Tag je für sie kommen würde. Im Gegensatz zu Sams Tochter und vielen anderen weiblichen Gästen, weinte sie nicht – Brynne McFarren hatte keine Tränen mehr, und auch ihr Lachen war verstummt. Es war, als wäre sie jeden Gefühls beraubt worden, so daß sie überhaupt nichts mehr empfand.

Während der Trauungszeremonie drückte Drew ihre Hand und lächelte ihr ermunternd zu, als sie zu ihm aufblickte.

Sie wollte gerade sein Lächeln erwidern, als ein vertrautes Gesicht am anderen Ende der Bankreihe ihre Aufmerksamkeit erregte. Joshua lehnte lässig an der Wand.

Als hätte er ihren Blick gespürt, schaute er in ihre Richtung und nickte knapp, als grüße er eine Fremde oder eine flüchtige Bekannte, anstatt eine Frau, mit der er sein Bett geteilt hatte.

Die lähmende Leere in ihrem Inneren verflog, wurde erfüllt von brennendem Schmerz, einem Schmerz, wie Brynne ihn bis dahin noch nicht gekannt hatte.

Ich hasse dich, dachte sie, als er seine Aufmerksamkeit

wieder der Braut und dem Bräutigam zuwandte, die vor dem Altar standen.

Dennoch schien Joshua ihren stummen Aufschrei gehört zu haben. Er versteifte sich, sah erneut zu Brynne herüber – diesmal war es ein drohender Blick – und verließ die Kirche. Brynne fühlte seine Abwesenheit so deutlich, wie sie einen Dolchstoß gefühlt hätte.

Nach der Trauung gab es in einem der bescheideneren Hotels der Stadt einen Empfang. Brynne fürchtete eine weitere Konfrontation mit dem Halbblut und nahm nur an den Feierlichkeiten teil, weil sie Minnie Prigg von ganzem Herzen liebte.

Drew schwieg auf der Fahrt zum Hotel. Brynne wußte, daß er bemerkt hatte, daß sie Joshua angestarrt hatte, und ihr den stummen Austausch verübelte, aber das war ihr gleich.

Als der Buggy jedoch vor dem Union Hotel zum Stehen kam, entfuhr Brynne ein Freudenschrei. Dort, unter den zahlreichen Wagen, Einspännern und Pferden stand ein rotgestrichener Wagen mit der Aufschrift E. PIERPONT, DAGUERREOTYPIST. PORTRÄTS.

Evan! Evan war hier. Ohne sich von Drew helfen zu lasen, kletterte sie aus dem Buggy, raffte ihre Röcke und lief in undamenhafter Hast den Gehsteig hinunter.

Sie fand Evan im Speisesaal, wo er gerade seine Ausrüstung aufbaute, um Minnie und Sam Prigg zu fotografieren.

Brynne, die ganz aus dem Häuschen vor Freude war, warf sich in Evans Arme. Er lachte und drückte sie an sich. »Was machst du denn hier?« fragte er dann. »Ich dachte, du wärst . . .« Seine sanften Augen glitten zu Minnie hinüber, die wie ein Schulmädchen lachte und ihren stolzen Bräutigam keinen Augenblick losließ. »Oh. Das heißt also, du hast keine Arbeit mehr.«

Brynne schüttelte den Kopf, Drew stand hinter ihr, und sie spürte, daß er ihr Verhalten nicht ganz billigte. »Ich arbeite jetzt für Miss Miranda Tanner, als ihre Gesellschafterin. Sieh nur das schöne Kleid, das sie mir gekauft hat!«

Aber Evan blickte nicht auf ihr hübsches blaues Kleid, sondern musterte nur Drew Tanner. »Als Gesellschafterin also, ja?« sagte er mißtrauisch. »Und was genau beinhaltet diese Anstellung, Brynne?«

Brynne spürte, wie sie errötete. Sie wagte es nicht, Drew anzusehen, aber sie konnte seine Verärgerung nur allzu deutlich fühlen. »Es ist eine ehrliche Arbeit, Evan«, meinte sie schnell. »Du weißt doch, daß ich niemals . . .«

Evan funkelte Drew böse an. »Um dich mache ich mir keine Sorgen, meine Liebe. Um dich nicht.«

»Sie kennen doch meine Schwester, Mr. Pierpont«, sagte Drew schließlich. »Miranda wacht über Brynnes Ehre wie eine Löwin über ihre Jungen.«

Evans Züge entspannten sich, und er brachte sogar ein rauhes, wenn auch recht freudloses Lachen zustande. »Ja, ich kann Miranda Tanner wohl vertrauen, was mein Mädchen hier angeht.«

Darauf folgte ein unbehagliche Stille, der Drew dadurch entfloh, daß er ging, um zwei Gläser Punsch zu holen.

»Du könntest immer noch nach Olympia gehen«, sagte Evan leise. »Ich fahre dorthin, sobald ich im Holzfällercamp Nummer drei fertig bin.«

»Nummer drei?«

Evan nickte und breitete das schwarze Tuch über seine Kamera. »Das Camp gehört Joshua Tanner. Ich könnte dich natürlich nicht dorthin mitnehmen, da du ja eine Frau bist, aber ich könnte dich auf dem Rückweg hier abholen.«

Brynnes Gedanken wirbelten wild durcheinander, als Drew mit zwei Gläsern Fruchtpunsch zurückkehrte. Vielleicht sollte sie wirklich nach Olympia gehen. Dort würde sie Miranda Tanner nicht zur Last fallen, Joshua nicht mehr begegnen und Drew, der nun ganz offen um sie warb, keine falschen Hoffnungen machen.

»Wann fährst du zum Camp?« fragte sie, als Drew von einem Freund beiseite genommen wurde.

Evan war inzwischen auf seine Arbeit konzentriert. »Heute abend bei Sonnenuntergang. Ich muß früh dort sein. Aber ich nehme keine Frau mit dorthin, also frag gar nicht erst. Ich komme in ein paar Tagen bei Miss Miranda vorbei.«

»Gut«, entgegnete Brynne nachdenklich.

13

Nachdem sie ihren Entschluß einmal gefaßt hatte, mußte Brynne auch entsprechend handeln. Sie konnte nicht warten, bis Evan vom Holzfällerlager zurückkam, gleich, wie vernünftig es auch wäre. Und wenn sie nicht als Frau in das rauhe Camp gehen konnte, würde sie es eben als Mann tun.

Nachdem Drew sie nach Hause gefahren hatte, schützte Brynne plötzliche Kopfschmerzen vor und eilte die Treppe hinauf ins Haus, bevor er protestieren konnte. Mit klopfendem Herzen öffnete sie eine Tür nach der anderen, bis sie ein Zimmer gefunden hatte, in der der Duft von Drews Eau de Toilette in der Luft hing.

Dort herrschte das reinste Chaos. Ich blicke ins Innerste deiner Seele, Drew Tanner, dachte Brynne, während sie sich einen Weg durch das Durcheinander bahnte.

Die Sachen, die sie brauchte, hielt sie unter einen Arm geklemmt, dann öffnete sie vorsichtig die Tür, überzeugte sich davon, daß die Luft rein war, und hastete über den Flur in ihr Zimmer.

Dort zog sie hinter dem Wandschirm ihr neues Kleid aus und schlüpfte in die Hosen, die sie aus Drews Zimmer entwendet hatte. Sie waren ihr etwas eng, da sie breitere Hüften hatte als er, aber ansonsten waren sie bequem. Das Flanellhemd hingegen war ihr etwas weit, aber das machte nichts. Zusammen mit der schweren Jacke, die sie in Drews Schrank gefunden hatte, würde es entscheidend dazu beitragen, ihren Busen zu verbergen.

Als an die Tür geklopft wurde, zuckte sie erschrocken zusammen und legte die Männerkleider hastig wieder ab.

»Ja?« rief sie atemlos und lugte um eine Ecke des Wandschirmes.

»Geht es dir gut, Liebes?« fragte Miranda durch die verschlossene Tür. »Drew hat gesagt . . .«

»Nur leichte Kopfschmerzen«, log Brynne und haßte sich dafür, daß sie diese feine, großzügige Frau hinterging. »Ich muß mich nur etwas ausruhen.«

»Ich sorge dafür, daß du nicht gestört wirst«, entgegnete Miranda und ging dann offensichtlich wieder.

Brynne hatte schreckliche Gewissensbisse, aber sie wußte, daß jeder, Miranda eingeschlossen, besser dran wäre, wenn ihr Plan gelänge. Als es dunkel wurde und sie Placie mit dem Abendessen fortgeschickt hatte und alle im Eßzimmer waren, schlich Brynne über die Hintertreppe zur Küche. Sie sah aus wie ein Jüngling – mit Ausnahme ihres Haares, das ein Problem darstellte, das sie noch nicht gelöst hatte.

Aber die Schicksalsgöttinnen mußten ausnahmsweise einmal auf ihrer Seite sein, denn an einem Haken an der

Wand der Speisekammer hing der alte, fleckige Lederhut von Cooks Mann.

Du sollst nicht stehlen, sagte eine strenge Stimme in ihrem Inneren, als sie ihr Haar unter den Hut stopfte und die Krempe tief in die Stirn zog, so daß sie einen Teil ihres Gesichts verdeckte.

Nur dieses eine Mal, entgegnete sie.

Dann kam ihr ein Gedanke. Sie durchwühlte eine Schublade in der Küche nach einem Stück Papier, kritzelte hastig eine Nachricht und riskierte, entdeckt zu werden, indem sie noch einmal nach oben in ihr Zimmer lief und den Zettel auf ihrem Bett deponierte.

Danach stahl sie sich in der rasch hereinbrechenden Dunkelheit aus dem Haus und machte sich auf den langen Fußmarsch in die Stadt.

Sie lungerte in der Nähe des Union Hotels herum, wo sie Evan früher am Tag begegnet war, und ignorierte die neugierigen Blicke der Passanten, bis sie beobachtet hatte, daß der Fotograf die letzten Teile seiner Ausrüstung verladen hatte. Sie ging mit sicheren Schritten wie jemand, der dazu befugt war, zu Evans Wagen und stieg hinein.

Bald schon merkte sie, daß das Holzfällerlager viel weiter entfernt war, als sie angenommen hatte. Die Chemikalien, die Evan zum Entwickeln der Fotos brauchte, verströmten einen penetranten Geruch, und das Schlingern des Wagens verursachte ihr Übelkeit. Aber mit jedem Schritt entfernten sie sich weiter von der Stadt.

Gegenstände verrutschten und klirrten, als das Gefährt immer weiter bergan fuhr, als klettere es geradewegs in den Himmel. Endlich blieben die Pferde stehen.

Die Wagentür wurde aufgerissen. Kühle, frische, nach Kiefern duftende Luft strömte herein, und silbriges Mondlicht erhellte das Wageninnere. Durchgerüttelt und stundenlang dem Gestank der Chemikalien ausgesetzt, warf Brynne alle Vorsicht über Bord und hastete an einem verdutzten Evan vorbei aus dem Wagen, um sich zu übergeben.

»Heilige Mutter Gottes!« brüllte Evan aufgebracht. »Wer sind Sie?«

Brynne war ganz mit ihrem rebellierenden Magen beschäftigt und konnte nicht antworten.

»Wer ...« begann Evan erneut und trat näher, als Brynne endlich den Kopf hob und gierig die saubere Nachtluft einsog. »Bei allen heiligen ...«

»Ich brauche Wasser!« jammerte Brynne.

Wütend holte Evan eine Wasserflasche aus dem Wagen und drückte sie ihr in die Hand.

»Ich sollte dich übers Knie legen!« schrie er und zog Brynne an der Hand zurück zum Wagen. »Damit würde ich deinem Vater – Gott sei seiner Seele gnädig! – und der ganzen Menschheit einen großen Gefallen erweisen!«

Brynne verlangsamte den Schritt. »Du bringst mich doch nicht zurück nach Seattle, oder?«

Evan fluchte anhaltend. »Ich *kann* dich nicht zurückbringen. Nummer drei befindet sich gleich hinter dieser Hügelkuppe da vorn, und ich habe Aufnahmen zu machen, sobald die Sonne aufgeht.«

»Dann ist ja alles in Ordnung«, meinte Brynne erleichtert.

»Alles in Ordnung?« donnerte Evan Pierpont mit ungewohnter Lautstärke. »In diesem Camp leben an die hundert Männer, und wahrscheinlich bist du die erste Frau, die sie seit Wochen zu Gesicht bekommen. Und du sagst, es wäre *alles in Ordnung*?«

»Sie werden nicht merken, daß ich eine Frau bin, Evan! Sieh dir doch nur meine Kleider an!«

Evan betrachtete sie genauer. »Hosen!« rief er entgeistert aus. »*Hosen*?!«

Brynne lachte. »Sie sind unheimlich bequem, Evan. Frauen sollten viel öfter Hosen tragen statt Kleider.«

Trotz der Dunkelheit sah sie, wie Evan errötete. Einen bangen Augenblick lang glaubte sie, er würde seine Drohung wahrmachen und sie übers Knie legen.

»Verstehst du denn nicht?« flehte sie und wich einen Schritt zurück. »Alle werden mich für einen Mann halten.«

Evan schüttelte in zornigem Staunen den Kopf. »Ich habe noch nie einen Mann mit solchen Hüften gesehen – und die Männer im Camp wohl auch nicht. Du wirst die ganze Zeit über im Wagen bleiben, Brynne McFarren, hast du mich verstanden?«

»Das kann ich nicht! Evan, ich ersticke da drin!«

»Verdammt, verdammt, verdammt!« rief Evan frustriert. »Der Mann, der dich einmal heiratet, wird alle Hände voll zu tun haben, dich davon abzuhalten, Blödsinn zu machen!«

Brynne biß sich auf die Lippen. »Ich werde keinen Ton sagen, Evan«, versprach sie verzweifelt. »Solange ich nichts sage, wird niemand etwas merken. Bitte sperr mich nicht in den Wagen.«

Evan hatte sich abgewandt und starrte in den sternengesprenkelten Himmel, als erwarte er, daß Gott ihm ein Zeichen gab.

Joshua öffnete lautlos die Tür und trat auf das nur schattenhaft erkennbare Bett zu. Er wußte nicht, ob ein Blick auf Brynne McFarrens schlafendes Gesicht seinen Entschluß festigen oder zunichte machen würde, aber das war ihm im Augenblick gleich. Er mußte sie einfach sehen.

Das Bett war nicht nur leer, sondern unberührt.

Joshua fluchte heiser, fischte ein Streichholz aus seiner Westentasche und zündete die Öllampe auf dem Nachttisch an. Auf der rosafarbenen Bettdecke lag eine Nachricht. Er griff nach dem Zettel, überflog die wenigen Zeilen und fluchte erneut.

Miranda, ich bin bei einem Freund und in Sicherheit. Mach dir bitte um mich keine Sorgen und halte mich nicht für undankbar. Ich kann Dir nicht länger zur Last fallen. Brynne.

Joshua hätte am liebsten geschrien und getobt, aber er zwang sich, ruhig und logisch nachzudenken. Ein Freund. Wer konnte das sein?

Plötzlich sah er Brynne vor sich, wie sie während des Picknicks am Unabhängigkeitstag über die Deichsel eines Wagens gestolpert war. Der Wagen hatte Evan Pierpont gehört, dem Wanderfotografen.

Und er erinnerte sich auch, ihn auf Sam und Minnies Hochzeit gesehen zu haben, als er kurz das Hotel betreten hatte, um der Braut und dem Bräutigam zu gratulieren. Brynne was dort gewesen und hatte sich an Drews Seite anscheinend ausgesprochen wohl gefühlt. Joshua hatte es eilig gehabt, zu gehen. Natürlich hatte er nicht daran gedacht zu fragen, wohin der Fotograf als nächstes fahren würde. Warum hätte er auch fragen sollen?

Plötzlich aber, jetzt, wo all seine Instinkte ihm sagten, daß Evan jener Freund war, von dem in Brynnes Nachricht die Rede war, war diese Information von allergrößter Wichtigkeit.

Zwanzig Minuten später öffnete ein brummiger, verschlafener Sam Prigg die Tür seines Hotelzimmers und blickte blinzelnd auf den dämmrigen Flur. »Joshua? Verdammt, in der Hochzeitsnacht läßt man ein frisch verheiratetes Paar in Frieden...«

Er hatte natürlich recht, und Joshua wußte, daß Sam noch monatelang jedem, der es hören wollte, davon erzählen würde.

»Wo wollte der Fotograf hin?« fragte er schroff.

Sams schielendes Auge glitzerte gefährlich. »Wer?«

»Evan Pierpont. Wo wollte er von hier aus hin?«

»Woher zum Teufel soll ich das wissen?« knurrte Sam, kratzte sich am Kopf und trat von einem Fuß auf den anderen. »Er hält mich nicht auf dem laufenden, was seine Reiseroute betrifft.«

»Er macht Fotos von den Männern oben im Camp Nummer drei«, rief Minnie verärgert aus dem Dunkel des Zimmers.

Sam zog spöttisch eine Augenbraue hoch. »Bist du jetzt zufrieden, Joshua? Oder wolltest du hereinkommen und ein Schwätzchen halten?«

Joshua lachte angesichts von Sams Spott und seinem rotweiß gestreiften Nachthemd und machte kehrt. »Gute Nacht«, meinte er vielsagend, dann ging er.

Minuten später war er wieder auf der dunklen Straße. Er betrachtete die knochige braune Stute, die er an diesem Nachmittag im Mietstall bekommen hatte, und wünschte, er hätte Chinook aus Port Propensity mitgebracht.

Zum Teufel! Woher hätte er wissen sollen, daß er mitten in der Nacht zum Camp Nummer drei würde reiten müssen? Er war nur nach Seattle gekommen, um Sams und Minnies Hochzeit beizuwohnen.

Um diese Zeit waren alle Mietställle geschlossen, und er hatte keine Zeit, die Besitzer ausfindig zu machen und zu bewegen, ihm ein anderes Pferd zu geben. Die Pferde, die er hier in Seattle hielt, waren auch nicht besser als die

Mähre vor ihm. Sie waren alle zu alt und nur noch dazu nütze, hin und wieder einen Buggy zu ziehen.

Resigniert stieg er in den Sattel und ritt in Richtung der Berge in die Nacht.

Etwa eine Stunde vor Sonnenaufgang setzte sintflutartiger Regen ein. Brynne war gezwungen, sich ins übelriechende Innere des Wagens zurückzubegeben, während Evan unter dem Wagen Schutz suchte.

Dann kam die Sonne wieder zum Vorschein, und der Himmel erstrahlte in tiefem Blau – der Sturm war vorbeigezogen.

Evan war nicht eben bester Laune, als er wieder auf den Kutschbock stieg und über die Hügelkuppe ins Lager fuhr. Abgesehen davon, daß er eine kleinlaute Brynne davon informierte, daß ihr Name in den nächsten Tagen George lautete, sprach er kein Wort.

In Nummer drei, einer richtigen kleinen Stadt aus Zelten und Holzhütten entlang morastiger Straßen herrschte rege Betriebsamkeit. Männer verließen oder betraten ein langgezogenes, altersschwaches Gebäude, in dem Brynne richtig den Eßsaal vermutete, während andere Arbeiter Sägen und schwere Ketten auf Wagen luden. Ochsen, die dafür eingesetzt wurden, die Baumstämme zur Rutsche zu ziehen, über die das Holz den Berg hinunter in den Fluß befördert wurde, bewegten sich ein wenig eifriger in der frischen, vom Regen gereinigten Luft.

Ein Gefährt, das an eine überdimensionale schwarze Flasche erinnerte, zischte und rauchte auf seinen Rädern und stieß schneeweiße Dampfwolken aus.

»Was ist denn das?« fragte Brynne verdutzt und rieb sich unauffällig das schmerzende Hinterteil, denn die Straße war holprig gewesen und der Kutschbock hart.

Evan warf ihr einen drohenden Blick zu und brummte: »Eine Maschine.«

»Das sehe ich auch«, entgegnete Brynne steif. »Aber wozu wird sie benutzt?«

Evan seufzte, während er sein geduldiges Gespann durch den zähen Schlamm lenkte, ohne die seltsame, lärmende Maschine auch nur eines weiteren Blicks zu würdigen. »Man nennt sie Aggregat. Die Holzfäller legen Ketten um die großen Stämme, und die Maschine zieht sie aus dem Unterholz.«

»Zur Rutsche?«

»Hier in Nummer drei gibt es eine Trockenrutsche«, erklärte Evan mißmutig. »Sie führt bis runter an den Fluß.«

Brynne stellte sich vor, wie die gewaltigen Stämme in halsbrecherischem Tempo den Hang hinunterschossen, und schauderte. »Warum haben sie dann Ochsen, wenn doch die Maschine die Stämme zur Rutsche transportiert? Und warum heißt das Camp ›Nummer drei‹?«

»Mußt du einem Löcher in den Bauch fragen? Maschinen gehen kaputt, und die Tanners haben ein halbes Dutzend solcher Camps. Ich schätze, das Halbblut hatte einfach keine Lust, sich für jedes einzelne einen Namen auszudenken.«

Das Halbblut. Verdammt, sie hatte Stunden nicht mehr an Joshua gedacht, und jetzt hatte Evan sie wieder an ihn erinnert. »Wenn es meine Camps wären, würde ich jedem einen Namen geben«, sagte sie hochnäsig.

»Nun, sie gehören dir aber nicht, oder, George?« entgegnete Evan brüsk, zügelte die Pferde und zog gleichzeitig die Handbremse an. »Du bleibst in meiner Nähe, hast du verstanden? Im Wald ist es gefährlich. Du könntest von einem Baum erschlagen werden. Außerdem hältst du dich von der Maschine und den verlausten Holzfällern fern.«

Brynne schob das Kinn vor und sprang mit wie sie hoffte männlicher Lässigkeit vom Kutschbock. Sie landete auf den Fersen und konnte nur mühsam einen Schmerzensschrei unterdrücken.

Der Fotograf erregte an diesem abgelegenen Ort einiges Aufsehen, und die Männer strömten in Scharen herbei, von ihrem eitlen Bedürfnis getrieben, auf möglichst vielen Aufnahmen zu erscheinen.

Brynne, die sich alle Mühe gab, sie zu ignorieren und gleichzeitig so zu tun, als wäre sie Evans Gehilfe, schleppte keuchend Ausrüstungsteile vom Wagen zu der Stelle, den ihr ›Boß‹ für ein Gruppenbild ausgewählt hatte. Bei jedem Schritt schien der zähe Schlamm an den hohen Schnürstiefeln zu zerren und drohte, sie ihr von den Füßen zu reißen – während Drews Hose und das Hemd ihr einigermaßen paßten, konnte sie das von seinen Schuhen wahrlich nicht behaupten.

Als Evan schließlich die Kamera, die Platten und alles weitere, was er für seine komplizierte Tätigkeit benötigte, zur Hand hatte, gruppierte er die Arbeiter, die die Maschinen bedienten, um das ratternde Metallungeheuer und bereitete sich darauf vor, die Szene zu verewigen.

Brynne, die fürchtete, daß er sie zum Wagen zurückschickte, zog sich den gestohlenen Hut tiefer in die Stirn, so daß jeder Mann im Camp sich hätte bücken müssen, um ihr Gesicht zu sehen, verschränkte die Arme vor der Brust und trat gerade so weit zurück, daß sie Evan nicht unmittelbar im Blickfeld stand.

Nachdem Evan die Männer über eine halbe Stunde lang herumgescheucht und in verschiedenen Posen fotografiert hatte, war er endlich mit den Aufnahmen seines ersten Motivs zufrieden und ging zum nächsten über. Die Männer, die die Maschine bedienten, waren gelangweilt und gereizt, als sie sich schließlich wieder ihrer Arbeit widmen konnten.

Einer von ihnen blickte zufällig in die Ferne, als Evan gerade einen Ochsentreiber und sein Achtergespann in Positur brachte, und pfiff schrill durch die Zähne. Brynne erkannte, daß es eine Art Signal gewesen sein mußte, denn jeder Mann im Camp hatte seine Arbeit unterbrochen und folgte dem Blick des Arbeiters.

Brynne wandte sich neugierig um. Ein klappriger Brauner stakte langsam durch den Matsch. Auf seinem Rücken saß ein völlig durchnäßter, ganz offensichtlich vor Wut schäumender Joshua Tanner. »Was sagt man dazu?« murmelte ein Mann, der nur wenige Schritte von Brynne entfernt stand. »Wenn das nicht das Halbblut persönlich ist.«

»Sieht aus wie ein Grizzly, den man beim Winterschlaf gestört hat«, bemerkte ein anderer. »Und sieh dir das arme Tier an.«

Vereinzelt war nervöses Lachen zu hören, aber sie verstummten abrupt, als das Halbblut bis auf Hörweite heran war.

Brynne blieb regungslos stehen, den Hut immer noch tief ins Gesicht gezogen, die Arme verschränkt. Das Herz schlug ihr bis zum Hals, und ihr Magen verkrampfte sich, als liefe sie mit verbundenen Augen über ein Drahtseil. Er wird mich nicht erkennen, versicherte sie sich selbst, als Joshua näherkam. Das schwarze Haar klebte an seiner Stirn, und er ließ den Blick seiner Augen, in denen Mordlust stand, suchend über die versammelten Männer gleiten.

Brynne atmete erleichtert auf, als der eindringliche Blick sich auf Evan und seine Kamera heftete. Evan war ihr Freund, und nichts würde ihn dazu bringen, sie zu verraten.

Brynne war so damit beschäftigt, zu beobachten, wie das Halbblut sich aus dem Sattel schwang und auf Evan zuschritt, daß sie gar nicht bemerkte, daß die Menge um sie herum sich langsam verlief.

Evan lauschte schweigend und scheinbar gelassen dem, was das Halbblut ihm sagte. Joshua hingegen war alles andere als ruhig und unterstrich seine Worte, die Brynne aus dieser Entfernung nicht verstehen konnte, mit ausholenden Gesten.

Plötzlich blickte Evan zu ihr herüber und nickte in ihre Richtung. Brynne konnte es nicht fassen. Als das Halbblut langsam und drohend den Kopf wandte, war Brynne wie erstarrt.

Erst jetzt wurde ihr bewußt, daß sie nicht mehr in einer Gruppe von Männern verborgen, sondern dem durchdringenden Blick der violetten Augen ganz allein ausgeliefert war. Panik löste die lähmende Starre. Sie fuhr herum und rannte so schnell sie konnte durch die schlammigen Straßen des Holzfällercamps, am Eßsaal vorbei, an dessen Tür tatsächlich vier Pfannkuchen genagelt waren, dann weiter am Werkzeugschuppen entlang, wobei sie eine Horde grinsender Arbeiter passierte.

Das Halbblut holte sie ein, packte ihren Arm und riß sie mit solcher Kraft herum, daß der Lederhut, unter dem sie ihr Haar verborgen hatte, in den Matsch geschleudert wurde. Als Brynnes goldbraune Mähne sich über ihr Gesicht und die Schultern ergoß, nickte Joshua den Schaulustigen freundlich zu.

»Familienunstimmigkeiten, Jungs«, sagte er mit aufreizender Lässigkeit, ohne seinen Griff zu lockern. Fast liebevoll richtete er dann den Blick wieder auf ihr gerötetes Gesicht. »Komm, Liebling«, sagte er mit der ergebenen Stimme eines leidgeprüften Ehemannes. Doch dann, und es machte Brynne rasend vor Wut, ließ er plötzlich ihren

Arm los und packte sie am Hosenbund. Die Zuschauer lachten, als er sich umwandte und seine Gefangene die schlammige Straße hinter sich her zerrte, so daß Brynne gezwungen war, in Laufschritt zu fallen, wenn sie nicht fallen wollte. Immer wieder stolperte sie dabei.

Entzückt über das Spektakel folgten ihnen sämtliche Arbeiter, wobei die Männer nicht mit wohlmeinenden Ratschlägen für Joshua sparten. Brynne brachte vor Wut keinen Ton heraus. Sie wußte, daß es nicht nur zwecklos, sondern sogar gefährlich gewesen wäre, wenn sie versucht hätte, sich von seinem entwürdigenden Griff zu befreien.

Als sie den erbarmungswürdigen Braunen erreichten, hob Joshua Brynne scheinbar mühelos in den Sattel, und in seinem Blick lag die Warnung, sich ja nicht zu rühren.

Brynne war im Begriff, dem legendären Halbblut gehörig die Meinung zu sagen, als der Braune ihr unerwartet zur Hilfe kam. Mit der Ungeschicklichkeit, die diesem Tier vermutlich angeboren war, hob er ein Vorderbein und stellte Joshua den Huf auf den linken Fuß.

Joshua, der diesen Tritt eher als irritierend denn als schmerzhaft empfand, versuchte das Pferd wegzuschieben, aber vergeblich. Es rührte sich keinen Millimeter.

Joshua stieß eine Drohung aus, die das Tier wohl einschüchtern sollte, aber es schnaubte nur und blieb stehen, wo es war.

Brynne glitt lächelnd aus dem Sattel und trat vor den großen Joshua Tanner. Sie blickte in sein wutverzerrtes Gesicht, auf den Huf, der immer noch auf seinem Stiefel stand, und dann auf seinen rechten Fuß.

Nachdem sie die Situation gebührend überdacht hatte, hob sie den Fuß und trat das Halbblut mit voller Kraft gegen das Scheinbein.

Er schrie wütend auf, schwankte und landete unsanft

im Schlamm. Die Holzfäller, die sich in der Menge einigermaßen sicher fühlten, brüllten vor Lachen.

Aber Brynne sollte ihren Triumph nicht lange genießen. Als sie nach Joshua getreten hatte, war das Pferd erschrocken zurückgewichen und hatte seinen Fuß freigegeben.

Das Halbblut erhob sich würdevoll aus dem Matsch. Seine Züge wirkten wie in Stein gemeißelt. Seine Lippen waren so fest aufeinandergepreßt, daß sie fast weiß wirkten, und seine Augen glühten wie Kohlen.

Brynne befahl ihren zitternden Beinen zu laufen, aber sie wollten oder konnten ihr nicht gehorchen. Der mörderische Blick in den blitzenden violetten Augen hielt sie gefangen.

Nach einer Weile, die ihr vorkam wie eine Ewigkeit, gelang es ihr, einen Schritt zurückzuweichen. Doch in dem Augenblick, als sie sich bewegte, packte das Halbblut sie mit festem Griff und warf sie sich über die Schulter. Brynne war völlig hilflos, während die Holzfäller johlten.

Offensichtlich stellten sie sich jeweils auf die Seite des Siegers.

Brynne schloß die Augen. Sie fühlte sich so gedemütigt wie noch nie in ihrem Leben und trommelte mit den Fäusten auf seinen Rücken. »Laß mich runter«, flehte sie leise. »O Joshua, *bitte*, laß mich runter.«

Er sagte kein Wort, ließ sie aber auch nicht los. Statt dessen schritt er mit Brynne, die noch immer wie ein Kartoffelsack über seiner Schulter hing, durch die applaudierende, lachende Horde der Holzfäller. Als Brynne die Augen wieder öffnete, sah sie, daß er geradewegs auf ein Zelt zusteuerte.

»Joshua Tanner!« rief sie entsetzt.

Die Zeltbahn aus schwerem Segeltuch streifte ihren

Arm und ihre Hüfte, als er sie hineintrug, und ein muffiger Geruch stieg ihr in die Nase. Brynne schnappte nach Luft, als Joshua sie unsanft auf einen Stapel leerer Säcke fallen ließ.

Sie wagte es nicht, sich von ihrem würdelosen, rauhen Lager zu erheben, und blickte mit weit aufgerissenen Augen den Mann an, der vor ihr stand. Obwohl sie sein Gesicht in dem dämmrigen Licht nur undeutlich erkennen konnte, wußte sie, daß Joshua vor Wut kochte. Zweifellos würde er sie gleich mit bloßen Händen erwürgen, und niemand würde auf ihre Hilferufe reagieren, weil er eben das Halbblut war.

Brynne schluckte hart. Es blieb ihr wohl nichts anderes übrig, als sich in ihr Schicksal zu ergeben. »Es tut mir leid, daß ich dich getreten habe«, log sie.

Darauf geschah etwas völlig Unerwartetes. Joshua legte den Kopf in den Nacken, stemmte die Hände in die Seiten und brüllte vor Lachen.

Brynne war an diesem Tag schon zu oft das Ziel männlichen Spottes geworden. Sie war tief in ihrem Stolz getroffen. Wütend sprang sie auf, hob beide Fäuste und hämmerte zornig gegen seine steinharte Brust.

Ihre Hände schmerzten, als Joshua schließlich ihre Handgelenke packte und ihrem Angriff mühelos Einhalt gebot. Er zog sie an sich, und trotz ihres fast hysterischen Zorns, reagierte ihr verräterischer Körper prompt auf die Berührung seiner breiten Brust und seiner kräftigen Schenkel. Unwillkürlich stieß sie einen leisen, flehenden Laut aus, und dieser Laut hatte eine seltsame Wirkung auf Joshua.

Er zog sie noch fester an sich, neigte den Kopf und küßte sie. Gleichzeitig ließ er ihre Handgelenke los, und seine Hände glitten zu ihren Hüften.

So nah waren sie sich, daß Brynne unzweifelhaft den

Beweis seines Verlangens spüren konnte, prickelnde Hitze breitete sich in ihr aus.

Schließlich brach er den Kuß ab, und sie konnte seinen forschenden Blick spüren. Sie erschauerte, als er begann, ihr weites Flanellhemd aufzuknöpfen. Ihre Brüste sehnten sich nach seinen Liebkosungen.

»Joshua«, flüsterte sie. »Das können wir nicht ... sie werden es wissen ...«

Er lachte rauh, während eine Hand unter ihr Leibchen glitt und sich auf ihre nackte Brust legte, und sofort wurde sie von einem verzehrenden Verlangen gepackt. »Sie wissen es bereits, Pippin«, sagte er.

Brynne zitterte am ganzen Leib, während in ihrem Inneren Leidenschaft und das Bedürfnis, sich aufzulehnen, miteinander kämpften. Es half jedoch nichts, daß sie sich daran erinnerte, wie sehr er sie eben noch vor seinen Männern gedemütigt hatte und daß die Gegensätze zwischen ihnen unüberwindbar waren.

Endgültig gab Brynne den Kampf auf, als sie seine Lippen auf ihren Brüsten spürte. Sie selbst zerrte ungeduldig an ihrem Leibchen, um sich von dem letzten noch störenden Hindernis zu befreien.

Nachdem Joshua sich ausführlich einer Brust gewidmet hatte, wandte er sich der anderen zu.

Brynne protestierte nicht, als er sie schließlich auf das Bett aus rauhem Sackleinen legte und ihr in fliegender Hast die restliche Kleidung abstreifte.

Brynne biß sich auf die Lippe, um nicht vor Lust und Ungeduld aufzuschreien, als er in sie eindrang. Sie liebten sich wild und ungestüm, aber diese Vereinigung war für Brynne nicht weniger wunderbar als ihre anderen, zärtlicheren Liebesnächte. Seine ungezügelte Lust weckte ihre primitivsten Instinkte, so daß sie schon nach kurzer Zeit von erlösender Ekstase geschüttelt wurde.

Sekunden später spürte sie, wie Joshuas Körper sich anspannte. Er drang ein letztes Mal tief in sie ein und erschauerte, und er stöhnte tief auf.

»Brynne«, sagte er, und sein Tonfall war gleichzeitig anklagend und zärtlich, »*zum Teufel mit dir* für das, was du mit mir machst.«

Brynne errötete, immer noch zitternd, immer noch eins mit diesem unmöglichen, wunderbaren, widersprüchlichen Mann. »Für das, was *ich* mit *dir* mache?«

Joshua fluchte und richtete sich mit der Geschmeidigkeit einer Raubkatze auf, so daß er über ihr kniete. Im Dämmerlicht sah Brynne, wie er seine Kleider in Ordnung brachte.

Bei dem Gedanken, daß er sie am hellichten Tage mitten in einem Holzfällercamp genommen hatte, ohne sich auch nur die Mühe zu machen, sich zu entkleiden, wurde sie von neuem rot. Plötzlich fühlte sie sich billig, verletzt und benutzt.

»Dazu hattest du kein Recht«, sagte sie unglücklich.

»Da wir schon von ›Recht‹ sprechen«, murmelte das Halbblut und warf ihr Hemd, Hose und Unterwäsche zu. »Was zum Teufel hast du hier zu suchen?«

Brynne hielt den Blick gesenkt, während sie in ihre Kleider schlüpfte. »Ich bin dir keine Rechenschaft schuldig, Joshua«, entgegnete sie unwirsch.

Er legte ihr eine Hand unter das Kinn und zwang sie, ihn anzusehen. »Diesmal schon, du Wildkatze. Das ist *mein* Camp, und das da draußen sind *meine* Leute.«

Wieder stieg ihr brennende Röte ins Gesicht, als sie an die Spekulationen dachte, die die Holzfäller zweifellos darüber anstellten, was das Halbblut und seine Geliebte in diesem Zelt treiben mochten. Wahrscheinlich würden sie ihr unverschämte, lüsterne Blicke zuwerfen, sobald sie herauskam. »Sie werden mich auslachen«, sagte sie unglücklich und sah Joshua nicht an, obwohl seine Hand immer noch unter ihrem Kinn lag.

»Das werden sie nicht wagen. Aber du hast es dir selbst zu verdanken, daß sie jetzt auf Jahre hinaus genug Redestoff haben werden.«

Brynne schüttelte seine Hand ab. »Ich soll es mir selbst zu verdanken haben? Es war nicht meine Idee, hier hereinzukommen und . . . es war nicht meine Idee, hier hereinzukommen!«

Joshua lachte. »Du kleine Wildkatze. Wenn ich auch nur einen Funken Verstand hätte, würde ich dir den Hintern versohlen.«

»Untersteh dich, Joshua Tanner, oder du wirst den Tag bereuen, an dem du es wagst, Hand an mich zu legen!«

Sie sah, wie sein Gesichtsausdruck sich wieder veränderte. »Pippin, ich bereue den Tag, an dem ich dir das erste Mal *begegnet* bin.«

»Herzlichen Dank!«

»Nicht der Rede wert. Und komm nie, hörst du, *nie* wieder hierher, Brynne. Es ist gefährlich.« Dann legte er ihr beide Hände auf die Schultern. »Und solltest du noch etwas hier zu erledigen haben, dann tu es sofort, weil wir nämlich nach Seattle aufbrechen, sobald ich mit ein paar Leuten gesprochen habe.«

»Ich gehe nirgendwo mit dir hin!« stieß Brynne hervor, während sie mit zitternden Fingern versuchte, ihr Hemd zuzuknöpfen.

Joshua kniete sich vor sie, schob sanft ihre Hände beiseite und half ihr. »Ich werde dich noch heute von hier wegbringen, und damit basta.«

»Das wird Evan nicht zulassen!« fuhr Brynne ihn an. »Er hält nichts von dir!«

»Das mag ja sein, Pippin, aber Tatsache ist, daß er es für eine großartige Idee hält, daß ich dich nach Seattle zurückbringe.» Er hatte das Hemd inzwischen bis zum Kragen zugeknöpft und legte Brynne die Hände auf den Nacken.

Zu wissen, daß sie sich ihm auf einen Wink hin sofort wieder hingeben würde, ließ sie vor Zorn und Scham am ganzen Leib erbeben. Die Hoffnungslosigkeit ihrer Lage trieb ihr die Tränen in die Augen. Sanft wischte Joshua ihr die Tränen fort.

»Brynne, ich . . .«

Sie schluchzte. Sie wollte sich von ihm losreißen, war jedoch unfähig, sich zu rühren. »All die Männer da draußen sagen bestimmt, ich wäre deine Geliebte«, sagte sie verzweifelt.

»Meine Geliebte«, wiederholte er, als würde er erst allmählich die Bedeutung dieser Worte begreifen. »Die Geliebte des Halbbluts.«

Brynne sah ihn überrascht an. »Du selbst gebrauchst dieses Wort für dich?«

Er zuckte mit den Schultern. »Warum denn nicht?«

»Verletzt es dich nicht, wenn andere dich so nennen?«

Joshua schüttelte den Kopf, aber sein Gesichtsausdruck strafte seine Worte Lügen.

Brynne schluckte hart. Sie war so darauf bedacht, das Thema zu wechseln, daß sie mit dem erstbesten herausplatzte, was ihr in den Sinn kam. »Was hat mein Vater getan, Joshua, daß du ihn einen Schlächter genannt hast?«

Joshua ließ die Hände sinken, und sofort hatte Brynne das schmerzliche Gefühl, daß ihr etwas fehlte. »Nicht hier, Brynne«, antwortete er. »Wir können nicht hier darüber reden.«

»Wo dann?« drängte sie und erhob sich. Angst schnürte ihr die Kehle zu, und sie fühlte sich, als würde sie nicht mehr atmen können, bevor er ihre Frage nicht beantwortet hatte.

»Ich weiß es nicht«, entgegnete er grimmig. Dann stand er ebenfalls auf, wandte sich ab und verließ das Zelt.

14

Brynne hastete hinter ihm her. Sie wollte sich den anzüglichen Blicken der Männer um keinen Preis allein stellen.

Joshua schritt weit aus, und Brynne mußte zu ihrem Ärger fast laufen, um mitzuhalten. Obwohl inzwischen die meisten Männer wieder ihrer Arbeit im Wald nachgingen, trieben ihr die belustigten Blicke der verbliebenen die Schamesröte ins Gesicht.

»Hast du Hunger?« fragte das Halbblut schroff, fast so als wäre sie ein lästiges Kind, mit dem er nichts Rechtes anzufangen wußte.

»Ja!« meinte Brynne unfreundlich, mehr weil sie spürte, daß er hoffte, daß sie keinen Hunger habe, als aus dem wirklichen Wunsch nach etwas zu essen.

Er umfaßte ihren Ellbogen mit fast schmerzhaftem Griff und zog sie hinter sich her zum Eßsaal. Die Pfannkuchen hingen immer noch an der Tür, obwohl sie bereits deutlich tiefer gerutscht waren.

Brynnes Neugier siegte über ihren trotzigen Zorn, und sie rümpfte die Nase. »Warum ...«

Joshua warf einen flüchtigen Blick auf die aufgespießten Pfannkuchen. »Das bedeutet, daß die Männer mit dem Essen unzufrieden sind. Immer noch Hunger?«

Brynne grübelte noch darüber nach, als er sie durch die Tür schob. Im Inneren war der Fußboden ebenso wie in Minnies Gasthaus von den Stollen der Arbeitsstiefel zerfetzt, und überall standen lange, rohbehauene Tische.

Ansonsten jedoch unterschied sich der Eßsaal von dem von Minnie dadurch, daß ein penetranter Geruch nach Schweiß, Staub und ranzigem Fett in der Luft hing. Der Koch, ein knochiger kleiner Mann mit ungepflegtem Bart, stand am Herd und rührte in einem großen Topf, wobei er sich gleichzeitig mit der anderen Hand in der Achselhöhle kratzte.

Brynne wirbelte herum und stürmte an einem grimmig-belustigten Joshua vorbei nach draußen. Selbst die unverschämten Blicke eines vorbeigehenden Holzfällers waren leichter zu ertragen als das Innere dieses Eßsaals.

Während Joshua den Koch lautstark beschimpfte und ihm zwei Stunden gab, den Saal zu säubern oder das Camp zu verlassen, gewann Brynne ihre Fassung zurück, und dann entdeckte sie Evan, der hinter einem Ochsengespann und einem mit Werkzeug beladenen Wagen eine weitere Gruppe von Männern in Position scheuchte.

Mit hocherhobenem Kopf schritt sie auf den Verräter zu. Als sie Evan erreichte, blieb sie drohend stehen, genau vor seiner Kamera.

Evan kam fluchend unter dem schwarzen Tuch hervor. »Was um alles ... Ich habe zu arbeiten.«

»Du hast es ihm verraten!« sagte Brynne anklagend,

noch immer verblüfft und wütend darüber, daß er sie wirklich an Joshua Tanner ausgeliefert hatte. »Du hast ihm verraten, daß ich hier bin!«

Evan ließ sich nicht beeindrucken. Er stemmte die Hände in die Hüften und erwiderte milde: »Er hat mich gefragt.«

»Ich dachte, du wärst mein Freund!«

»Das bin ich auch«, entgegnete Evan. »Und aus eben diesem Grunde habe ich es ihm gesagt. Und jetzt geh mir bitte aus dem Weg. Ich bin noch nicht fertig.«

Errötend trat Brynne zur Seite.

Evan verbarg den Kopf wieder unter dem Tuch. »Hol dir keine Läuse«, sagte er unter dem Tuch hervor.

Brynne schluckte hart. »Läuse?«

Er stellte die Entfernung ein. »Läuse«, wiederholte er. »Wenn du dir welche einfängst, müssen wir dich ganz in Petroleum tauchen.«

Brynne juckte es plötzlich am ganzen Körper. Dann hob sie entschlossen das Kinn, unterdrückte das Gefühl, daß die widerlichen kleinen Biester über ihren ganzen Körper krabbelten, und entfernte sich in Richtung von Evans Wagen. Dort würde sie bleiben, bis sie beschlossen hatte, was sie nun tun sollte.

Brynne tat ihr Bestes, Joshua Tanner zu ignorieren, als er sich selbstsicher dem Wagen näherte, auf dessen Kutschbock sie sich so würdevoll wie nur möglich niedergelassen hatte.

Als er sie erreichte, hielt er ihr ein Stück altbackenes Brot hin. »Tut mir leid, Pippin. Das ist das sauberste Stück, das ich finden konnte.«

Brynne, die inzwischen völlig ausgehungert war, riß ihm das Brot aus der Hand und biß wütend hinein.

Wahrscheinlich ist es gut, daß ich zu wütend bin, um etwas zu schmecken, dachte sie.

Der Wagen schwankte und knarrte, als Joshua auf den Bock kletterte und sich neben die aufsässige, schmollende Brynne setzte. Jetzt, wo Evan sich als Verräter gezeigt hatte, gab es weit und breit niemanden mehr, der für sie Partei ergreifen würde, niemanden, der sich zwischen sie und das Halbblut stellen würde.

»Brynne.«

Sie kaute weiter und weigerte sich, in seine gefährlich blitzenden violetten Augen zu sehen, weigerte sich, seine Anwesenheit überhaupt zur Kenntnis zu nehmen.

Er lachte. »Du brauchst dringend ein Bad«, verkündete er.

Brynne fuhr erzürnt herum, aber der Blick seiner Augen hielt sie gefangen. Das Stück Brot, das sie gerade abgebissen hatte, wollte nicht herunterrutschen, und sie brachte kein Wort hervor.

Joshua fuhr mit einer Hand zärtlich durch ihr zerzaustes Haar.

»Dort oben, hinter der Spitze des Hügels, gibt es eine kleine Hütte«, sagte er, und seine Stimme klang rauh. »Dort könnten wir miteinander reden.«

Brynne wußte, daß er sich ganz bestimmt nicht nur unterhalten wollte, aber ihr war die Kehle immer noch wie zugeschnürt. wenn sie jetzt versuchte, einmal tief durchzuatmen, würde sie sich mit Sicherheit verschlucken.

Geradeso, als hätte sie ihm freudig zugestimmt, sprang Jashua vom Kutschbock und hob Brynne herunter. Sie protestierte nicht. Wieder starrten die Männer sie alle an, als er Brynne an der Hand hinter sich her in den Wald zog, der das Camp umgab.

Sie waren schon mindestens hundert Yards gelaufen,

als Brynne das Stück Brot wegschmiß und sich gegen Joshuas Griff stemmte.

»Ich werde nirgendwohin mit dir gehen, Joshua«, sagte sie rebellisch.

Sonnenstrahlen, die durch die Blätter fielen, tanzten auf seinem Hemd. Joshua verschränkte die Arme vor der Brust und Blickte auf Brynne herab. »Du könntest schreien«, schlug er vor, und es klang wie ein freundschaftlicher Ratschlag.

Brynne senkte den Kopf und trat wütend gegen einen Farn. Um sie herum sangen die Vögel so süß, als wollten sie sie verspotten. Weiter entfernt konnte sie das Geräusch der großen Maschine hören, die Rufe der Männer und das Muhen der Ochsen. Dann erklang ein Schrei, und die Erde unter ihren Füßen bebte. Ein ohrenbetäubendes, rumpelndes, schabendes Geräusch erscholl.

Impulsiv klammerte sich Brynne an Joshuas Arm und hielt ihn fest, als ginge es um ihr Leben. »Was war das?«

Er lachte und zog sie fester an sich. Seine Umarmung war so zärtlich, wie der Tonfall seiner Stimme. »Das war ein Baum auf der Rutsche, Brynne.«

Sie kam sich albern vor, hatte ihren Schrecken aber noch nicht ganz überwunden. Plötzlich wurde ihr bewußt, wie allein und verletzlich sie in dieser weiten und gefährlichen Welt war. »Oh«, hauchte sie und unterdrückte den Wunsch, sich in beschämender Schwäche an seine Brust zu schmiegen.

Er betrachtete sie zärtlich, und seine Augen blitzten, als er sie mühelos auf die Arme hob. »Was hast du nur an dir, was mich meine guten Absichten immer wieder vergessen läßt, Pippin?« flüsterte er.

Brynne hatte in diesem Augenblick nicht die geringste Lust, auf ihren eigenen Füßen zu stehen. »Ich wußte gar nicht, daß du jemals gute Absichten gehabt hättest, Joshua Tanner.«

Er lachte. »Touché.«

Die Hütte lag in einiger Entfernung des Camps unter einigen mächtigen Kiefern verborgen. Um die Blockhütte herum wucherte hüfthohes Gras, und überall blühten wilde Tigerlilien.

Der Innenraum war überraschend sauber. In einer Ecke stand ein sorgfältig gemachtes Bett, und von der Decke hing keine einzige Spinnwebe. In der Ecke gegenüber dem Bett befand sich ein schimmernder schwarzer Ofen, und es war sogar ein Tisch vorhanden, auf dem eine blauweiß karierte Tischdecke lag.

»Wer lebt denn hier?« fragte Brynne, als Joshua sie schließlich herunterließ.

»Ich«, entgegnete er, ging an ihr vorbei, nahm Holzscheite aus einem Messingeimer neben dem Ofen und zündete ein Feuer an.

Brynne starrte ihn entgeistert an. »Aber du lebst doch . . .«

Er lachte. »Das Halbblut hat viele Unterkünfte«, erklärte er. »In Seattle, Tacoma, Port Propensity, hier. Da bist du sprachlos, was?«

»Du kommst hierher, wenn du allein sein möchtest«, vermutete Brynne. Er nickte und nahm eine große Kupferwanne von einem Haken an der Wand. »Und ob du es glaubst oder nicht, du bist mein erster Gast.«

Brynne legte den Kopf ein wenig schief und musterte Joshua stirnrunzelnd. Er wandte sich ihr zu, die Wanne noch in der Hand, und lachte über ihren skeptischen Gesichtsausdruck. Dann stellte er die Wanne ab.

»Du glaubst mir nicht!« sagte er vorwurfsvoll.

Sie straffte die Schultern und bemühte sich, ein gleichgültiges Gesicht zu machen, so, als wäre sie nicht eifersüchtig auf seine anderen Gäste, wo auch immer. »Du mußt viele Geliebte haben.«

»Nur eine.«

Brynne errötete. »Corrine?«

»Rate noch einmal.«

Wütend hob sie das Kinn. »Von deinen anderen Geliebten kenne ich keine.«

Joshua schüttelte den Kopf, nahm einen riesigen Kessel und ging an ihr vorbei. »Ich hole Wasser für Ihr Bad, Miss McFarren. Laufen Sie in der Zwischenzeit nicht weg.«

Brynne ging zum Bett, setzte sich auf die Kante und sprang dann wie von der Tarantel gestochen wieder auf. Gott, erst hatte sie sich im Zelt aufgeführt wie ein billiges Flittchen, und jetzt war sie mit Joshua Tanner allein in einer Hütte mitten im Wald! Hatte sie denn gar keine Skrupel?

Sie seufzte resigniert und setzte sich wieder. Was das Halbblut anbelangte, hatte sie tatsächlich keine Skrupel. Das Herz schlug ihr jetzt schon bis zum Hals in Erwartung der Freuden, die sie an diesem Tag zweifellos noch erwarteten.

Ein Lächeln umspielte ihre Lippen, als sie hörte, wie Joshua sich mit dem Kessel voll Wasser, das er zweifellos aus einer eisigen Quelle geschöpft hatte, der Hütte näherte. Vielleicht war sie ja nicht die einzige, die ihrer Leidenschaft hilflos ausgeliefert war.

Er ließ beinahe den bis zum Rand gefüllten Kessel fallen, als er hereinkam und sie auf dem Bett sitzen sah, mit den Schultern an die Wand gelehnt, Hemd und Leibchen aufgeknöpft, so daß er ihre nackten Brüste sehen konnte.

Sein Gesicht war angespannt, als er den Kessel auf den Herd stellte und sich dann wieder Brynne zuwandte. Sie empfand prickelnden, berauschenden Triumph, als sie den Ausdruck in seinen Augen sah.

Aufstöhnend trat Joshua ans Bett und legte sich zu ihr, und Brynne strich ihm zärtlich über das Haar, während er jenem Zauber erlag, der so alt war wie die Welt.

Draußen war es dunkel und totenstill. Nicht einmal die Grillen zirpten, ein untrügerisches Zeichen dafür, daß erneut ein Gewitter aufzog. Joshua, die schlafende Brynne im Arm, war es gleich, ob die ganze Welt von einem sintflutartigen Guß fortgespült wurde.

Sie hatten sich den ganzen Tag geliebt, sich gegenseitig gebadet und wieder geliebt. Seine Kehle war wie zugeschnürt, als er sich jede Berührung, jeden Kuß und jede Liebkosung ins Gedächtnis rief.

Gott, diese kleine Nymphe hatte ihn völlig ausgelaugt, und jedesmal, wenn er gedacht hatte, sie hätte ihre grenzenlose Phantasie erschöpft, hatte sie etwas Neues ausprobieren wollen. Jetzt, wo sie endlich ausruhten, war er froh, daß sie nicht fort konnte, da er nämlich bezweifelte, daß er auch nur die Kraft hatte, das Zimmer zu durchqueren.

Brynne bewegte sich im Schlaf, und er dachte an das, was er ihr würde sagen müssen. Er schauderte. Danach würde es zwischen ihnen vielleicht nie wieder so sein wie jetzt, aber er liebte sie zu sehr, als daß er riskiert hätte, daß sie die Geschichte von falscher Seite erfuhr.

Joshua schloß die Augen. Er hatte Rosalie so bedingungslos, grenzenlos und verzweifelt geliebt. Er hätte nie für möglich gehalten, noch einmal so etwas zu empfinden, aber jetzt war es doch geschehen. Er liebte Brynne McFarren.

Plötzlich gähnte sie und schlug die faszinierenden grauen Augen auf. Ihre Hände strichen in quälend-verführerischen Kreisen über seinen flachen, nackten Bauch.

Die Geheimnisse, in die er sie eingeweiht hatte – oder besser gesagt, die Geheimnisse, in die sie sich gegenseitig eingeweiht hatten –, verliehen ihren Augen einen eigentümlichen Glanz. Sie neigte den Kopf, und ihre Lippen lösten ihre Hand ab.

Joshua umfaßte ihr Gesicht sanft mit beiden Händen, um zu verhindern, daß das Spiel noch weiter ging. Gott, wenn sie sich noch einmal liebten, würde er nicht mehr die Kraft haben, es ihr zu erzählen. Er mußte es gleich tun, solange er noch fest entschlossen war.

»Brynne«, sagte er mit eindringlichem Flehen. »Hör mir zu.«

Sie lächelte kokett, und ihre Hand glitt unter die Decke, um ihn zärtlich zu liebkosen. »Ich höre.«

Joshua schob ihre Hand beiseite. »Ich meine es ernst«, erwiderte er, so streng er konnte. Aber schon das Atmen fiel ihm schwer, vom Reden ganz zu schweigen.

Brynnes andere Hand glitt streichelnd, fordernd über seinen Schenkel.

»Brynne – *Brynne!*«

»Was?« fragte sie unschuldig.

Joshua stöhnte. Das Blut schoß wie flüssiges Feuer durch seine Adern und rauschte in seinen Ohren. Er glitt tiefer, bis er flach auf dem Rücken lag. Es war zwecklos.

Und dann fühlte er, wie Brynnes warmer, weicher Körper an ihm herabglitt. »Biest«, keuchte er.

»Haben deine anderen Geliebten das auch gemacht?« fragte sie, wobei ihre Stimme von der Decke gedämpft klang.

Joshua stieß einen erstickten Schrei aus und bäumte sich auf.

Brynne setzte sich im Bett auf und schlang die Arme um die angezogenen Knie. Joshua schlief tief und fest an ihrer Seite; sein nackter Rücken schimmerte trotz der Dunkelheit wie Bronze.

Sie seufzte. Wenn die Männer im Holzfällerlager spekuliert hatten, was in dem Zelt vorging, mußte ihr Aufbruch zur Hütte ihre Phantasie erst recht beflügelt haben.

Dann lehnte sie sich in die Kissen zurück und lächelte. Sie würden sagen, daß sie die Geliebte des Halbbluts war, und damit hätten sie recht. Ihr Lächeln erlosch wieder.

Für wie lange würde sie diesen zweifelhaften Status innehaben? Wie viele Nächte hatten Corrine und die anderen – und Brynne war überzeugt, daß es etliche andere gegeben hatte – mit ihm verbracht?

Sie erschauerte und schloß die Augen. Sie durfte nicht hoffen, Joshuas Frau zu werden. Er hatte kein einziges Mal gesagte, daß er sie liebte. Und er hatte weder von der Zukunft gesprochen noch ihr Versprechungen gemacht.

Tränen brannten in ihren Augen. Wenn das Halbblut ihrer überdrüssig wurde, würde er sie fortschicken. Sie würde eine Weile leiden und dann ihr Leben weiterleben, wie schwierig das auch sein mochte.

Aber bis dahin würde sie Joshua Tanner rückhaltlos und selbstvergessen lieben. Nachdem sie diesen Entschluß gefaßt hatte, schlief sie wieder ein.

Als sie aufwachte, fiel das erste graue Licht der Morgendämmerung durch das Fenster, und sie war allein. Brynne setzte sich hastig auf. Ihr Herz raste. Hatte Joshua sie hier zurückgelassen? In Panik sprang sie aus dem Bett und stieg in fliegender Hast in Hemd und Hose. Brennende Röte überzog ihre Wangen, als sie sich vorstellte, wie sie einem wissenden, verachtungsvollen Evan unter die Augen trat, befleckt und dem Halbblut nicht länger von Nutzen. »Verdammt«, flüsterte sie, setzte sich auf das

Bett und zog sich die Schnürstiefel über die kratzigen schwarzen Socken.

Die Tür wurde knarrend geöffnet, als sie sich gerade in einer Schüssel mit sauberem, kaltem Wasser, das Joshua für sie bereitgestellt hatte, das Gesicht wusch. Brynne wandte sich hoffnungsvoll um.

»Guten Morgen«, sagte Joshua und musterte sie von Kopf bis Fuß.

Sie war derart erleichtert, daß sie leicht taumelte. Dieses Zeichen von Schwäche verletzte sie in ihrem Stolz, und so schob sie trotzig das Kinn vor. Doch bevor sie etwas sagen konnte, legte Joshua ein in Stoff eingeschlagenes Bündel auf den Tisch und trat grinsend auf sie zu. Er nahm ein Handtuch von einem Holzregal und trocknete ihr zärtlich das Gesicht.

Er betrachtete sie halb fragend, halb belustigt. »Bereust du, was geschehen ist?« fragte er, so leise, daß Brynne nicht sicher war, ob sie die Worte tatsächlich gehört oder nur erraten hatte.

Bedauern. Sie blickte in der friedlichen Stille des Morgens zu ihm auf und wußte, daß sie es eines Tages bitter bereuen würde. Aber im Augenblick war kein Platz für solche düsteren Gedanken; im Augenblick war sie ganz erfüllt von den unbeschreiblichen Gefühlen, die ihre Liebesnacht hervorgebracht hatte. Entschieden schüttelte sie den Kopf.

Joshua küßte sie leicht auf die Lippen. »Preise den großen Krieger«, sagte er humorvoll. »Ich habe Charlie den Koch herausgefordert und gesiegt.«

Brynne knurrte der Magen – schließlich hatte sie, von der trockenen Brotkruste einmal abgesehen, seit dem Frühstück mit Evan am Vortag nichts mehr gegessen. Zur Essenszeit hatte sie an ganz andere Dinge gedacht.

Dennoch erinnerte sie sich nur zu gut an den Zustand

der Küche und an die Pfannkuchen an der Tür und blickte naserümpfend auf das Bündel auf dem Tisch. »Was ist das?« fragte sie mißtrauisch.

Joshua lachte und gab ihr einen Klaps auf den Po. »Du sollst keine Fragen stellen, Pippin, du sollst essen. Der Ritt ins Tal ist lang und anstrengend, und das letzte, was ich brauchen kann, ist eine hungrige Frau, die mir den ganzen Weg die Ohren volljammert.« Beleidigt schob Brynne das Kinn vor und ging an Joshua vorbei, um die Lebensmittel auszupacken, die er Charlie dem Koch abgeluchst hatte. »Ich jammere nie«, erklärte sie hochmütig.

Joshua trat um den Tisch herum und sah ihr ins Gesicht. In seinen violetten Augen lag so etwas wie Respekt. »Das glaube ich dir unbesehen. Macht dir eigentlich überhaupt nichts angst, Pippin?«

Sie spürte, wie sie errötete, und wich seinem Blick aus, indem sie vorgab, sich eingehend für das kalte Huhn und das knusprige Brot zu interessieren, das ihr Frühstück darstellte. Dich zu verlieren macht mir angst, dachte sie, aber sie sprach es nicht aus.

»Was hat es für einen Sinn, sich zu fürchten?« fragte sie statt dessen.

Joshua wartete, bis sie sich an den Tisch gesetzt hatte, und nahm dann ebenfalls Platz. Er musterte sie in einer Weise, die das Unbehagen, das sie seit dem Aufwachen nicht mehr losgelassen hatte, noch verstärkte.

Schweigend widmeten sie sich beide dem Frühstück.

Als sie satt waren, sah ihr Joshua forschend ins Gesicht, wandte dann den Blick ab und zwang sich schließlich, sie wieder anzuschauen. »Brynne . . .«

Es erforderte all ihren Mut, den Kopf zu heben und seinen Blick zu erwidern. »Ja?«

Joshua schob abrupt seinen Stuhl zurück, erhob sich und kehrte ihr den Rücken zu. Er blickte aus einem der

Fenster an der Vorderseite der Hütte, und seine Haltung verriet, wie angespannt er war. »Ich habe meine Frau geliebt«, begann er, nachdem das Schweigen allzu lang und drückend geworden war. »Sie war mein ein und alles.«

Brynne beschäftigte ihre zitternden Hände, indem sie die Brotkrumen aufsammelte. Joshuas Schmerz schien die Hütte auszufüllen wie ein unsichtbares Wesen. »Ich weiß«, sagte sie leise.

Er neigte leicht den Kopf, und sein Haar schimmerte im Licht des anbrechenden Tages wie Ebenholz. Wieder senkte sich Stille herab, lastender noch als beim ersten Mal, und Brynne mußte an sich halten, um nicht zu ihm zu eilen und diesen stolzen, gramgebeugten, unbezähmbaren Mann zu trösten.

Unter Aufbietung all ihrer Willenskraft gelang es ihr, still sitzen zu bleiben und abzuwarten, die Hände im Schoß gefaltet.

Schließlich wandte Joshua sich so weit um, daß sie sein Profil sehen konnte. Seine Stimme klang so gequält, daß Brynnes Herz sich schmerzhaft zusammenzog. »Rosalie war hochschwanger«, fuhr er fort. »Ich war nicht da, als die Wehen einsetzten. Ich . . . ich dachte, bei Miranda könnte ihr nichts passieren . . .« Brynne wappnete sich innerlich für das, was nun folgen würde. Sie schloß die Augen und biß sich auf die Lippen. Sie sah ihren Vater vor sich, wie er vor Entsetzen schreiend aus dem Alptraum aufschreckte. Schmerz erfüllte sie, dennoch wollte sie wissen, was er ihr zu sagen hatte, und obwohl sie sich vor der Enthüllung fürchtete, wartete sie.

Aber plötzlich spürte sie eine Veränderung in Joshua und schlug die Augen auf.

Jeder Muskel seines Körpers schien in Alarmbereitschaft. Er durchquerte mit großen Schritten den Raum und nahm ein gefährlich aussehendes Gewehr von der Wand über dem Bett. »Rühr dich nicht von der Stelle«, befahl er rauh.

Brynne erschauerte. Sie war wie erstarrt und hätte sich gar nicht rühren könne, selbst wenn sie gewollt hätte. »Was . . .«

Draußen näherten sich Pferde – sie konnte sie in der klaren Morgenluft schnauben hören. Sättel knarrten, Trensen klirrten. Außerdem vernahm sie gedämpfte Männerstimmen.

»Joshua . . .«

Er lud das Gewehr mit präzisen Bewegungen, die Lippen fest aufeinander gepreßt, das Gesicht versteinert. Ohne Brynne auch nur eines Blicks zu würdigen, knurrte er: »Sei still.«

»Tanner!« brüllte eine Männerstimme vor dem Haus.

Das Gewehr in der Hand trat Joshua hinter die geschlossene Tür. Mit der freien Hand bedeutete er Brynne, in Deckung zu gehen. »Ja!« rief er zurück, während sie sich in Bewegung setzte und zum Bett hinüberstolperte.

»Komm raus«, rief die fremde Stimme, die seltsam kultiviert klang. »Bring das Mädchen raus!«

Joshua schwieg.

Leder knarrte, als einer der Männer aus dem Sattel stieg. Als der Mann erneut sprach, klang die Stimme näher, ruhiger und fast freundlich. »Verdammt, Joshua, sei doch nicht so ungastlich. Wir sind die ganze Nacht im Regen geritten. Du könntest uns wenigstens einen Kaffee anbieten.«

Joshua sagte immer noch nichts. Er warf Brynne einen warnenden Blick zu und brachte dann das Gewehr in Anschlag.

»Du hast McFarrens Tochter bei dir«, fuhr der Mann

ruhig fort, und Brynne jagte ein kalter Schauer über den Rücken. »Ich will sie haben.«

Joshua lehnte die Stirn an die Wand und atmete tief durch. »Sie ist nicht hier, Austin.«

»Du lügst«, entgegnete der unsichtbare Fremde jenseits der Tür gelassen. »Schick sie raus, und wir reiten gleich weiter.«

»Ich sagte doch, daß sie nicht hier ist.«

»Und ich sage, du lügst. Ich weiß von Sam Prigg und den Männern im Camp, daß sie bei dir ist.«

Brynne sah, wie Joshuas Hand sich spannte, und fühlte eisige, atemberaubende Angst in sich aufsteigen. Wer waren diese Männer, und was wollten sie von ihr? Hatten sie Sam Prigg etwas angetan?

»Sieh aus dem Fenster, Joshua«, forderte Austin immer noch so beängstigend ruhig fort. »Wir haben deine Schwester. Und wir wissen, daß das Mädchen bei dir ist.«

Brynne schlug das Herz bis zum Hals, als Joshua vorsichtig ans Fenster trat, hinausblickte und fluchte. »Wenn du ihr auch nur ein Haar gekrümmt hast, Darnell, reiße ich dir mit bloßen Händen das Herz aus dem Leib.«

»Überlaß uns das Mädchen.«

»Fahr zur Hölle.«

»Ich werde Miranda umbringen, Josh. Hier und jetzt. Und ich kenne ein paar Tricks, die ihr das Sterben nicht eben leichter machen werden.«

Wie ein Schlafwandler stand Brynne auf und blickte aus dem Fenster, bevor Joshua sie daran hindern konnte. Miranda saß stolz im Damensitz auf einer tänzelnden Pintostute. Sie war an den Händen gefesselt, das schwarze Haar hatte sich aus dem Knoten gelöst und hing ihr zerzaust über die Schultern, ihre Röcke bauschten sich in der sanften Brise.

Brynne schnappte nach Luft, als Joshua sie am Handgelenk packte und sie auf den Boden schleuderte.

Er ließ sie erst los, als sie vor ihm kniete, und funkelte sie böse an. »Was wollen Sie von mir?« rief sie dem unsichtbaren Austin zu.

Joshua fluchte, und der mörderische Blick, den er ihr zuwarf, brachte sie dazu, sich zu fragen, ob sie draußen nicht vielleicht sicherer wäre als hier in Inneren der Hütte.

Austin lachte wie jemand, der sich ungezwungen mit guten Freunden unterhielt. »Sie ist also nicht bei dir, ja? Du warst schon immer ein schlechter Lügner, Joshua.« Nach kurzem Schweigen fuhr er fort: »Sei vernünftig, alter Freund. Wir haben deine Schwester. Du hast vermutlich eine überaus unterhaltsame Nacht hinter dir. Warum läßt du es nicht dabei bewenden? Was ist schon ein flüchtiges Abenteuer im Vergleich zu deinem eigenen Fleisch und Blut?«

Joshua atmete mühsam beherrscht tief durch. »Schick Miranda rein, und ich komme raus.«

»Ich will nicht dich, Josh. Jedenfalls jetzt noch nicht. Jetzt will ich die Tochter dieses Schlächters.«

»Nur über meine Leiche.«

»O nein. Aber ich habe Miranda in meiner Gewalt, vergiß das nicht.«

»Du wirst ihr nichts tun«, entgegnete Joshua mit bewundernswerter Ruhe, glücklicherweise von Brynne abgelenkt, die sich langsam auf die Rückseite der Hütte zubewegte. »Wenn du ihr etwas antust, bist du nirgendwo mehr vor mir sicher.«

Brynne nahm den Wortwechsel nur noch am Rande wahr. Sie hatte das Bett erreicht und betrachtete das verriegelte Fenster darüber. Joshua war viel zu stur, um sie diesem Mann im Austausch für Miranda zu überlassen, obwohl er wissen mußte, daß er seine Drohungen ernst meinte.

Außer sich vor Angst wußte Brynne nur eins: Sie konnte unmöglich zulassen, daß Miranda umgebracht wurde, weil dieser Austin ihren Vater und sie selbst so abgrundtief haßte, aus welchem Grund auch immer. Blitzschnell sprang sie auf das Bett, stieß das Fenster und die Läden auf und sprang hinaus, bevor Joshua sie zu fassen bekam.

Sie landete weich im duftenden Gras und richtete sich hastig auf. Sie trat gerade um die Ecke in Sichtweite der Reiter und des geheimnisvollen Austin, als Joshua die Vordertür aufstieß und herauskam.

Austin, ein bemerkenswert gutaussehender Mann mit hellbraunem Haar und eleganten, maßgeschneiderten Kleidern, starrte Brynne eine Sekunde lang entgeistert an. Aber diese Sekunde reichte Joshua, um sich auf ihn zu stürzen und ihn zu überwältigen.

Mit der rechten Hand zog das Halbblut ein schmales, glitzerndes Messer aus der Jacke des völlig verblüfften Austin und hielt es ihm an den empfindlichen Punkt unter dem Ohr. Mit vor Zorn blitzenden Augen maß er das halbe Dutzend Reiter um Miranda, die ihn mit offenem Mund anstarrten.

»Meine Schwester, wenn Sie so freundlich wären«, sagte er, und seine Stimme klang unheilverkündend.

Miranda grinste, warf ihren Entführern einen prüfenden Blick zu und stellte ebenso wie Brynne fest, daß sie Austin Darnells Leben nicht aufs Spiel setzen würden, indem sie sie weiter festhielten. Mit damenhafter Würde glitt sie aus dem Sattel und ging dann langsam auf die Hütte zu.

Joshua bedeutete den Reitern mit einem Nicken, sie sollen verschwinden, während er die Messerspitze weiterhin an Darnells Hals preßte. »Verschwindet!« rief er.

»Was ist mit Mr. Darnell?« wagte einer der Männer zu fragen.

Das Halbblut zuckte lässig mit den Schultern. »Wenn wir unbehelligt nach Seattle kommen, wird auch ihm nichts passieren. Reitet los, bevor ich ihn aufschlitze.«

Die Männer wendeten langsam ihre Pferde und verschwanden im dichten Unterholz. Als sie fort waren, schleuderte Joshua, Brynne und Miranda ignorierend, den überrumpelten Austin ins Gras.

15

Verachtung und Haß spiegelten sich auf Joshuas Gesicht, während er den Mann musterte, der vor ihm auf dem Boden lag. »Du solltest Gott danken, daß Frauen anwesend sind«, knurrte er.

Miranda trat vor und hielt Joshua ihre immer noch gefesselten Hände hin. »Ja, Joshua, es geht mir gut«, sagte sie spöttisch. »Danke der Nachfrage.«

Einen Moment lang betrachtete Joshua Brynne, die immer noch neben der Hütte auf dem Boden kauerte, und ihr wurde kalt unter seinem Blick. Dann wandte das Halbblut sich mit undurchdringlichem Gesichtsausdruck Miranda zu. Schweigend löste er ihre Fesseln und ging dann mit dem Strick zu Darnell.

»Hey, Josh, warte mal . . .« stammelte Darnell und richtete sich halb auf.

Joshua trat ihn gezielt gegen die Brust, so daß er erneut im Gras landete. Er packte Darnell am Handgelenk und drehte ihm mit solcher Kraft den Arm auf den Rücken, daß Austin vor Schmerz das Gesicht verzog und ihm freiwillig das zweite Handgelenk hinhielt.

»In dem Schrank über dem Spülbecken liegt eine Rolle Schnur«, sagte das Halbblut, ohne den Blick von seinem gedemütigten Gefangenen abzuwenden. »Geh und hol sie.«

Miranda gehorchte ohne zu zögern und sah dann in aller Ruhe zu, wie ihr Bruder Austin Darnells elegant gestiefelte Füße zusammenschnürte. Brynne lehnte an der rauhen Hüttenwand und verfolgte die Szene mit großen Augen.

Ihr Magen verkrampfte sich, als das Halbblut sich schließlich zufrieden aufrichtete, sicher, daß Darnell nicht fliehen konnte. Dann drehte Joshua sich um und wandte sich Brynne zu.

»Jetzt geht's los«, murmelte Miranda und verschränkte die Arme vor der Brust.

»Habe ich dir nicht gesagt, du sollst dich nicht von der Stelle rühren und still sein?« sagte das Halbblut gefährlich leise.

Obwohl sie innerlich zitterte, gelang Brynne ein halbherziges, schiefes Lächeln. »Weshalb regst du dich denn so auf?« antwortete sie schulterzuckend und hob beide Hände in einer Geste, die ausdrücken sollte, Ende gut, alles gut. »Wenn ich nicht gewesen wäre, hättest du den Kerl nicht überwältigen können, und Miranda wäre jetzt nicht frei.«

Joshuas Gesicht wirkte so kalt und drohend, daß es ihr schwer fiel zu glauben, daß das derselbe Mann war, der in der vergangenen Nacht so zärtlich gewesen war und sie so leidenschaftlich geliebt hatte. Jetzt war er ein zorniger

Fremder, und er schien ganz und gar nicht dankbar für Brynnes selbstloses Opfer zu sein.

»Du hättest getötet werden können«, sagte er und trat einen Schritt auf sie zu.

Brynne wich zurück, stolperte und landete unsanft im Gras. »Also hör mal, Joshua . . .«

Er kam mit großen Schritten näher. Brynne warf sich verzweifelt herum, um vor ihm zu fliehen.

Aber Joshua packte sie mit eisernem Griff am Hosenbund und zog sie auf die Füße. Sie schnappte vor Überraschung und Angst nach Luft, als er sie in weitem Bogen herumwirbelte und zur Hütte zerrte.

Sie stieß einen erstickten Angst- und Wutschrei aus, als er sie an der schweigenden Miranda vorbei mit solcher Kraft durch die Tür stieß, daß sie stolperte und fiel.

Brynne rappelte sich auf und sah, wie er das Gewehr aufhob, an seine Schwester weiterreichte und knapp in Richtung Austin Darnells nickte. »Wenn er eine falsche Bewegung macht«, knurrte er, »erschieß ihn.«

Völlig gelassen, als wäre das das Natürlichste der Welt, nahm Miranda die Waffe entgegen und richtete den Lauf auf Austin Darnells Kopf.

Joshua trat mit einem Fuß die Tür hinter sich zu und funkelte Brynne zornig an. »Frau«, stieß er mühsam beherrscht hervor, »wenn ich sage, du sollst dich ruhig verhalten, verhältst du dich auch ruhig. Und wenn ich sage, du sollst dich nicht von der Stelle rühren, bleibst du gefälligst, wo du bist. *Ist das klar?«*

Brynne zitterte vor Angst, aber ihr schottischer Stolz ließ sie trotz allem rebellieren. »Ich lasse mir von keinem Mann etwas befehlen«, entgegnete sie mit hocherhobenem Kopf.

Joshua stemmte die Hände in die Seiten, die Lippen fest aufeinandergepreßt. Seine Augen glitzerten gefährlich. Dann trat er mit einem einzigen großen Schritt vor sie.

Brynne heulte vor Verblüffung und Wut auf, als er mit schmerzhaftem Griff ihr Handgelenk packte, sich auf die Bettkante setzte und sie mit dem Gesicht nach unten über seinen Schoß zerrte. Sie wehrte sich nach Kräften, aber er überwältigte sie mühelos, indem er ihre Schenkel zwischen seine muskulösen Beine klemmte.

Von da an betonte er jedes Wort, das er sprach, mit einem leichten Schlag auf ihr Hinterteil. »Ich – habe – noch – nie – in – meinem – Leben – eine – Frau – geschlagen – aber – *bei Gott!* – du – bist – die – Ausnahme – von – der – Regel!«

Brynne wollte ihm die Augen auskratzen, ihn umbringen, aber sie wehrte sich vergebens. Und so blieb ihr nichts anderes übrig, als die Demütigung zu ertragen. Aber wenigstens brauchte sie sie nicht stumm zu ertragen. Sie schrie die ganze Zeit über aus Leibeskräften.

Miranda lächelte auf den Mann herab, der in die Gewehrmündung starrte, während Brynnes Schreie die friedliche Stille zerrissen.

»Großer Gott«, stieß Austin hervor und runzelte in Gentleman-Manier die Stirn. »Das klingt ja, als würde er sie umbringen!«

Miranda nickte nur.

Austin setzte sich mühsam auf. »Willst du nicht nachsehen und eingreifen?«

»Eingreifen? Wenn ich stark genug wäre, hätte ich ihr selbst den Hintern versohlt. Und jetzt halt den Rand, du Mistkerl, sonst puste ich dir das Gehirn weg.«

Da Austin nicht dumm war, hielt er lieber seinen Mund.

Der Ritt den Berg hinunter versprach genauso hart zu werden, wie Joshua es prophezeit hatte. Während Brynne neben Miranda herritt und ihr Po bei jedem Schritt des Pferdes, das sie im Camp Nummer drei ausgeliehen hatten, schmerzhaft protestierte, hatte Brynne Zeit genug, über ihr eigenes aufbrausendes Temperament nachzudenken.

Miranda, die sich im Sattel ebenso wohl fühlte wie auf dem Bock ihres eleganten Einspänners, tat so, als gelte ihre ganze Aufmerksamkeit den beiden Männern, die ihnen vorausritten – ihr Halbbruder und sein Gefangener, Austin Darnell. Brynne konnte nicht anders, als sie zu bewundern – auch nach einer Nacht, die einfach schrecklich für sie gewesen sein mußte, und der Szene vor Joshuas Hütte hatte sie nichts von ihrer Würde eingebüßt.

»Wieso hat er dich erwischen und entführen können, Miranda?«

Miranda wandte sich Brynne zu. In ihren Augen lag die gewohnte Wärme, gepaart mit Erleichterung, aber auch Zorn. »Ich hatte gerade im Garten Tee getrunken, als Austin und seine Kumpane zu Besuch kamen.«

»Und sie haben dich geschnappt . . . einfach so?«

»So in der Art, ja.«

»Warum hast du nicht geschrien? Drew hätte dir geholfen.«

Miranda legte den Kopf in den Nacken und blickte in den strahlendblauen Himmel. »Drew war nicht da. Er war auf dem Weg nach Port Propensity, um dich zu suchen. Brynne, warum hast du dich bei Nacht und Nebel davongeschlichen?«

Brynne hatte diese Frage erwartet und sich bereits eine Antwort zurechtgelegt. »Ich wollte dir nicht länger zur Last fallen.«

»Ich verstehe.«

»Haben die Männer dir weh getan, Miranda?«

Miranda lächelte. »Ich habe schon angenehmere Nächte verbracht. Austin war allerdings klug genug zu wissen, was ihm blühen würde, falls er mich anrührte.«

Sie verließen den schmalen, holprigen Pfad – Joshua hatte beschlossen, daß es klüger wäre, der ›Straße‹ nicht weiter zu folgen, für den Fall, daß Austins Männer sich doch einfallen ließen, ihn zu befreien. Statt dessen würden sie der Rutsche bis ins Tal folgen. »Wer ist dieser Austin? Und was wollte er von mir?«

Miranda versteifte sich. Dann holte sie tief Luft und entspannte sich wieder. »Ich denke, das sollte Joshua dir erklären und nicht ich.«

»Werden sie ihn einsperren?«

Miranda überlegte nur kurz. »Leider nein. Er ist ein reicher, mächtiger Mann, und er wird noch am selben Tag wieder auf freiem Fuß sein. Im Augenblick ist er allerdings für uns von einigem Wert; solange er in unserer Gewalt ist, werden seine Männer auf Distanz bleiben.«

Brynne schauderte unwillkürlich. Sie war schmutzig, hungrig, und ihr Po schmerzte. Was dieser Tag wohl noch alles bringen würde?

»Es tut mir leid, daß du meinetwegen in diese mißliche Lage geraten bist.«

Die Rutsche kam in Sicht. Es war ein tiefer, holzeingefaßter Graben, der tief in den Berg einschnitt. Als sie langsam näherritten, schoß ein gewaltiger Stamm mit solchem Getöse vorbei, daß die Erde unter den Hufen der nervös tänzelnden Pferde bebte. Miranda wartete, bis der Lärm sich gelegt hatte, bevor sie antwortete.

»Es gibt nur weniges, was ich dir nicht verzeihen würde, Brynne. Ich weiß, daß du das alles nicht gewollt hast und auch nicht vorhersehen konntest, also vergiß es.«

»Aber . . .«

Mirandas Augen verdunkelten sich in matter Entschlossenheit. »Verletz nur keinen meiner Brüder, Brynne. Darüber könnte ich nicht hinwegsehen.«

Es tat Brynne in der Seele weh, zu wissen, was Miranda von ihr denken mußte. Immerhin war nur zu offensichtlich, daß sie die Nacht mit Joshua allein in einer einsamen Berghütte verbracht hatte. »Das würde ich nie tun, Miranda.«

»Vielleicht nicht absichtlich«, entgegnete Miranda. »Ich nehme an, daß du weißt, daß sie beide dich haben wollen und daß sie schon ernsthafte Differenzen hatten, bevor du in ihr Leben getreten bist?«

Brynne nickte. »Ja. Sie hassen sich, nicht wahr?«

»Es wäre wohl richtiger zu sagen, daß Drew Joshua haßt.«

»Ich . . . ich habe versucht wegzugehen, Miranda. Ich wollte Drew nicht weh tun, und ich weiß, daß ich Joshua niemals haben kann. Aber irgendwo hat er herausgefunden, daß ich mit Evan Pierpont ins Camp Nummer drei gefahren bin und hat mich dort aufgespürt.«

Miranda blickte Brynne ruhig an. »Es ist zu spät, um vor Joshua davonzulaufen, Brynne. Es gibt keinen Ort auf der Welt, wo er dich nicht finden würde. Er liebt dich.«

Brynne schüttelte unglücklich den Kopf. »Nein. Er . . . er begehrt mich nur. Ich bin nur für eine Weile seine Geliebte.«

»Und damit willst du dich zufriedengeben?«

Ein weiterer Stamm donnerte den Berg hinunter, und obwohl sie mindestens hundert Yards von der Rutsche entfernt waren, war der Lärm ohrenbetäubend. »Was könnte ich denn sonst tun?« fragte Brynne mit zitternder, erstickter Stimme, nachdem es wieder ruhiger geworden war. »Er liebt mich nicht.«

Miranda starrte sie entgeistert an. Nach einer Weile hatte sie sich jedoch wieder gefaßt. »Männer sprechen nicht immer aus, was sie fühlen. Brynne, vor allem Männer wie Joshua.«

Brynne verfluchte die Tränen, die ihr in die Augen traten. Warum brachte sie es nicht fertig, diesen unmöglichen Mann zu hassen? Großer Gott, er hatte ihr die Unschuld genommen, sie sogar tätlich angegriffen, und sie war traurig, weil ihre Beziehung nicht von Dauer sein würde! »Joshua hat mir erzählt – das war kurz bevor du heute morgen an der Hütte eingetroffen bist – wie sehr er Rosalie geliebt hat. Er liebt sie immer noch, Miranda, und ich glaube, daran wird sich nie etwas ändern.«

Miranda seufzte. »Was glaubst du, warum er sich nicht von dir fernhalten kann? Glaub mir, es liegt nicht nur an deinen Reizen. Wenn es auch vielleicht ungehörig ist, das zu sagen, so mangelt es Joshua beileibe nicht an weiblicher Aufmerksamkeit.«

Brynne dachte an die atemberaubend schöne Corrine Temple und verzog schmerzlich das Gesicht. »Ich bin nur eine von vielen, Miranda.«

Plötzlich und völlig unerwartet lachte Miranda auf. »Du? Eine von vielen? Das ist wirklich köstlich, Brynne. Was glaubst du, wie viele Frauen sich als Mann verkleiden und in einem Holzfällercamp verstecken würden?«

Brynne errötete und wischte sich mit einer Hand die Tränen von den Wangen. Es gab keine Entschuldigung für ihr Benehmen – es war beschämend, skandalös, einfach unmöglich. »Es tut mir leid«, sagte sie nach einer Weile. Miranda lächelte wissend. »Das kann ich mir vorstellen. Aber ich wette zehn zu eins, daß du wieder bis zum Hals in Schwierigkeiten stecken wirst, ehe wir uns versehen!«

Brynne blickte böse auf Joshua, der vor ihnen ritt, und ihr Zorn wallte von neuem auf. »Er hat mich *geschlagen«*, sagte sie, als könnte sie es immer noch nicht fassen. »Er hat mich übers Knie gelegt wie ein Kind und mir . . .«

Miranda tat so, als sei sie entsetzt und schockiert. »Nein!« rief sie aus, schürzte die Lippen, riß die fast schwarzen Augen auf und hob eine Hand an den Hals.

Brynne senkte verlegen den Kopf. »Du hast es gehört«, murmelte sie beschämt.

»Ebenso wie jeder andere im Umkreis von zehn Meilen«, stimmte Miranda ihr zu. »Erwarte in diesem Punkt kein Mitgefühl von mir, Brynne. Ich halte wahrlich nichts davon, daß Männer ihre Frauen schlagen, und ich bin sicher, daß Joshua da ganz meiner Meinung ist, aber das hattest du verdient.«

Da Brynne nicht wußte, was sie darauf erwidern sollte, schwieg sie einfach.

Auf halber Strecke hob Joshua den Arm als Zeichen dafür, daß er gedachte, endlich eine Rast einzulegen. Brynne war müde, sie war wundgeritten, aber sie ärgerte sich dennoch über seinen Befehl. Sie legte die Zügel aus der Hand, glitt vorsichtig aus dem Sattel und verschränkte abwehrend die Arme über der Brust, als sie das Halbblut auf sich zukommen sah.

Trotz ihrer Mißbilligung für Brynnes Verhalten trat Miranda schützend an ihre Seite, und furchtlos begegnete sie Joshuas zornigem Blick. »Glaubst du, daß sie uns folgen?«

Obwohl er nach außen hin ruhig wirkte, merkte Brynne, daß Joshua unter einer ungeheuren Spannung stand. Er schien zu lauschen und schüttelte dann den

Kopf. »Wir werden Seattle unbehelligt erreichen. Danach ist allerdings alles möglich.«

Hoch über ihnen zogen sich erneut lautlos dunkle Wolken zusammen. Brynne spürte schon die ersten Regentropfen auf ihrem Gesicht. »Was wollten die Männer von mir, Joshua?«

Miranda entfernte sich diskret und ging auf Austin Darnell zu, dem Joshua zwar erlaubt hatte, abzusteigen, dessen Handgelenke jedoch nach wie vor gefesselt waren.

Joshua seufzte. »Das ist eine lange und komplizierte Geschichte, Brynne, und wir haben jetzt keine Zeit zum Erzählen. Belassen wir es also dabei, daß Austin dich für etwas verantwortlich macht, was dein Vater getan hat.«

»Was? Ich weiß, daß es mit deiner ... Frau und dem Baby zusammenhängen muß, Joshua, aber was hat das mit Darnell zu tun?«

»Er hat Rosalie geliebt.«

Es regnete jetzt heftiger, aber Joshua achtete nicht darauf, daß er durchnäßt wurde. Er stand einfach da, und einen flüchtigen Augenblick lang konnte Brynne in seinen Augen den Schmerz erkennen, den er sonst immer so sorgfältig vor ihr verbarg.

Doch bevor Brynne auch nur ein Wort sagen konnte, hatte er sich umgewandt und ging davon. Sie gönnten den Pferden eine Ruhepause, tränkten sie an einem kleinen Bergbach, der sich durch das hohe Gras schlängelte, und machten sich dann wieder auf den Weg.

Es dämmerte bereits, als die vier Reiter den Fuß des Berges erreichten und Seattle in Sicht kam.

Joshua befahl Brynne und Miranda, sofort nach Hause zu reiten, während er und Austin in die Stadt ritten, um dem Sheriff einen Besuch abzustatten.

Als sie das Tanner-Anwesen erreichten, übergaben die beiden Frauen ihre Pferde dem Stallburschen, der sie völlig entgeistert betrachtete. Wie um ihr Mut zu machen, hakte Miranda Brynne auf dem Weg zum Haus unter.

Die Köchin schnalzte mißbilligend mit der Zunge, als sie die zerzauste Miranda und Brynne in ihrer unkonventionellen Aufmachung sah, und schickte Clarissa und Placie, Badewasser aufzusetzen.

Als Miranda gebadet hatte, half Brynne, die Wanne zu leeren und neu zu füllen. Doch selbst als Brynne schon hinter den Wandschirm getreten war, um Drews Kleider abzulegen, blieb Placie noch im Raum. Sie konnte ihre Neugier nicht länger zügeln.

»Du bist all diese Zeit mit dem Halbblut allein in den Bergen gewesen!« rief sie ganz aufgeregt. »Gott im Himmel, das wird Drew und Miss Temple aber ganz und gar nicht gefallen!«

»Laß mich allein, Placie«, brummte Brynne, als sie in ein Handtuch gewickelt hinter dem Wandschirm hervortrat und in die Wanne stieg.

Placie ließ sich nicht beirren, war jedoch so rücksichtsvoll, Brynne den Rücken zuzukehren, damit sie das Handtuch beiseite legen und sich in das dampfende Wasser sinken lassen konnte. »Du hast uns alle einen Heidenschrecken eingejagt, Brynne. Einfach so zu verschwinden! Und dann war plötzlich auch Miss Miranda fort! Die Köchin war ganz außer sich. Sie hat die ganze Zeit geweint und die Hände gerungen und . . .«

Brynne schloß die Augen und ließ sich mit einem wohligen Seufzer bis zum Kinn ins heiße Wasser gleiten. »Es geht uns beiden gut, Placie«, sagte sie.

Placie wandte sich um. Sie hatte die Arme über der Brust verschränkt, und ihre Augen blitzten. »Wie war das, Brynne, so ganz allein mit dem Halbblut . . . und dann in Hosen?«

»Hosen zu tragen hat seine Vorteile« entgegnete Brynne

ausweichend und griff nach einem Schwamm und der parfümierten Seife. »Und woher willst du eigentlich wissen, daß ich mit Joshua zusammengewesen bin?«

»Vielleicht der Ausdruck in deinen Augen. Und du ... na ja, du *strahlst* irgendwie von innen heraus. Du hast mit einem Mann das Bett geteilt, Brynne, und versuch nicht, mir das Gegenteil weiszumachen. Ich würde mein gutes Sonntagskleid darauf verwetten, daß es kein geringerer war als Mr. Tanner selbst.«

Brynne setzte ganz bewußt eine verklärte Miene auf. »Er hat mich leidenschaftlich geliebt, Placie«, sagte sie mit angemessen dramatischem Unterton. »Er hat mir die Kleider vom Leib gerissen und ...«

Placies Gesicht färbte sich tiefrot. Wohl zum ersten Mal in ihrem Leben sprachlos, wirbelte sie herum und floh verlegen aus dem Raum.

Wenn sie nicht so erschöpft und wund gewesen wäre, hätte Brynne laut aufgelacht. Nachdem sie sich das Haar gewaschen und sich in den Flanellmorgenmantel gewickelt hatte, den jemand für sie bereitgelegt hatte, schleppte sie sich müde in die Küche.

Joshua saß am Tisch und drehte abwesend eine Streichholzschachtel zwischen den Fingern. Er musterte Brynne mit so kaltem Blick, daß sie fröstelte.

»Setz dich und iß«, sagte er. Brynnes Blick fiel auf einen dampfenden Teller, den Cook ganz offensichtlich für sie bereitgestellt hatte. Gott, wie gern sie diesem unerträglich arroganten, befehlenden Mann einfach den Rücken gekehrt hätte und gegangen wäre, aber ihr war fast schlecht vor Hunger.

Sie setzte sich vorsichtig, nahm die Gabel in die Hand und machte sich über das Roastbeef, das Kartoffelpüree und den Spargel her. Die ganze Zeit über betrachtete das Halbblut sie in eisigem Schweigen.

Als sie schließlich satt war, schob Brynne den Teller von sich und machte Anstalten, aufzustehen.

»Nicht«, warnte Joshua, und seine Stimme klang rauh wie Sandpapier.

Brynne errötete leicht und ließ sich auf den Stuhl zurücksinken. Die einzige Form der Rebellion, die sie zu zeigen wagte, bestand darin, ihn nicht anzusehen. »Was willst du?« fragte sie leise.

Er schwieg lange, und als er schließlich sprach, klang seine Stimme heiser vor Müdigkeit, Zorn und noch etwas anderem, das sie jedoch nicht zu deuten vermochte. »Was ich will?« wiederholte er spöttisch. »Ich will den Kalender bis zum vierten Juli zurückschlagen. Und dann möchte ich überall sein, nur nicht in Port Propensity. Vielleicht in China.«

»So daß wir uns nicht kennen würden.«

»Genau. Aber wir kennen uns nun mal, nicht wahr? Du wirst mich noch ins Grab bringen, aber wir kennen uns, und daran läßt sich nichts mehr ändern.«

Brynne blickte ihm herausfordernd und spöttisch in die Augen. »Was für eine brillante Schlußfolgerung. Du bist nicht nur ein guter Liebhaber, du hast auch Köpfchen.«

Joshua schloß die Augen, aber nur für einen kurzen Augenblick. Es war, als wütete in seinem Inneren ein heftiger Kampf. »Es tut mir leid, daß ich dich je angerührt habe, falls dich das erleichtert.«

Brynne war durch diese Bemerkung tief verletzt, tat jedoch ihr Möglichstes, sich nichts anmerken zu lasen. »Ich habe mir da auch schon so meine Gedanken gemacht«, meinte sie.

Plötzlich frischte draußen der Wind auf und peitschte dicke Regentropfen an die Küchenfenster. Die Öllampen, die Cook angezündet hatte, flackerten unheimlich. »Das hast du getan?« fragte Joshua und zog in grimmiger Belustigung eine Augenbraue hoch. »Wenn ich wollte, könnte ich dich gleich hier und jetzt nehmen, und das wissen wir beide.«

Brynne spürte, wie brennende Röte ihre Wangen überzog. »Kein Grund, damit zu prahlen, du überheblicher . . .«

»Ich prahle nicht. Du fühlst dich genauso zu mir hingezogen wie ich mich zu dir, und ich sehe keinen Sinn und Zweck darin, das zu leugnen. Bei Gott, ich bin besessen von dir, Brynne. In der einen Minute bin ich fest entschlossen, mich von dir fernzuhalten, und in der nächsten liege ich schon mit dir im Bett.«

Brynne schwieg, verschränkte jedoch die Finger so fest ineinander, daß ihre Knöchel schmerzten.

»Ich habe sogar Drew gesagt, er könne dich haben«, fuhr er fort. »Ich bin nach Port Propensity zurückgegangen, fest entschlossen, dich ein für allemal zu vergessen. Und in der Sekunde, der *Sekunde*, Brynne, in der ich erfahren habe, daß er auf dem Weg nach Seattle war, um dir den Hof zu machen, habe ich das Geschäft, einfach alles, stehen und liegen lassen, weil ich den Gedanken nicht ertragen konnte, daß dich mein Bruder oder irgendein anderer anfaßt.«

»Warum erzählst du mir das alles?«

Er seufzte und blickte flüchtig an die düstere Zimmerdecke. »Ich schätze, ich habe gehofft, du würdest mich freigeben, Brynne.«

Brynne war von seinen Worten niedergeschmettert, und unwillkürlich schossen ihr Tränen in die Augen. Ihre Kehle war wie zugeschnürt, und ihr Magen verkrampfte sich. Wie kurz ihre stürmische Zeit als die Geliebte des Halbbluts gewesen war! »*Dich* freigeben?« sagte sie leise.

Plötzlich langte er über den Tisch und umfaßte ihre Hände mit warmem, festem Griff. »Ich glaube, du verstehst nicht, was ich dir sagen will, Pippin«, fuhr er sanfter fort. »Ich . . .«

Brynne riß sich los und sprang auf. Scham färbte ihre Wangen rot. »Ich verstehe sehr wohl, *Mr. Tanner*! Glaub ja nicht, daß ich mich dir weinend zu Füßen werfe, wenn du gehst! Du bist frei. Geh, wohin du willst, tu, was immer . . .«

Joshua lächelte reuig, blieb jedoch sitzen. »Wie sehr ich wünschte, ich könnte genau das tun – gehen, ohne jemals zurückzublicken. Brynne, ich brauche dich. Ich will dich.«

Sie verstand überhaupt nichts mehr. Tränen liefen ihr über die Wangen, als sie sich wieder auf ihren Stuhl fallen ließ. Er brauchte. Er wollte. Aber ob er je lieben würde?

Seufzend schlug sie die Hände vors Gesicht. Sie wünschte selbst, sie könnte die Zeit zurückdrehen. Vor den Tod ihres Vaters, vor ihre Begegnung mit Joshua Tanner. Wäre sie doch wieder auf der einsamen Schaffarm, wo sie unschuldig und unberührt ihr eigenes Leben gelebt hatte. Ein ersticktes Schluchzen entrang sich ihrer Kehle.

»Wein doch nicht«, bat Joshua. »Bitte, Brynne.«

»Ich will nach Hause!« rief sie fast hysterisch vor Erschöpfung. Ihre Schultern zuckten.

»Auf die Farm? Das könntest du, wenn du wolltest . . . sie gehört dir.«

Brynne ließ langsam die Hände sinken und starrte ihn entgeistert an. Sie konnte die seltsame Qual auf seinem Gesicht nicht ertragen, und so konzentrierte sie sich auf sein rabenschwarzes Haar, die ungewöhnliche Farbe seiner Augen und seine breiten Schultern. »Mir?« fragte sie hölzern.

»Dir«, entgegnete er ruhig. »Die Papiere werden gerade in diesem Moment aufgesetzt.«

Brynne versteifte sich. »Ist das die Bezahlung für geleistete Liebesdienste?«

Er lachte freudlos. »Es war von Anfang an ein Fehler – die Enteignung, meine ich. Die Farm gehört also rechtmäßig dir.«

Brynne sprang auf, dankbar für den leidenschaftlichen Zorn, der sie erfüllte, weil er den Schmerz und die Scham für den Augenblick verdrängte. »Jetzt, wo mein Vater tot ist, versuchst du, den Schaden wiedergutzumachen! Das kannst du vergessen. Ich will die Farm nicht mehr. Du kannst sie dir . . .«

Joshua sprang ebenfalls auf, das Gesicht wutverzerrt. »*Schaden*?« schrie er. »Verdammt, Frau, red *du* mir nicht von *Schaden*! Wenn dieser versoffene Schlächter sich nicht selbst umgebracht hätte, hätte ich ihm die Arbeit abgenommen!«

Brynne zitterte. Die entsetzliche Aufrichtigkeit seiner Worte traf sie bis ins Mark. »Er *ist* durch deine Schuld gestorben!«

»Der fairste Tausch, von dem ich je gehört habe!« brüllte er.

»Hört auf, alle beide!« Miranda stand blaß in der Tür zum Eßzimmer. »Joshua, du verläßt auf der Stelle den Raum. Wir haben alle für einen Tag genug Aufregung gehabt. Und was dich betrifft, Brynne, so gebe ich dir exakt fünf Sekunden, um im Bett zu verschwinden.«

Brynne und Joshua wechselten noch einen mörderischen Blick, widersprachen Miranda jedoch nicht. Joshua trat an die Hintertür, riß sie auf und stürmte in die Nacht hinaus.

Brynne sah ihm nach, warf dann Miranda einen verzweifelten Blick zu und lief die Treppe hinauf ins Obergeschoß. Als sie im Bett lag, weinte sie eine gute halbe Stunde und fiel dann in einen tiefen, traumlosen Schlaf.

Trotz ihrer Erschöpfung und ihrer schmerzenden Muskeln erwachte sie schon früh am nächsten Morgen. Sie wußte gleich, daß Joshua sich nicht in dem geräumigen Herrenhaus aufhielt, denn sie konnte seine Abwesenheit fast greifbar spüren. Sie bürstete sich das Haar, wusch sich, schlüpfte in ein geblümtes Kleid und weiche Lederschuhe und ging entschlossen nach unten, um sich dem Tag zu stellen. Als sie im Salon am Fenster stand und über Mirandas Garten blickte, stellte sie fest, daß der Himmel wolkenverhangen war. Regen prasselte auf die bunten Blumenbeete herab und tanzte auf den Marmorbänken und dem schmiedeeisernen Tisch.

»Da bist du ja«, grollte eine zornige Männerstimme. Brynne fuhr erschrocken zusammen.

Drew trat mit vor Wut blitzenden Augen auf sie zu. Er vergrub die gesunde Hand in der Tasche seiner Tweedhose, als fürchte er, er könnte sie schlagen.

Sie sah ihm in die Augen und beobachtete ängstlich, wie ihre haselnußbraune Farbe sich zu dunkler Jade verfinsterte. »Hallo, Drew«, sagte sie gepreßt.

»›Hallo, Drew‹«, machte er sie spöttisch nach. »Ist das alles, was du zu sagen hast?«

Brynne fühlte nun selbst Ärger in sich aufsteigen. »Was sollte ich denn deiner Ansicht nach sonst sagen, Drew?«

Er blieb abrupt stehen, als hätte sie eine gefährliche Waffe gegen ihn erhoben. Die plötzliche Veränderung seines Gesichtsausdrucks war verblüffend. Eben noch hatten seine Züge rasenden Zorn ausgedrückt, jetzt sah Brynne nur noch Schmerz. Und die Farbe seiner Augen wandelte sich erneut, diesmal von dunkler Jade über Braungold zu Haselnußbraun. »Ich liebe dich«, sagte er heiser.

Brynne versteifte sich.

»Nein«

Er preßte die Lippen fest aufeinander, und als er näher trat, stieg ihr der vertraute Duft seines Rasierwassers in die Nase. »Nein? Warum ›nein‹, Brynne? Weil du dich mit dem Halbblut im Bett gewälzt hast?«

Brynnes Ärger wurde zu loderndem Zorn – ohne nachzudenken hob sie eine Hand und schlug Drew mit aller Kraft ins Gesicht.

Er funkelte sie böse an. »Glaubst du ernsthaft, Joshua würde deinetwegen seine über alles geliebte Rosalie vergessen?« fragte er mit ätzender Stimme. »Mein Gott, Brynne, wach auf, bevor es zu spät ist! Er *benutzt* dich.«

»Ich weiß«, erwiderte sie und ließ langsam die Hand sinken.

»Du *weißt* es? Warum in Gottes Namen . . .«

Brynne schüttelte unglücklich den Kopf. Wie sollte sie ihm darauf antworten, wo sie diese Frage doch nicht einmal sich selbst beantworten konnte?

Drew legte ihre eine Hand unter das Kinn und zwang sie, ihn anzusehen. »Heirate mich, Brynne. Jetzt, heute noch. Wenn du ein Kind bekommst, sagen wir, es wäre meins.«

»Warum solltest du das tun?«

»Gott hilf mir, weil ich dich liebe. Ich will dich haben, ganz gleich wie – auch wenn du mit meinem Bruder geschlafen hast.«

»Wie romantisch«, sagte eine bissige weibliche Stimme von der Tür her.

Drew und Brynne fuhren herum und sahen Corrine im Türbogen zum Salon stehen. Sie trug ein smaragdgrünes Kleid und darüber einen vom Regen durchweichten Mantel. Sie wirkte müde und entmutigt und seufzte, als sie sich mit damenhafter Anmut die Glacéhandschuhe auszog.

»Nehmen Sie Drews Antrag an, Brynne, meine Liebe«,

drängte sie. »Glauben Sie mir, die Ergebenheit des Halbbluts ist immer nur von kurzer Dauer.«

Brynne wollte davonlaufen und sich verstecken, nicht nur vor dieser Frau mit dem wissenden Blick, sondern auch vor Drew. Das Problem war nur, daß ihre Knie ihr plötzlich den Dienst verweigerten und sie ihre ganze Kraft dazu aufwenden mußte, um einfach nur stehenzubleiben.

Drew nahm ihren Arm und führte sie zum nächsten Stuhl, sah dabei jedoch weiterhin Corrine Temple an. »Verschwinde, Corrine. Sofort.«

»Ich versuche doch nur zu helfen!«

»Du bist aber nicht hilfreich«, entgegnete Drew brüsk.

Corrine blieb unbeirrt in der Tür stehen. »Das ist also John McFarrens wunderbare Tochter – sieh an.«

»Corrine«, warnte Drew in einem Tonfall, den zu ignorieren Brynne nicht gewagt hätte. Einen derartigen Tonfall hatte sie an Drew noch nie gehört.

»Sie wissen doch, warum Joshua sich so brennend für Sie interessiert, nicht wahr, meine Liebe?« fuhr Corrine fort, so als hätte Drew kein Wort gesagt. »Er begleicht eine alte, häßliche Rechnung.«

Drew ballte die gesunde Hand zur Faust, und er hätte sich wohl auf Corrine gestürzt, wenn Brynne ihn nicht am Handgelenk gepackt und mit aller Kraft zurückgehalten hätte. »Nicht, Drew«, flüsterte sie. »Laß sie ausreden.«

»Danke«, sagte Corrine honigsüß und blickte von Drew, dem die Wut deutlich anzumerken war, zu Brynne. »Ich schätze, ich würde auch auf Rache sinnen, wenn ich an seiner Stelle wäre«, fuhr sie fort. »Was geschehen ist, ist ja auch wirklich zu schrecklich.«

Drew befreite sich abrupt aus Brynnes Griff und stürmte auf Corrine zu, als wollte er sie auf der Stelle umbringen. »Schluß damit«, knurrte er. »In Gottes Namen, Corrine, halt den Mund!«

Sie wich zurück, sprach jedoch mit gehetzter, abgehackter Stimme weiter. »Ihr Vater war betrunken – er konnte das Baby nicht in die richtige Stellung bringen. Rosalie lag im Sterben, und da hat er das Baby zerstückelt!«

Brynne stieß einen markerschütternden Schrei aus und sprang auf. Dann wurde ihr schwarz vor Augen.

16

Jeder einzelne Muskel, jede Faser in Joshua Tanners Körper schmerzte. Der Geruch von Seetang, Schweiß und verrottenden Tauen stieg ihm in die Nase. Er schlug die Augen auf. Es war dunkel. Er lag auf dem Bauch und war an Händen und Füßen gefesselt.

Stöhnend versuchte er, sich aufzusetzen, aber vergeblich. Der Boden unter ihm schien sich zu heben und zu senken, schlingerte, und nach einer Weile hörte er das Plätschern der Wellen, die gegen den Rumpf schlugen, und erkannte, wo er sich befand.

Fluchend versuchte er erneut, sich aufzurichten. Diesmal gelang es ihm.

Um ihn herum in der Dunkelheit huschten Ratten über seine Füße, und ihre Augen glühten rot im dämmrigen Licht. Er holte tief Luft und begann, an den Lederriemen zu arbeiten, mit denen man ihm die Hände auf den Rücken gebunden hatte.

Während er sich diesem eher hoffnungslosen Unterfangen widmete, rief sich Joshua die Ereignisse ins Gedächtnis, die ihn an Bord dieses schmutzigen Schiffes geführt hatten, das weiß Gott wohin segelte. Da war der Streit mit Brynne gewesen, in der Küche am Vorabend – es war doch der Vorabend gewesen, oder? Also mußte heute der zweiundzwanzigste Juli sein.

Mittwoch, dachte er. *Heute ist Mittwoch.* Dann lachte er über sich selbst, weil er sich Gedanken darüber machte, welcher Tag war. Als ob das in seiner derzeitigen Situation eine Rolle spielte!

Nachdem Miranda dem Streit ein Ende gesetzt hatte, war er in den Stall gegangen, hatte ein Pferd gesattelt und war in die Stadt geritten. Er war in der Skid Road gewesen. Dort hatte er einen Saloon nach dem anderen aufgesucht und sich sinnlos betrunken.

Seufzend gab Joshua den Kampf mit den Lederriemen auf – sie schnitten ihm schmerzhaft ins Fleisch und zogen sich immer fester zusammen – und lehnte den Kopf an einen Stapel Kisten in seinem Rücken. Es mußte in der letzten Bar gewesen sein, dort, wo die Hure ihm zum Sonderpreis unbeschreibliche Freuden angeboten hatte.

Er hatte abgelehnt – so sehr er unbeschreibliche Freuden auch zu schätzen wußte, wollte er doch keine andere Frau als Brynne McFarren –, und die Hure hatte ihn mit schriller, keifender Stimme beschimpft. Sie mußte seinen Drink mit einem Betäubungsmittel versehen haben, weil er sich nämlich von da ab an nichts mehr erinnern konnte. An gar nichts.

Joshua lachte laut auf. Wie oft hatte er Drew ermahnt, sich von der Skid Road und anderen Vierteln dieser Art fernzuhalten, wo es häufig vorkam, daß Männer auf Schiffe verschleppt wurden, auf denen sie dann für eine Passage schuften mußten, die sie gar nicht hatten haben wollen. Gott allein wußte, wann sich die Gelegenheit ergeben würde, sich abzusetzen.

Während Joshua über die Ironie seiner Situation nachgrübelte, öffnete sich knarrend eine Luke. Etwas Licht und frische, nach Regen riechende Luft strömten herein. Er sah eine vertraute Gestalt behende die Leiter herunterklettern und wußte, noch bevor die Laterne, die der Besucher bei sich trug, angezündet wurde, daß er in größeren Schwierigkeiten steckte, als er ohnehin schon angenommen hatte.

Er nickte dem Mann, der vor ihm stand, freundlich zu. »Austin.«

Austin lachte. »Wie gefallen dir die Lederriemen, Rothaut? Diesen kleinen Trick haben wir von deinen Leuten abgeguckt, weißt du.«

Joshua schwieg. Er begnügte sich damit, Austins Gesicht zu mustern, das vom Schein der Laterne erhellt wurde.

»Noch ein, zwei Stunden, und es wird sich anfühlen, als würde man dir beide Hände absägen«, bemerkte Austin.

Joshua ließ sich nicht aus der Ruhe bringen.

Seufzend stellte Austin die Lampe beiseite und setzte sich auf eine Kiste. »Aber kommen wir jetzt auf den Punkt«, sagte er im Plauderton. »Und zwar auf Brynne McFarren. Weißt du, Joshua, ich glaube, ich werde sie doch nicht umbringen. Dafür ist sie viel zu hübsch. Da du ja – verzeih! – verhindert bist, werde ich vom nächsten Hafen aus meinen Männern telegrafieren und das Mädchen entführen lassen. Ja, genau das tue ich. Und wenn ich wieder in Seattle bin, gehe ich mit ihr ins Bett und . . .«

»Hör auf.«

»Du enttäuschst mich, Joshua. Du weißt sehr gut, daß du nicht in der Position bist, mir Befehle zu erteilen. Das Blatt hat sich gewendet.« Er seufzte, schüttelte den Kopf und setzte dann eine nachdenkliche Miene auf. »Sie ist wirklich ein süßes Ding, nicht wahr? Gut gebaut, temperamentvoll und leidenschaftlich. Mit einer solchen Frau im Bett werde ich Rosalie vielleicht nicht mehr ganz so schmerzlich vermissen.«

Joshua schloß die Augen und schluckte hart.

»Sag, Joshua, was mag sie besonders?«

Joshuas Kehle war vor Zorn wie zugeschnürt, aber als er sprach, klang seine Stimme dennoch rasiermesserscharf. »Männer. Womit du schon mal ausfällst, Austin.«

Austins Zorn war im stinkenden Frachtraum des Schiffes fast greifbar, aber seine Stimme klang ganz ruhig. »Brynne denkt inzwischen vermutlich, du wärst tot, weißt du. Wenn ich mit ihr fertig bin, wird sie höchstwahrscheinlich bei Drew Trost suchen.«

Unter Aufbietung all seiner Willenskraft, gelang es Joshua, mit kühler, beherrschter Stimme zu antworten: »Wie hast du Sam Prigg dazu gebracht, dir zu verraten, daß wir auf dem Berg waren?«

Austin lachte leise. »Das war nicht weiter schwer, Joshua. Er hat jemandem erzählt, daß du ihn in der Hochzeitsnacht gestört hast, um zu fragen, wohin der Fotograf gefahren ist, und das hat einer meiner Leute mitangehört. Miranda, das arme Ding, war ganz aufgelöst, als ich bei ihr vorbeigeschaut habe, um ihr meine Aufwartung zu machen, und die Dienstmädchen haben etwas von einer Nachricht gefaselt. Den Rest habe ich mir zusammengereimt.«

»Warum hast du meine Schwester entführt?«

»Als Sicherheit, Joshua. Außerdem habe ich befürchtet, sie würde durchschauen, was vorgeht, und einen Weg finden, dich zu warnen. Sie ist schrecklich clever, weißt du.«

»Du bist nicht lange im Gefängnis gewesen.«

Austin zuckte mit den Schultern. »Eine Stunde, höchstens zwei. Immerhin stand mein Wort gegen deins, Joshua.«

»Und was jetzt?«

»Wir legen heute nachmittag kurz in Portland an. Ich werde dort von Bord gehen, denke ich, da ich ja beschlossen habe, nach Seattle zurückzukehren, um der hübschen Brynne den Hof zu machen. Du, mein Freund, wirst vielleicht einige Monate auf See überleben. Was meinst du?«

»Du solltest beten, daß dem nicht so ist.«

»Bring mich nicht in Versuchung, Joshua. Dich zu töten wäre nicht schwer.«

»Warum tust du es dann nicht?«

»Ganz einfach. Ich will dich erst kriechen sehen. Ich will, daß du weißt, was ich mit deinem Mädchen mache.« Austins Gesicht verzog sich zu einer haßverzerrten Grimasse. »Ich verspreche dir, daß es ihr nicht gefallen wird, Joshua. Fühlst du dich jetzt besser?«

Ein Wutschrei stieg in Joshua auf, aber er unterdrückte ihn mit eiserner Selbstdisziplin.

Austin fuhr unbekümmert fort: »Amerikanische Frauen sind verwöhnt, weißt du. Man muß bei ihnen immer so schrecklich geduldig und rücksichtsvoll sein. Aber keine Sorge. Falls du Brynne jemals wiedersehen solltest, was ich bezweifle, werde ich sie gut unterwiesen haben.«

Joshua spuckte ihn an.

Austin Darnell erhob sich scheinbar ungerührt und nahm die Lampe wieder an sich. »Natürlich ist das nicht alles, was ich vorhabe. Ich weiß, daß du mich für schwach halten würdest, wenn ich mich nicht für die kleine Auseinandersetzung rächen würde, die wir vor ein paar Jahren wegen Rosalie hatten.«

»Das kann natürlich nicht angehen«, meinte Joshua spöttisch. »Aber verrate mir, Austin, was hast du denn so Großartiges vor?«

Austin lächelte nur. Dann löschte er die Lampe und stieg pfeifend die Leiter hinauf aufs Deck und schloß sorgfältig die Luke hinter sich.

Eine Viertelstunde später wurde Joshua von vier Seeleuten geholt, von denen jeder einzelne noch penetranter stank als der muffige Frachtraum.

Es regnete, und Joshua hob das Gesicht zum Himmel hoch. Seine Hände waren immer noch auf den Rücken gebunden, während man ihm zum Laufen die Fußfesseln hatte abnehmen müssen. Die frische, saubere Luft tat ihm gut, half ihm, sein benebeltes Hirn zu klären.

Während die vier Matrosen ihn auf den Hauptmast zustießen, blickte Joshua sich um. Sie waren bereits auf See und segelten mit guter Fahrt die Küste entlang in Richtung Portland.

»Das Hemd«, sagte Austin, als einer der Männer die Lederriemen durchtrennte und zwei andere sofort seine Arme packten. Da es zwecklos gewesen wäre, sich gegen das Unausweichliche aufzulehnen, leistete Joshua keinen Widerstand.

Das Hemd wurde ihm vom Leib gerissen. Die salzige Gischt auf seinem nackten Rücken war erfrischend.

Die beiden Männer, die seine Arme hielten, zerrten ihn nach vorn, schlangen seine Arme um den Mast und fesselten erneut seine Handgelenke aneinander. Joshua hob den Kopf und wartete.

Kichern. Jemand kicherte.

Joshua schlug die Augen auf und sah zwei junge Mädchen, die neugierig sein Gesicht betrachteten. Doch als sie merkten, daß er wach war, schossen sie davon wie tropische Fische und riefen nach ihrer Mutter.

Er lag bäuchlings in einem Bett. Aber wo? Er kannte die Kinder nicht, und auch das einfache, massive Bett sowie das wenige, was er von dem Zimmer sehen konnte, waren ihm unbekannt.

Nachdem er tief Luft geholt hatte, um Kraft zu sammeln, versuchte er, sich aufzurichten, doch augenblicklich durchzuckte ihn ein unerträglicher Schmerz. Sein Rücken brannte wie Feuer, und er ließ sich stöhnend wieder zurück auf das Laken fallen.

»Liegen Sie ganz still«, befahl eine männliche Stimme. »Sonst reißen Sie sich die kaum vernarbten Striemen wieder auf.«

Quälender Schmerz wütete in jedem Muskel vom Nacken bis zur Hüfte.

Joshua schloß die Augen, und er brauchte all seine Beherrschung, um nicht aufzuschreien. Jetzt erinnerte er sich wieder. Erinnerte sich daran, daß er an den Mast von Austins Schiff gebunden worden war, erinnerte sich an die nicht enden wollenden Hiebe mit der Peitsche, die seine Haut zerfetzte.

»Wer sind Sie?« fragte er.

Der Mann trat neben das Bett, zog einen lederbezogenen Stuhl heran und setzte sich. Er war groß und kräftig gebaut und erinnerte von der Statur her an Joshuas Vater. Dazu hatte er widerspenstiges rotes Haar und durchdringende blaue Augen. »Ich bin Kapitän Dancer«, antwortete er. »Und wer sind Sie?«

Joshua beschloß, diese Information einstweilen noch für sich zu behalten. »Warum?« fragte er statt dessen.

»Warum Darnell Sie ausgepeitscht hat oder warum ich Sie hergebracht habe?«

»Beides, schätze ich«, entgegnete Joshua, der sich erst jetzt bewußt wurde, daß seine Lungen bei jedem Atemzug höllisch schmerzten. Gott, bekam er jetzt zu allem Überfluß auch noch eine Lungenentzündung?

»Ich denke, Sie wissen wohl besser als ich, welchen Grund Darnell hatte, Sie halbtot zu peitschen. Ich habe nur deshalb nicht eingegriffen, weil er mir erzählt hat, Sie hätten seine Tochter vergewaltigt.«

»Er hat keine Tochter.«

Jack Dancer wandte den Blick ab. »Nun, ich habe ihm geglaubt. Und da ich selbst zwei kleine Töchter habe ...«

Zweifellos die kichernden Mädchen von vorhin, dachte Joshua und mußte unwillkürlich lächeln. Ob er wohl jemals eine Tochter haben würde? Er hoffte es, und er hoffte, daß sie genauso aussehen würde wie Brynne. »Ich mache Ihnen keinen Vorwurf«, sagte er schließlich. »Ich nehme an, das ist Ihr Haus?«

»Ja«, entgegnete Jack Dancer. »Ich mußte Sie irgendwo unterbringen, sonst hätten Sie es nicht überlebt. Dadurch habe ich mein Schiff verloren, da Darnell beschlossen hat, ohne mich wieder in See zu stechen. Sagen Sie mir Ihren Namen, damit ich Ihre Familie verständigen kann, mein Sohn.«

»Tanner«, erwiderte Joshua nach einiger Zeit. »Mein Name ist Joshua Tanner.«

Dancers blaue Augen weiteten sich. »Großer Gott! Sie sind doch nicht etwa ...«

Bevor Joshua antworten konnte, riß die Erde unter ihm auf und verschluckte ihn, zumindest kam es ihm so vor. Nach einer Weile gab sie ihn wieder frei, und er schwebte in einem dunklen, mit kalten, fernen Sternen gesprenkelten Raum.

Immer noch war Drew von hilfloser Wut erfüllt. Er schaute kurz bei Brynne vorbei, die nach vier Tagen völliger Apathie dank Letitia Jennings Hilfe den Schock allmählich überwand und nun tief und fest schlief, dann verließ er das Haus. Er sattelte sein Pferd, stieg aber noch nicht auf, sondern führte es am Zügel neben sich her. Als er die hohe Hecke umrundet hatte, stieß er beinahe mit einem Boten zusammen.

»Heißen Sie Tanner?« fragte der Junge.

Drew nickte, und daraufhin drückte der Botenjunge ihm einen zerknitterten Zettel in die Hand.

Ganz oben auf dem Telegramm stand eine Adresse des Absenders. Darunter folgte eine knappe Nachricht. *Mr. J. Tanner hier bei uns. Verletzt. Lungenentzündung. Jack Dancer.*

Verletzt. Das Wort weckte Gefühle, die Drew den Großteil seines Lebens tief in seinem Inneren vergraben hatte, und versetzte ihm einen Stich. Er fischte eine Münze aus seiner Hosentasche und warf sie dem Jungen zu. »Danke.«

»Möchten Sie antworten?«

Sag ihm, er soll nicht sterben, dachte Drew. Sag ihm, daß ich nicht will, daß er stirbt. »Nein«, entgegnete er schließlich. »Nein, keine Antwort.«

Zwanzig Minuten später, nachdem er Cooks Haushaltskasse und die Geldschublade in Mirandas Schreibtisch geplündert hatte, machte Drew sich auf den Weg nach Portland, Oregon.

Brynne setzte sich im Bett auf. Letitia saß mit angezogenen Knien in einem Sessel neben dem Bett und las im Licht einer eleganten Stehlampe.

»Wie spät ist es?« fragte Brynne.

Letitia klappte das Buch zu, legte es beiseite und setzte sich auf die Bettkante. »Es ist spät, Brynne. Bitte schlaf weiter.«

»Warum schläfst du dann nicht?« wollte Brynne wissen. Sie verspürte nicht die geringste Lust, zu den schrecklichen Alpträumen zurückzukehren, die sie im Schlaf heimgesucht hatten.

»Ich wollte dich nicht allein lassen, du Schaf. Fühlst du dich jetzt besser?«

Brynne nickte, aber gleichzeitig traten ihr verräterische Tränen in die Augen.

Letitia nahm ihre Hand und drückte sie aufmunternd. »Es ist vorbei, Brynne. Es hat keinen Sinn, daß du dich damit quälst.«

Brynnes Unterlippe zitterte. »Kein Wunder, daß Joshua meinen Vater einen Schlächter genannt hat. Er hatte recht. Gott, Letitia, er hatte recht!«

»Nein«, widersprach Letitia fest und schüttelte den Kopf.

»Aber das Baby . . .«

»Das Kind war schon tot, Brynne. Dein Vater wußte das.«

Das Schluchzen, das Brynne aus Stolz und aus dem Entschluß heraus, stark zu sein, bisher unterdrückt hatte, drohte nun doch hervorzubrechen. »Woher willst du das wissen, Letitia? Woher willst du wissen, daß das Baby das Skalpell nicht gespürt hat?«

Letitias Hände legten sich mit erstaunlicher Kraft auf Brynnes Schultern. »Hör auf damit«, befahl sie streng. »Brynne McFarren, hör sofort auf, dich zu quälen! Ich weiß, daß das Baby tot war, weil meine Mutter dabei war und Onkel John bei der Entbindung geholfen hat!«

Brynne schluckte und starrte ihre Kusine aus großen Augen an. »Das Baby war wirklich tot?« fragte sie.

Letitia nickte, biß sich auf die Lippen und fuhr dann fort. »Mama hat gesagt, das Baby wäre schon Wochen vor der Geburt im Mutterleib gestorben. Mrs. Tanner hat es geheimgehalten, weil sie dachte, ihr ... ihr Mann würde es nicht ertragen.« Brynne kam eine schreckliche Erkenntnis, und sie begann, am ganzen Leib zu zittern. »*Sie haben es ihm nie gesagt!* Letitia, sie haben Joshua nie gesagt, daß das Baby tot geboren worden wäre, nicht wahr?«

Letitia schien verwirrt und besorgt. »Ich weiß es nicht, Brynne«, antwortete sie sanft. »Es war alles so entsetzlich – Mrs. Tanner starb, und dann lief dein Vater davon, und Joshua erzählte so schreckliche Dinge über ihn. Ich denke, Mama hatte einfach Angst, ihm das andere zu erzählen.«

Brynne schlug die Bettdecke zurück und stieg aus dem Bett. Ihre Knie zitterten, und ihr wurde ganz flau im Magen. »Verstehst du denn nicht, Letitia? Joshua glaubt, das Baby wäre am Leben gewesen! Gütiger Gott, *er glaubt, es hätte noch gelebt.*«

Letitia erhob sich und drohte Brynne mit erhobenem Zeigefinger. »Du legst dich auf der Stelle wieder hin, Brynne. Sofort.«

»Ich muß es ihm sagen!«

»Du kannst ihm überhaupt nichts sagen – er ist nicht hier. Und jetzt geh zurück ins Bett!«

Brynne gab sich für den Augenblick geschlagen und ließ sich wieder zurücksinken. »Wo ist er?«

Letitia zuckte die Achseln. »Ich weiß es nicht, Brynne. Drew ist aber auf der Suche nach ihm, also mach dir keine Sorgen.«

Sie sollte sich keine Sorgen machen? Brynne fing an zu weinen.

Letitia setzte sich wieder und nahm ihre Kusine sanft in

die Arme. »Du liebst ihn, nicht wahr?« flüsterte sie unglücklich. »O Brynne, nicht ihn! Nicht das Halbblut!«

»Nenn ihn nicht so!« schluchzte Brynne wütend. »Sein Name ist Joshua!«

»Sein Name ist Ärger«, entgegnete Letitia. »Und jetzt schlaf bitte wieder, Brynne.«

»Schlafen! O Letitia, du weißt ja gar nicht, wie sehr er leidet, wie er sich gequält hat, seit Rosalie und das Baby . . .«

Letitia seufzte und drückte Brynne sanft in die Kissen zurück. Dann füllte sie einen Eßlöffel mit dem Laudanum, das der Arzt für Brynne dagelassen hatte. »Nimm das«, bat sie.

Brynne gehorchte unwillig. Auf die Dosis folgte eine zweite. Sekunden später war sie eingeschlafen und wieder von ihren Alpträumen umgeben.

Cook las gerade eine Ausgabe der *Seattle Times,* als Miranda die Küche betrat. Zwei Tage war es nun her, daß Drew aufgebrochen war, um Joshua zu suchen. Miranda schenkte sich eine Tasse Kaffee ein. »Was gibt es denn?« fragte sie. »Gute Nachrichten?«

Cook erbleichte. »Hier steht, ein Schiff ist auf hoher See in Brand geraten. Austin Darnell war an Bord. Es hat keine Überlebenden gegeben.«

Joshua. War Joshua als Austins Gefangener auf diesem Schiff gewesen? Mirandas Magen zog sich krampfartig zusammen. Sie musterte Cook forschend und las in ihren Augen die gleiche bange Frage.

17

Es war schon sehr spät, als Drew zurückkam und, zweifellos vom Lichtschein angezogen, zu Miranda in den Salon trat. Er wirkte erschöpft, irgendwie verändert und viel älter als neunzehn Jahre. Seine Kleider waren völlig verknittert und verschmutzt, und in seinen haselnußbraunen Augen lag ein Ausdruck, der Miranda einen kalten Schauer über den Rücken jagte.

»Er ist tot«, murmelte er. »Joshua ist tot.«

Seit sie gelesen hatte, daß Austins Schiff nach dem Brand gesunken war – hatte sie diese Neuigkeit wirklich erst an diesem Morgen von Cook erfahren? – hatte Miranda sich innerlich auf diesen Augenblick vorbereitet. Sie hatte irgendwie gewußt, daß Joshua nicht einfach verschwunden war, um seine Wunden zu lecken, sondern daß er in ernsthafte Schwierigkeiten geraten war.

So fest schloß sie die Hände um die Armlehnen ihres Sessels, daß ihre Knöchel weiß hervortraten, und ein ersticktes Wimmern entrang sich ihrer Kehle. O Gott, nicht er. Nicht Joshua!

»Nein«, sagte sie und sprach damit etwas aus, wovon ein Teil von ihr fest überzeugt war. Joshua lebte.

Drew ging vor ihr in die Hocke und blickte ihr direkt ins Gesicht. »Es tut mir leid, Miranda. Ich weiß, daß du ihn geliebt hast.«

Miranda kämpfte die Tränen nieder. Wunschdenken – es war bestimmt nur Wunschdenken, daß sie glaubte, Joshua sei noch am Leben. »Er war an Bord von Austins Schiff, nicht wahr?«

Drew zögerte erst, nickte dann aber. »Ja.«

Dann kamen die Tränen doch. Heiße, unaufhaltsame, für Miranda völlig uncharakteristische Tränen. Drew richtete sich auf, küßte sie auf die Stirn und ging ein paar Schritte quer durch den Salon. Sie konnte das melodische Klirren von Kristall hören, als er einen Brandy einschenkte.

»Wie geht es Brynne?« fragte er sanft, als er zu Miranda zurückkehrte und ihr ein Glas reichte.

Miranda nahm einen großen Schluck, bevor sie antwortete. Ihre Stimme klang immer noch zittrig, und immer wieder schluchzte sie auf. »Dank Letitia erholt sie sich recht schnell. Aber das – das wird sie . . .« Sie verstummte und blickte mit Tränen in den Augen zu ihrem Bruder auf.

Er seufzte. »Schon gut, Miranda. Ich bin nicht blind. Ich weiß von Brynne und Joshua. Ich weiß, daß sie seine Geliebte war. Ich finde, wir sollten es ihr nicht sagen – jedenfalls noch nicht gleich.«

»Aber der Leichnam, die Beerdigung . . .«

»Es gibt keinen Leichnam, Miranda.«

Augenblicklich stieg wieder wilde Hoffnung in ihr auf und schnürte ihr die Kehle zu, so daß sie kaum noch einen Ton herausbrachte. Vielleicht, nur vielleicht, hatte die eindringliche innere Stimme ja doch recht ...

Drew runzelte angesichts ihrer offenkundigen Hoffnung unwillig die Stirn. »Er ist *tot*, Miranda«, sagte er fest. Dann zog er einen Sessel heran und setzte sich. »Und was Brynne betrifft ...«

Miranda schluckte und schloß für einen Moment die Augen. »Das wird sie umbringen, Drew.«

»Nein. Das werde ich nicht zulassen.«

»Sie hat ihn geliebt!«

»Sie hat *gedacht*, sie würde ihn lieben«, widersprach Drew und hob abwesend sein Glas. Seine Augen hatten sich zu einem düsteren Jadeton verdunkelt, und er starrte auf einen Punkt in weiter Ferne. »Als Joshuas Bruder fühle ich mich in gewisser Weise verpflichtet ... sagen wir, einzuspringen.«

Brynne stand still am vorderen Fenster von Mirandas kleinem, einfach eingerichteten Haus und blickte hinaus. Es war der letzte Tag im Oktober. Es schneite, und die weichen Flocken bildeten einen dicken Teppich auf dem Gras und legten sich wie Daunen auf die Äste der Kiefern. Es würde bald dunkel sein, und die Kinder von Port Propensity würden sich aufmachen, um den am Halloween üblichen Schabernack zu treiben.

Aber noch war Abendessenszeit, noch war niemand zu sehen. Der Park, den sie vom Fenster aus sehen konnte, lag verlassen in der zunehmenden Dunkelheit. Schnee sammelte sich auf dem Geländer der Holzbrücke.

Brynnes Herz zog sich schmerzhaft zusammen, als ihr Blick auf die Stelle fiel, an der vor so langer Zeit am

Unabhängigkeitstag der Wagen der Zigeunerin gestanden hatte. Sie hatte geglaubt, Joshuas Tod akzeptiert zu haben, aber immer wieder holte die Erinnerung sie ein und quälte sie von neuem.

Die Zigeunerin hatte ihre Liebe zu Joshua Tanner mit erstaunlicher Genauigkeit vorhergesehen. Aber du hast mir nicht gesagt, daß er sterben würde, dachte sie unglücklich. Du hast mir nicht gesagt, daß Joshua sterben würde.

In der Küche waren Cook und Placie, die für eine Weile aus Seattle gekommen waren, damit beschäftigt, gewürzten Apfelwein und kandierte Äpfel für die Halloween-Besucher zuzubereiten. Brynne überlegte, ob sie sich zu ihnen gesellen sollte, verwarf den Gedanken jedoch wieder. Sie war einfach nicht in der Stimmung, ihre Fröhlichkeit zu teilen. Sie legte eine Hand auf ihren Bauch, dachte erneut an Joshua Tanner und wollte sich gerade vom Fenster abwenden, als sie sah, wie Letitia das Gartentor aufstieß und den verschneiten Weg heraufeilte. Sie hielt etwas an sich gedrückt, und ihre Miene drückte Entschlossenheit aus.

Trotz der Niedergeschlagenheit, unter der sie nun schon seit Monaten litt, mußte Brynne lächeln. Madame Fortuna hatte in mehr als nur einer Hinsicht recht behalten. Es war noch nicht einmal Weihnachten, und Letitias Busen hatte sich erstaunlich entwickelt.

Sie eilte zur Tür, um ihre Kusine hereinzulassen.

»Ist das kalt draußen!« rief Letitia fröstelnd aus, als Brynne die Tür gegen den eisigen Wind schloß.

»Komm ans Feuer«, sagte Brynne, während ihre Kusine ihr eine Ausgabe der *The Ladies' Companion* reichte und ihren schneedurchweichten Hut und den passenden Mantel ablegte.

»Was ist das?« fragte Brynne und betrachtete stirnrunzelnd das Titelblatt der abgegriffenen Zeitschrift.

Letitia küßte Brynne auf die Wange und eilte an den Kamin. »Darin steht unser Schicksal, Brynne McFarren.«

Brynne verdrehte die Augen. Letitia hatte inzwischen den wohlgerundeten Körper einer Frau, aber in vieler Hinsicht war sie noch ein kleines Mädchen. »Wie kann in einer Zeitschrift ...«

Letitia rieb sich die Hände, um sie zu wärmen. »Punkt Mitternacht werden wir wissen, wen wir heiraten.«

Brynne dachte an Joshua, der tot auf dem Meeresgrund lag, und ihr Herz verkrampfte sich schmerzhaft. »Ich habe nicht die Absicht zu heiraten«, antwortete sie steif.

Letitia warf einen bedeutungsvollen Blick auf Brynnes noch flachen Bauch – neben Miranda und dem Doktor in Seattle war sie die einzige, die wußte, daß Joshua einen Teil von sich zurückgelassen hatte. »Sei nicht so stur.«

Brynne seufzte. Warum konnte einfach niemand – vor allem Drew – verstehen, was sie empfand? Sie hatte Joshua geliebt; sie liebte ihn immer noch. Sie konnte ihre Gefühle nicht einfach abstellen und sich einem anderen Mann zuwenden, auch wenn das ihr eigenes und das Leben des Babys um vieles leichter machen würde. Wenn sie einen anderen heiratete, würde es ihr dennoch so vorkommen, als ob sie Joshua verriet.

Zu Brynnes Erleichterung war Drews Leidenschaft in den letzten Wochen merklich abgekühlt. Ihr war aufgefallen, daß sein Blick immer häufiger auf Letitia ruhte.

Letitia trat näher und riß Brynne verärgert und ungeduldig das Magazin aus der Hand. Schmollend blätterte sie um, bis sie auf einen Artikel mit der Überschrift *»Wen werde ich heiraten?«* stieß.

Brynne schnaubte verächtlich.

Letitia ignorierte sie, und ihre Wangen färbten sich vor Aufregung dunkelrot. »Ich hoffe, du hast ein weißes Nachthemd und einen Handspiegel für mich«, sagte sie.

»Meine Güte«, stöhnte Brynne.

Letitia funkelte sie böse an. »Brynne, du bist langweilig. Du bist einfach *öde.* Joshua ist tot, und es wäre nur vernünftig, wenn du einen anderen heiraten würdest. Außerdem, was kann ein harmloses Spiel schaden?«

Brynne seufzte ergeben und zuckte mit den Schultern. Wenn sie nachgab, hatte sie wenigstens ihre Ruhe.

Um Mitternacht, den Bauch voller Apfelwein, kandierter Äpfel und Popcorn, zogen Letitia und Placie wallende weiße Nachthemden über und drängten eine mürrische Brynne, es ihnen gleichzutun.

Mit offenem Haar – in dem Magazin stand, das gehörte unbedingt dazu – gingen die drei jungen Frauen zur Kellertreppe. Zitternd vor Aufregung und von der Kälte, die von den eisigen Steinfliesen unter ihren nackten Füßen aufstieg, verteilte Placie die Handspiegel.

»Es funktioniert folgendermaßen«, flüsterte Letitia mit blitzenden Augen. »Ihr müßt rückwärts die Treppe hinuntergehen und den Spiegel dabei hochhalten. Wenn ihr den unteren Treppenabsatz erreicht habt, seht ihr im Spiegel das Gesicht des Mannes, den ihr heiraten werdet.«

Brynne verschränkte die Arme über der Brust und sah die beiden spöttisch an. »Viel wahrscheinlicher ist, daß wir uns alle Knochen brechen. Meine Güte, ihr zwei glaubt doch nicht ernsthaft . . .«

»Ach, halt den Mund«, unterbrach Letitia sie und hob trotzig das Kinn. »Wer fängt an?«

»Es war deine Idee«, erinnerte Brynne sie. »Also fang an, und sei um Gottes willen vorsichtig.«

Letitia holte tief Luft und schloß einen Augenblick lang in freudiger Erwartung die wunderschönen blauen Augen. Brynne wußte, daß sie hoffte, Drew Tanners Gesicht im Spiegel zu sehen.

»Fertig?« flüsterte Placie aufgeregt.

Letitia nickte und begann langsam, rückwärts die dunkle Kellertreppe hinunterzusteigen. Placie blickte ihr mit leuchtenden Augen nach.

»Was glaubst du, was sie sehen wird, Brynne?«

»Sterne«, entgegnete Brynne sarkastisch. »Sie wird stolpern und unsanft auf ihrem Allerwertesten landen.« Bevor Placie dazu kam, etwas darauf zu erwidern, wurde laut an die Tür gehämmert. Brynne wandte sich stirnrunzelnd um und eilte in ihrem weißen Nachthemd zur Tür, um zu öffnen, bevor das ganze Haus geweckt wurde.

Sie drehte den Knauf und spähte durch die Türspalte. »Ja?«

Der Mann auf der Veranda war schneebedeckt, und obwohl Brynne das Gesicht des Fremden im Dunkeln nicht ausmachen konnte, beunruhigte sie der spürbare Zorn, der von ihm ausging.

»Ist das das Haus der Tanners?« fragte er schroff.

Brynne nickte und fragte sich, ob sie die Tür zuschlagen und verriegeln sollte. Aber sie brachte es nicht über sich, vor allem deshalb, weil ein unbestimmtes, vages Gefühl in ihr aufstieg. »Das ist das Haus von Miranda Tanner«, entgegnete sie höflich.

»Warum hat ihn dann niemand abgeholt?« stieß der Mann wütend hervor und vergrub eine Hand in der Manteltasche.

Brynne erschauerte, als der eisige Wind durch den Türspalt fegte und über ihren spärlich bekleideten Körper strich. Das seltsame Gefühl, fast schon eine Ahnung, wurde stärker. »Wen geholt?« fragte sie leise.

»Mr. Tanner natürlich! Er ist fast wieder gesund, und . . .«

Brynne schloß die Augen. Er sprach von Drew – er mußte von Drew sprechen! Aber Drew war weder krank noch verletzt, und warum sollte ihn jemand holen, wenn er sich doch hier in Port Propensity aufhielt? »Ich verstehe nicht.«

»Ich auch nicht!« rief der Fremde aufgebracht. »Es ist regelmäßig Geld geschickt worden, und ein junger Bursche besuchte ihn ab und an, aber . . .«

Brynnes Knie drohten, ihr den Dienst zu versagen. Gerade noch rechtzeitig erinnerte sie sich daran, daß Halloween war. Das war es. Der Mann spielte ihr einen grausamen Streich. »Wie können Sie es wagen, mitten in der Nacht hierherzukommen und zu versuchen, uns glauben zu machen . . .«

In diesem Augenblick kam Miranda hinzu. Sie trug einen Hausmantel aus blauer Seide, in der einen Hand eine Öllampe und in der anderen einen Derringer. »Wie heißen Sie und was wollen Sie?« fragte sie den Fremden.

»Mein Name ist Dancer, Ma'am, Kapitän Dancer«, erwiderte der Fremde zornig. »Und ich frage mich, was für eine Familie Joshua Tanner hat, daß sie ihn in seiner Lage der Obhut Fremder überläßt!«

»Mein Bruder ist tot«, entgegnete Miranda.

»Wie hat er dann das hier schreiben können?« konterte der Kapitän und reichte Brynne ein verknittertes, feuchtes Stück Papier. Zitternd, hin- und hergerissen zwischen dem Wunsch, vor diesem gemeinen Scherz davonzulaufen, und der Hoffnung, die in ihr aufgestiegen war, entfaltete Brynne das Blatt Papier und las die Nachricht im Licht der Öllampe.

Pippin, ich gratuliere Dir zu deiner Hochzeit. Drew ist ein Glückspilz. Du brauchst mir nicht mehr auszuweichen, ich habe nicht die Absicht, Euch irgendwelche Schwierigkeiten zu machen. Alles Gute, Joshua.

Brynne stieß einen erstickten Schrei aus, der gleichzeitig Unglauben und Hoffnung ausdrückte. Sie betrachtete Mirandas Gesicht, während diese die Nachricht überflog.

»Er lebt«, flüsterte die Schwester des Halbbluts. »O mein Gott, Joshua *lebt!*«

Brynne zitterte wie Espenlaub. »Das ist ein übler Scherz, Miranda«, flüsterte sie unglücklich. »Siehst du denn nicht, daß . . .«

Miranda schüttelte den Kopf. Langsam ließ sie den Derringer sinken und trat zurück, um Kapitän Dancer hereinzulassen. »Ich kenne die Handschrift meines Bruders, Brynne«, sagte sie. »Niemand anderes als Joshua hat diese Zeilen geschrieben.«

Brynne McFarren brach ohnmächtig zusammen.

Es war bereits Morgen, als Brynne erwachte, und es schneite immer noch. Joshua lebte! Sie sprang aus dem Bett und suchte hastig ihre Kleider zusammen.

Sie mußte zu ihm; sie hatte ihm so vieles zu sagen.

In der Ferne ertönte ein schrilles Pfeifen. Der erste November. Den Flugblättern zufolge, die seit Wochen in Port Propensity zirkulierten, würden heute die Chinesen aus der Stadt vertrieben werden.

Brynne kleidete sich eilig an. Wie wütend es sie auch machte, daß die Weißen sich so benahmen, konnte sie doch nichts tun, um den Wahnsinn aufzuhalten. Außerdem war im Augenblick nur eins von Bedeutung – daß Joshua noch lebte.

Während sie sich mit langen, ungeduldigen Strichen das Haar bürstete, blickte Brynne zu Letitia hinüber, die immer noch zusammengerollt in dem großen Bett lag und schlief. Sie fragte sich, ob das alberne kleine Dummchen in der vergangenen Nacht am Fuß der Kellertreppe wirklich das Gesicht eines Mannes im Spiegel gesehen hatte.

Doch bei jemandem, der soviel Phantasie wie Letitia hatte, war alles möglich. Sie wünschte sich so sehr, Drew zu heiraten, daß ihre Einbildung ihr wahrscheinlich wirklich sein Gesicht im Spiegel vorgegaukelt hatte.

Drew. Die Erkenntnis traf Brynne wie ein schmerzhafter, betäubender Schlag. Drew hatte die ganze Zeit gewußt, daß Joshua noch lebte. Er hatte Geld geschickt und ihn Kapitän Dancer zufolge sogar besucht. Und offensichtlich hatte er nicht nur Miranda und sie selbst getäuscht, sondern auch Joshua. Joshua glaubte, sie hätte seinen Bruder geheiratet.

Brynne schloß die Augen und unterdrückte den aufsteigenden Haß. Der Gedanke, daß Drew derart gelogen und seine eigene Schwester so unnötig hatte trauern lassen! Wenn er in diesem Moment vor ihr gestanden hätte, hätte sie ihn ohne zu zögern umgebracht.

Doch dann ermahnte sich Brynne zu Ruhe. Jetzt war nicht der Zeitpunkt, einen Rachefeldzug zu planen. Sie mußte zu Joshua, ihm sagen, daß sie keineswegs verheiratet war, ihm sagen, daß Rosalies Kind nicht gelitten hatte, wie er annahm.

Das einzige, was sie ihm nicht würde sagen können, war, daß er erneut ein Kind gezeugt hatte, denn dann würde sein Ehrgefühl ihn zwingen, ihr einen Antrag zu machen. Und wie sehr sie sich auch wünschte, die Frau des Halbbluts zu sein, wollte sie ihn doch nicht auf diese Weise an sich binden.

Aber darüber konnte sie sich später noch den Kopf zerbrechen.

Joshua lebte. Miranda war bereits auf und angekleidet, als Brynne nach unten ging, und in ihren dunklen Augen lag neben Erleichterung und Müdigkeit auch ein schelmischer Glanz. Im Haus war es kuschelig warm, und überall roch es nach gebratenem Speck.

Die beiden Frauen umarmten sich und rückten dann voneinander ab, um sich mit Tränen in den Augen anzulächeln.

»Ich habe doch nicht geträumt, oder, Miranda?« fragte Brynne leise.

Miranda brachte keinen Ton heraus und schüttelte nur stumm den Kopf.

»Wir müssen zu ihm«, fuhr Brynne hastig fort. »Heute. sofort.«

Miranda fand ihre Stimme wieder, und ihre Augen blitzten von Übermut. »Eine Sekunde, Gesellschafterin. Ich weigere mich, irgendwohin zu gehen, bevor ich einen Kaffee getrunken habe.«

»Ich hole dir eine Tasse«, rief Brynne aus und lief davon, um das so schnell wie möglich zu erledigen, damit sie endlich zu Joshua fahren konnten. Atemlos und lächelnd stieß sie die Küchentür auf.

Und da war er.

Joshua Tanner stand vor Cooks glänzendem schwarzen Herd.

Brynne vergaß alles, was sie ihm bei ihrem Wiedersehen hatte sagen wollen, und starrte ihn nur entgeistert an.

Er nickte freundlich, wie ein Bruder, der seine Schwester begrüßt. »Mrs. Tanner«, sagte er mit bissigem Unterton.

Er war so dünn. Brynne spürte, wie ihr Tränen in die Augen traten, während Placie und Cook an ihr vorbei den Raum verließen. Sie brachte immer noch keinen Ton heraus.

Joshua wandte sich ab, um die leere Kaffeetasse nachzufüllen, die er in der Hand hielt. Wie erschöpft, verletzlich und resigniert er aussah. Brynne schauderte bei dem Gedanken an all die schrecklichen Dinge, die er durchgemacht haben mußte.

Schließlich wandte er sich ihr wieder zu, ließ traurig den Blick über ihre Lippen, ihre Brüste und ihre kaum merklich rundlichere Taille gleiten. Das Zimmer schien sich zu drehen. Dann trat er auf sie zu und stellte seine Tasse mit einem zornigen Knall auf den Tisch.

Dicht vor ihr blieb er stehen. Brynne spürte den inneren Kampf, den er ausfocht, und der sich schließlich auf seinem bleichen Gesicht widerspiegelte. Mit einem unterdrückten Stöhnen hob er die Hände, öffnete die Knöpfe ihres einfachen blauen Wollkleides und entblößte ihre vollen Brüste.

Sie erschauerte, als seine Finger eine Brustwarze liebkosten, und sie flüsterte seinen Namen, als er den Kopf neigte, und seine Lippen sich um die rosige Knospe schlossen.

Plötzlich gab er einen knurrenden, zornigen Laut von sich und hob so abrupt den Kopf, daß seine Zähne schmerzhaft ihre Brustwarze streiften. Er packte sie unsanft an den Schultern, und seine Augen schossen violette Blitze, als Brynne es wagte, seinem Blick zu begegnen. »Das ist also die Art Frau, die mein Bruder geheiratet hat«, grollte er.

Brynne schob wütend und frustriert das Kinn vor. Brennende Röte überzog ihre Wangen. »Ich bin mit niemandem verheiratet, Joshua Tanner!«

Joshua erbleichte, und in seine Augen trat ein mörderischer Glanz. »*Was?*«

»Ich weiß, daß Drew dir erzählt hat, wir hätten geheiratet. Aber es ist eine Lüge«, antwortete sie ebenso stolz wie zornig. »Außerdem könnte ich dir die Augen auskratzen, weil du geglaubt hast, daß ich dich auf diese Weise geliebt und dann deinen Bruder geheiratet haben könnte.«

Der Ausdruck in seinen Augen tat Brynne in der Seele weh. Sein Gesicht wurde hart. »Er hat mir gesagt – *mein Gott!* – Ich habe ihm geglaubt . . .«

»Und wir dachten, du wärst tot, Joshua«, unterbrach ihn Brynne. »Drew hat uns gesagt, du wärst tot.«

Das Halbblut erschauerte, und seine Finger schlossen sich fester um ihre Schultern. Doch er sagte kein Wort.

Brynne wurde von panischer Angst gepackt. In Joshuas Augen spiegelte sich mörderischer Haß. Wenn sie nicht einen Weg fand, ihn zu beruhigen und abzulenken, würde er seinen Bruder suchen und umbringen. Obwohl Brynne die ungeheuerlichen Lügen Drew selbst gern heimgezahlt hätte, wußte sie, daß man Joshua für den Mord hängen und sie ihn dann für immer verlieren würde.

Sie nahm eine seiner Hände und legte sie auf ihre Brüste. Er begann ganz automatisch, sie zu streicheln, erst grob, dann zärtlich. Primitives Verlangen stieg in ihr auf.

»Du hast einmal damit geprahlt, daß du mich sogar in der Küche nehmen könntest«, sagte sie und stellte erleichtert und triumphierend fest, daß seine Züge sich etwas entspannten. »Stehst du zu deinem Wort, Joshua?«

Er lachte leise. »Wir können doch nicht das Frühstück versäumen«, sagte er. »Was würden die anderen von uns denken?«

Brynne drückte ihn auf einen Stuhl und beugte sich über ihn, so daß eine Brust seine Lippen streifte.

Joshua stöhnte, nahm die dargebotene Brustwarze zwischen die Lippen und liebkoste sie zärtlich. Brynne verspürte ein vertrautes Ziehen in ihrem Körper. Ihr Verlangen war so übermächtig, daß sie laut stöhnte, ohne sich darum zu scheren, ob die ganze Stadt sie hörte.

Joshua hob den Kopf und stand dann lachend auf. Sanft, die Hände unter ihrem Kleid auf ihren nackten Schultern, zog er sie an sich und küßte sie mit ungezügelter Leidenschaft. Brynne sehnte sich danach, ihn endlich in sich zu fühlen, und schmiegte sich enger an ihn. Schließlich löste er sich von ihr.

»Der Speck brennt an«, sagte er mit rauher Stimme.

»Das ist mir gleich«, entgegnete Brynne. Dann nahm sie seine Hand, zog ihn in die dunkle Vorratskammer und verriegelte die Tür von innen.

Der warme, weiche Klang seines Lachens erfüllte den düsteren Raum. »Gott, wie ich dich vermißt habe. Brynne. Wie sehr ich dich begehrt habe . . .«

Sei kniete nieder, und Joshua stöhnte auf. Als er sie Minuten später auf die Füße zog, küßte er sie so innig, daß alles um sie herum wie in einem dichten Nebel versank.

Zärtlich, fast verzweifelt, ließ er sie dann zu Boden gleiten. Allein sein Gewicht auf sich zu fühlen entlockte ihr ein seliges Seufzen. Joshua war bei ihr, er lebte, und er begehrte sie. »O Joshua«, flüsterte sie mit brüchiger Stimme. »Liebe mich. Nimm mich . . .«

Er lachte heiser. »O nein, Pippin. Erst räche ich mich.«

Brynne konnte es kaum erwarten, endlich eins mit ihm zu werden, aber sie wußte, daß es zwecklos war, ihn drängen zu wollen. Auch in der Liebe tat Joshua nur das, was er wollte, wie bei allem anderen.

Die folgenden Minuten waren von unbeschreiblicher Lust und Freude erfüllt. Brynne überließ sich rückhaltlos den unvergleichlichen Empfindungen, die sie durchströmten. Seine Hände, seine Lippen – er schien sie an unzähligen Stellen gleichzeitig zu berühren.

Als er schließlich in sie eindrang, wurde sie von Wellen nie gekannter Lust gepackt und klammerte sich an ihn wie eine Ertrinkende. Joshua versuchte gar nicht, ihre Schreie zu ersticken. Statt dessen schien er sie zu genießen und fand mit teuflischem Geschick Wege, Ihre Lust noch weiter zu steigern.

Nachdem sie beide den Höhepunkt erreicht hatten, blieben sie lange schweratmend und engumschlungen liegen und warteten, daß ihr Herzschlag sich wieder beruhigte und sie wieder klar denken konnten.

Brynne erhob sich langsam und begann, ihre Kleider in Ordnung zu bringen. Hinter der Tür konnte sie undeutlich hören, wie Placie und Letitia sich unterhielten.

Joshua lachte, während er sich ebenfalls darauf vorbereitete, der Welt wieder entgegenzutreten. »Woran denkst du, Pippin?« fragte er.

»Daran, daß sie es wissen werden.«

»Und?«

»Es ist mir gleich.«

Er lachte erneut, und sie fühlte, wie seine Hände sich zärtlich um ihr Gesicht legten. »Du bist schamlos, Frau.«

Brynne schob trotzig das Kinn vor. »Ja. Was dich betrifft, bin ich das wohl.«

Er knabberte sanft an ihrem Ohrläppchen und bedeckte dann ihren Nacken mit warmen Küssen. »Ist dir eigentlich klar, daß wir vermutlich monatelang hier drin überleben könnten?«

»Das Essen würde gerade für eine Woche reichen«, entgegnete Brynne, die praktisch veranlagte Schottin.

Joshuas Hand legte sich besitzergreifend auf ihre rechte Brust. »Dann könnte ich mich immer noch von dir ernähren«, flüsterte er.

Brynne dachte an das Baby, das in ihr heranwuchs, und lächelte. Was Joshua wohl sagen würde, wenn er wüßte, daß bald jemand Kleines und Hilfloses an der Brust saugen würde, die er so liebte?

Plötzlich erinnerte sie sich an ein anderes Baby – Rosalies. Joshuas.

Sie holte tief Luft.

Sofort legte Joshua ihr die Hände auf die Schultern. »Was ist denn Brynne?«

»Ich habe gerade an das gedacht, was mein Vater getan hat.«

Er schwieg, aber Brynne konnte fühlen, wie der alte Schmerz ihn durchströmte.

»Joshua, das Kind hat nicht gelitten.«

Er zitterte, und seine Stimme klang heiser und schroff. »Was sagst du da?«

»Es war bereits tot, Joshua. Es war schon Wochen vor der Geburt tot. Rosalie hat es nicht über sich gebracht, es dir zu sagen.«

Lastende Stille senkte sich herab.

Brynne hob die Hände an Joshuas Gesicht. Sie streichelte ihn und fühlte seine Mischung aus Kummer, Schock und Hoffnung. »Ich versuche nicht, meinen Vater zu rechtfertigen, Joshua, und ich habe mir das nicht ausgedacht, um es dir leichter zu machen. Meine Tante Eloise war bei der Entbindung dabei, und sie kann dir bestätigen, was ich sage.«

Joshua riß sich los und wandte sich abrupt von ihr ab. »Warum in Gottes Namen haben sie mich in dem Glauben gelassen, mein Baby wäre bei lebendigem Leibe zerstückelt worden?« fragte er gepreßt.

»Papa hatte Angst, Joshua. Ich weiß jetzt, daß das der Grund war, weshalb er die Stadt Hals über Kopf verlassen hat, weshalb er soviel getrunken hat und von Alpträumen gequält wurde. Warum er sich schließlich . . .«

»Deine Tante«, flüsterte Joshua. »Warum hat deine Tante mir nichts gesagt?«

»Weil sie ebenfalls Angst hatte. Du hast wilde Drohungen ausgestoßen. Es war unrecht von ihr, dich leiden zu lassen, aber ich kann verstehen, daß sie sich gefürchtet hat.«

Joshua lehnte sich an die Wand, und Brynnes Kehle zog sich zusammen, als er von Schluchzen geschüttelt wurde. Sie trat langsam auf ihn zu, nahm ihn in die Arme und hielt ihn fest.

»Ich liebe dich«, sagte sie leise. »Ich werde dich immer lieben.«

Joshua erschauerte in ihren Armen, sagte jedoch nichts. Nach einer Weile ließ jedoch seine Trauer nach, und Brynne spürte, wie ihn neue Kraft durchströmte.

»Drew und Miranda«, sagte er nach einer Weile. »Haben Sie es gewußt, Brynne?«

»Nein, Joshua«, versicherte sie mit fester Stimme und streichelte zärtlich seine Schultern.

Er entspannte sich, aber gleich darauf spürte sie, wie erneut primitive, erschreckende Wut ihn packte. »Drew«, sagte er gefährlich leise.

Brynne versuchte, ihn zurückzuhalten, als er sich aus ihrer Umarmung löste und den Riegel an der Tür zurückschob. »Nein . . . o Joshua, warte . . .«

Aber er schien sie nicht zu hören. Er durchquerte die Küche und verließ das Haus durch die Hintertür, so erfüllt von unaussprechlichem Haß, daß er nichts anderes mehr wahrnahm.

»Joshua!« schrie Brynne und ignorierte die verblüfften Gesichter der beiden Frauen, die am Küchentisch saßen. Die Tür fiel krachend hinter ihm ins Schloß.

»Was um alles in der Welt habt ihr denn in der Vorratskammer gemacht?« fragte Letitia entgeistert und erhob sich langsam.

»Brynne . . .«

»Ach halt den Mund!« zischte Brynne, nahm einen Schal von einem Haken neben der Tür und eilte nach draußen. Sekunden später lief sie auf der Suche nach dem Halbblut durch den tiefen Schnee.

Wieder rief sie seinen Namen.

Er begann zu laufen, ohne sich auch nur einmal umzusehen. Ganz offensichtlich wollte er zum Herrenhaus der Tanners, das nur durch ein kleines Wäldchen von Mirandas Haus getrennt war. »Geh zurück ins Haus!« rief er ihr über die Schulter hinweg zu.

Brynne lief schneller und folgte seinen Fußspuren, als sie ihn im dichten Unterholz aus den Augen verlor. »Sie werden dich hängen!« rief sie in die eisige Stille.

»Das ist mir egal!« hörte sie ihn aus einiger Entfernung antworten. »Verdammt, *geh nach Hause!*«

»Ich werde nicht nach Hause gehen, Joshua!« schrie Brynne aus Leibeskräften. »Hörst du mich! Dir mag es ja egal sein, ob sie dich wegen Mordes hängen, aber mir nicht!«

Stille.

»*Joshua!*«

Kalter Schnee legte sich auf ihre Wimpern und Wangen. Obwohl sie Joshua nicht sehen konnte, wußte sie, daß sie ihn aufgehalten hatte, daß er zögerte, ihr zuhörte.

»Willst du, daß dein Baby so einsam wird wie du?« rief sie, schloß die Augen und atmete tief durch, um ihr wild klopfendes Herz zu beruhigen. »Möchtest du, daß es auch als Bastard aufwächst?«

Sie hörte Laub rascheln, und Schnee wirbelte zu Boden, als er die Äste eines Haselnußstrauches beiseite schob. Mit angespanntem, bleichem Gesicht trat er auf sie zu.

»Was für ein Baby?« fragte er rauh und packte sie unsanft an den Schultern.

Sie hatte es ihm nicht sagen wollen, zumindest nicht auf diese Weise. Tränen liefen ihr über das von der Kälte gerötete, schmerzende Gesicht. »Unser Baby, Joshua. Deins und meins.«

Er blickte wütend und ablehnend auf ihren Bauch und dann wieder auf ihr Gesicht. »Nein. O mein Gott, *nein!*«

Brynne wollte sterben. Das war genau die Reaktion, die sie befürchtet hatte, obwohl sie sich einige Male davon hatte überzeugen können, daß er sie würde heiraten wollen. »Es tut mir leid«, sagte sie entmutigt.

Joshua fluchte anhaltend. »Wann?«

»April«, entgegnete sie leise.

18

Joshua stieß sie wütend von sich. Sie fiel beinahe in die dornigen, schneebedeckten Brombeerbüsche, aber er packte sie gerade noch rechtzeitig am Handgelenk und zog sie wieder an sich. Auf seinem Gesicht lag ein harter, grausamer, unversöhnlicher Ausdruck.

»Verflucht«, knurrte er. »Sei verflucht für das, was du mir antust, Brynne!«

Plötzlich verdrängte Zorn ihre Trauer. Sie hob die Hand und schlug ihm mit all der Kraft, die ihr ihr Schmerz und ihre Scham verliehen, ins Gesicht und weinte bitterlich. Erst als ihre Tränen versiegten, sah sie, daß Joshua fort war.

Rosalies Grabstein war mit einer dünnen Schneeschicht bedeckt, aber Joshua wischte sie nicht fort. Sie hatte Schnee immer geliebt.

Er seufzte und sagte ihren Namen, aber der Zauber war verflogen. Die Frau, die seine Gedanken und seine Seele beherrschte, war Brynne McFarren, und das kleine Biest ließ keinen Platz für jemand anderen.

Sein Herz zog sich schmerzhaft zusammen, als er die in Rosalies Gedenkstein eingravierten Worte las. Würde er eines Tages auch Brynne hier zu Grabe tragen? Würde sie ebenso wie Rosalie mit seinem Kind in den Armen bestattet werden?

In diesem Augenblick hörte er vom Park am Fuße des Hügels her Schreie, und ihm fiel wieder ein, welcher Tag heute war.

Der erste November, der Tag, der schon vor Monaten als Datum der gewaltsamen Vertreibung der Chinesen aus der Stadt festgesetzt worden war.

Fast dankbar, daß es einen Kampf auszutragen gab, schob Joshua Tanner seine Ängste beiseite, wandte sich von Rosalies Grab ab und lief den Pfad hinunter, der vom Friedhof zum Park führte.

Er verdrängte die Erinnerung an Brynne McFarren, wie sie am vierten Juli mit der Wassermelone nach ihm geworfen hatte, und lief locker und rhythmisch weiter. Er hatte noch ein ganzes Leben vor sich, um über sie nachzudenken, sie zu lieben und mit ihr zu streiten – vorausgesetzt, er überlebte diesen Tag.

Drew, der sich ein Gewehr aus Joshuas Waffenschrank genommen hatte, war nicht überrascht, als er das Halbblut aus dem Wald und auf die Menschenansammlung zulaufen sah. Er hatte gewußt, daß Joshua eines Tages zurückkehren würde, und trotz der Angst, die ihn packte, war er froh, ihn zu sehen.

Die anderen Männer – Walter Jennings und der Rest des Komitees -- starrten ihn an, als sähen sie ein Gespenst. Obwohl es noch hellichter Tag war, trugen sie Fackeln, und das Pech zischte und knackte im herabfallenden Schnee.

Die Chinesen, die der Mob bereits zusammengetrieben hatte, standen zusammengedrängt, vor Angst und Kälte zitternd, in der Mitte des von den Weißen gebildeten Kreises.

Wir haben alle Angst, dachte Drew. Jeder einzelne von uns, gelb oder weiß.

Das Halbblut bahnte sich mühelos einen Weg durch die Menge und streifte Drew nur mit einem flüchtigen Blick. Sam Prigg und ein halbes Dutzend anderer Männer folgten dem Riesen, ebenso grimmig entschlossen wie ihr Anführer.

Drew schauderte. Warum konnte der verfluchte Indianer sich nicht damit abfinden, daß er nicht gegen die ganze Welt antreten konnte? Was konnte schon eine Handvoll Männer – und das Halbblut war nicht einmal bewaffnet – gegen eine ganze Stadt ausrichten?

»Diesmal mußt du dich geschlagen geben, Josh«, rief einer der Männer, die neben Drew standen. »Diese gelben Teufel werden die Stadt verlassen, ob es dir paßt oder nicht. Am Hafen wartet ein Schiff, das sie wegbringt.«

Das Halbblut kam Drew noch gewaltiger und imposanter vor als sonst. Er stand mit leicht gespreizten Beinen da und betrachtete den Mob mit vernichtendem Blick. Drew schauderte erneut.

Sie werden ihn umbringen, dachte er verzweifelt und entdeckte Brynne, Miranda und Letitia, die in Schals und Mäntel gehüllt etwas abseits von der Menge standen und das Treiben mit großen, ängstlichen Augen verfolgten.

Drew seufzte. Er hatte wirklich ein heilloses Durcheinander angerichtet – in Joshuas Leben, in Brynnes und in seinem eigenen. Er war so sicher gewesen, daß er Brynne liebte, sie genug liebte, um zu behaupten, Joshua wäre tot, während er wußte, daß sein Bruder sich langsam von einer fast tödlichen Auspeitschung und einer Lungenentzündung erholte.

Aber in letzter Zeit hatte er fast ständig an Letitia Jennings denken müssen. Er hörte den fröhlichen Klang ihres Gelächters in den seltsamsten Augenblicken, und die sanfte Rundung ihrer Brüste und das Kornblumenblau ihrer Augen weckte Gefühle in ihm, die er nie für möglich gehalten hätte.

Guter Gott, er liebte sie. In diesem Augenblick, als er sie mit Brynne und Miranda dort stehen sah und ihren Blick auf sich ruhen fühlte, wollte er plötzlich, daß sie einen anderen Drew zu Gesicht bekam. Ruhig trat er an die Seite seines Bruders und drückte ihm sein Gewehr in die Hand.

In Joshuas Augen trat ein verblüffter Blick, und sein rasender Zorn wurde von etwas abgelöst, was Drew nicht so recht zu deuten vermochte.

»Wenn das hier vorbei ist ...« sagte das Halbblut gefährlich leise. »Ich weiß«, unterbrach Drew ihn schulterzuckend.

Einige der Chinesinnen weinten und drückten angsterfüllt ihre Kinder an sich. Drew empfand plötzlich Scham und trat noch etwas näher an seinen Bruder heran.

»Tritt beiseite Joshua!« rief Walter Jennings mutig. »Wir haben nicht vor, diesen Menschen etwas zu tun.«

Joshuas Backenmuskeln spannten und entspannten sich wieder. »Geh nach Hause, Jennings. Vergiß das alles.«

»Du kannst nicht gegen uns alle kämpfen, Tanner!« rief eine zweite Stimme aus der Menge. »Wenn nötig, setzen wir uns auch mit Gewalt durch!«

»Das sind Menschen«, entgegnete Joshua mit ruhiger Stimme. »Frauen und Kinder. Ich werde nicht tatenlos mitansehen, wie sie wie eine Schafherde zum Hafen getrieben und auf ein Schiff verfrachtet werden.«

Sam Prigg trat vor und stellte sich an Joshuas linke Seite. »Du köntest uns wohl erschießen, Jennings. Die Waffen dazu hast du ja. Aber das Halbblut und meine Jungs werden einige von euch Hurensöhnen mit ins Grab nehmen. Du bist es doch gewesen, der einmal gesagt hat, sie wären es nicht wert, für sie zu sterben. Wofür entscheidest du dich jetzt?«

Drew fühlte Panik in sich aufsteigen, und seine rechte Hand, die schon lange von der Schiene befreit war, schmerzte höllisch. Überraschenderweise aber gehorchte ihm seine Stimme, und es war die Stimme eines Mannes. »Ihr alle kennt meinen Bruder. Ihr könnt hier stehen und reden, bis ihr schwarz werdet, er wird nicht weichen. Warum wollt ihr euer Leben aufs Spiel setzen?«

»Ich dachte, du wärst auf unserer Seite, Junge«, bemerkte ein Mann, der im immer dichter herabfallenden Schnee nicht zu sehen war. »Und soviel ich weiß, würdest du davon profitieren, wenn es das Halbblut nicht mehr gäbe.«

Drew wagte es nicht, Joshua anzusehen – er wußte nur zu gut, was er in dessen Augen lesen würde. Verachtung. Unglauben. Er dachte an Letitia und fuhr mit ruhiger Stimme fort: »Er ist mein Bruder«, sagte er fest. »Wenn ihr Joshua umbringen wollt, müßt ihr mich auch umbringen.«

»Das wird mich nicht davon abhalten, dich windelweich zu prügeln, wenn das alles vorbei ist«, raunte das

Halbblut ihm zu. »Dein Auftritt hier ehrt dich, aber er ändert nichts.«

Drew grinste, trotz seiner Furcht, seiner Scham und der anderen verwirrenden, unbestimmbaren Gefühle, die ihn erfüllten. »Ich war schon immer schneller als du, großer Bruder.« entgegnete er.

Joshua lachte leise.

Der Mob wurde unruhig. Männer traten brummend und unsicher von einem Fuß auf den anderen. Inmitten der zusammengedrängten Chinesen schrie ein Baby. Ich habe auch schon bessere Tage erlebt, Kleines, dachte Drew.

»Was ist jetzt, Jennings? Wie willst du es haben?« fragte Joshua.

Letitias Vater erbleichte. Obwohl das Halbblut und seine Freunde zahlenmäßig unterlegen waren, standen seine Chancen, den ersten Schußwechsel zu überleben, nicht gerade gut, und das wußte er auch. »Sie nehmen Weißen die Arbeit weg, Tanner«, jammerte er.

»Das mag woanders zutreffen«, entgegnete das Halbblut mit ruhiger Vernunft. »Aber hier ist es nicht so, und das weißt du. Die Männer, die für mich arbeiten, bekommen das gleiche Gehalt, ganz egal, welche Hautfarbe sie haben. Ich entlasse keine Weißen, um Indianer und Chinesen zum halben Lohn zu beschäftigen.«

»Gegen Sie haben wir ja auch nichts. Mr. Tanner«, sagte ein Arbeiter aus dem Sägwerk, der zwischen den zwei Parteien zu schwanken schien. »Sie sind ein guter Boß.«

Das Halbblut widersprach ihm. »Die meisten dieser Leute sind amerikansche Staatsbürger, die ebenso das Recht haben, hier zu leben wie ihr. Lieber sterbe ich als zuzulassen, daß ihr sie vertreibt.«

»Warum?« fragte Jennings offensichtlich verwirrt.

»Was zum Teufel bedeutet dir ein Haufen dreckiger Chinesen?«

»Sie sind Menschen«, erwiderte das Halbblut. »Ich würde mich genauso verhalten, wenn sie versuchen würden, *dich* zu vertreiben.«

Einige der Fackelträger wechselten die Seiten und traten hinter das Hallblut. Auch einige Zuschauer gesellten sich zu ihm – darunter auch der gutaussehende Spieler, der Austin Darnells Shore House nach seinem Tod erworben hatte, und Jack Dancer, der wegen der schlechten Wetterverhältnisse noch nicht nach Portland zurückgekehrt war.

Dancer bedachte Drew mit einem vernichtenden Blick und lächelte dann dem Mob freundlich zu. »Ich setze auf das Halbblut«, sagte er mit klarer Stimme. »Warum geht ihr nicht nach Hause und lebt euren Haß in einer Weise aus, die euch nicht das Leben kostet?«

Drew wandte leicht den Kopf und blickte zu Letitia hinüber. Sie beobachtete den Sprecher, und in ihren Augen lag ein Ausdruck unverhohlener Bewunderung, der ihm einen Stich versetzte.

Es schneite immer heftiger, und die eisigen Flocken brannten auf Drews Hand und auf seinem Gesicht. Die Fackeln flackerten und rauchten. Drew zuckte zusammen, als eine kleine Hand sich auf seinen Arm legte. Er blickte herab und sah Letitia herausfordernd an seiner Seite stehen. »Willst du mich erschießen, Papa?« rief sie mit heller, klarer Stimme. »Wenn du auf Drew und die anderen schießt, mußt du auch auf mich schießen!«

Ein unbeschreibliches Glücksgefühl durchströmte Drew, trotz seiner Angst, daß Jennings möglicherweise so verrückt war, auf seine eigene Tochter zu schießen. Zum ersten Mal verstand er Brynnes bedingunslose Loyalität dem Halbblut gegenüber und war nicht überrascht, sie an seiner Seite stehen zu sehen, die grauen Augen so stürmisch wie der wolkenverhangene Himmel über ihnen.

»Töte uns, Onkel Walter«, sagte sie, das Kinn stolz vorgeschoben und den zornigen Ausdruck auf Joshuas Gesicht ignorierend. »Warum bringst du uns nicht einfach alle um?«

Walter Jennings fluchte anhaltend, aber er ließ das Gewehr sinken. Die anderen Männer folgten seinem Beispiel. Fackeln zischten, als sie im Schnee gelöscht wurden, und Leder knarrte, als Pistolen in ihre Halfter zurückgesteckt wurden.

Die murrende Menge begann sich zu verlaufen. Drew wußte, daß die Angelegenheit damit nicht endgültig aus der Welt geschafft war, aber für diesen Tag war die Krise überstanden. Er legte Letitia den Arm um die Schultern und zog sie an sich.

Das Gewehr des Halbbluts fiel mit einem unheilverkündenden Klappern zu Boden, als er sich seinem Bruder zuwandte. »Und jetzt zu dir«, sagte er, einen mörderischen Glanz in den Augen.

Letitia schüttelte Drews Arm ab und baute sich entschlossen vor ihm auf. »Wag es ja nicht, ihn anzurühren, Joshua Tanner.«

Joshuas Augen weiteten sich. »Was zum . . .«

»Ich werde nicht zulassen, daß du ihm etwas antust«, unterbrach ihn Letitia hitzig und rückte von Drew ab, als er ihr beruhigend die Hände auf die Schultern legte. »Ich liebe Drew, und du wirst ihn nicht anrühren.«

Das Halbblut starrte sie eine Weile verdutzt an. Dann legte Joshua zur Verblüffung aller den Kopf in den Nacken und lachte schallend. Brynne blickte besorgt von Letitia zu Joshua und klammerte sich mit solcher Kraft an seinen Arm, daß ihre Knöchel weiß hervortraten.

»Was ist denn so komisch?« fragte sie mit zitternder Stimme.

»Er liebt eine Frau, die genauso ist wie du«, antwortete Joshua schließlich, immer noch lachend. »Das wird ihm Strafe genug sein!«

Brynne errötete bis unter die Haarwurzeln und trat nach Joshuas Scheinbein, aber er wich ihr mühelos aus.

Drew drehte seine mutige Beschützerin sanft zu sich herum. »Er hat recht, Letitia«, sagte er. »Ich liebe dich.«

Tränen traten in ihre Augen. »Du wolltest Brynne«, sagte sie anklagend. Dann fuhr sie herum und schritt hocherhobenen Hauptes durch die sich verlaufende Menge der Chinesen und Arbeiter auf Mirandas Haus zu.

Drew rannte ihr nach. »Letitia, warte!« rief er, glitt aus und wäre beinahe er Länge nach gefallen. »Verdammt, wirst du wohl warten!«

Letitia beschleunigte ihren Schritt, und Drew lief hinter ihr her, ohne auf das Gelächter der Umstehenden zu achten.

Brynne war trotz des Schnees und der Kälte dieses ersten Novembertages warm. Sie war so von Letitias und Drews romantischer Auseinandersetzung gefangen gewesen, daß sie zu spät bemerkte, daß alle anderen den Schauplatz verlassen hatten. Sie war mit dem Halbblut allein.

»Brynne«, begann Joshua, und seine Stimme klang auf einmal seltsam unsicher. »Ich . . .«

Brynne wich zurück und verschränkte die Arme über der Brust. »Kein Wort mehr, Joshua. Du hast schon genug gesagt!«

»Nein, habe ich nicht«, widersprach er sanft. »Ich liebe dich, Pippin.«

Brynne fühlte, wie Hoffnung sie durchströmte wie ein unaufhaltsamer Strom, aber ihre praktische schottische

Natur unterdrückte die Gefühle gleich wieder. »Blödsinn«, meinte sie.

Joshua lachte. »Du bist wirklich die Strafe für all meine Sünden. Heirate mich, Brynne, oder wir kommen für unsere fleischlichen Sünden beide in die Hölle.«

Brynne schob trotzig das Kinn vor. »Ich soll dich also heiraten, ja? Ich habe es nicht eilig, meinem Kind einen Namen zu geben, Mister!«

»Deinem Kind? Du hast es also ganz allein gemacht, ja?«

Brynne schwieg verstockt.

Joshua seufzte. »Brynne, ich habe Monate gehabt, um nachzudenken. Monate, in denen ich geglaubt habe, du wärst die Frau meines Bruders. Um Himmels willen, hab Mitleid mit mir. Ich mache dir nicht nur deshalb einen Antrag, weil du ein Kind von mir erwartest ...«

»Und warum dann?« fragte Brynne, gleichzeitig wütend, hoffnungsvoll und völlig verwirrt. »Ich weiß, daß du Rosalie geliebt hast!«

»Das stimmt«, entgegnete er aufrichtig. »Sie war der Atem in meinen Lungen, das Blut in meinen Adern, der Grund, weshalb ich es ertragen konnte, das Halbblut zu sein, Caleb Tanners unehelicher Sohn, der Bastard. Aber jetzt ist sie tot, Gott hab sie selig, und du bist hier.«

»Wie überaus praktisch!«

»Ich brauche dich, Brynne. Und das nicht nur im Bett, falls es das ist, was du denkst. Ich brauche dein Temperament, deinen Geist und dein Lachen. Ich brauche die Art, in der du die Nase kraus ziehst, wenn du verwirrt bist, und das Blitzen in deinen Augen, wenn jemand deinen dummen schottischen Stolz verletzt.« Seine Lippen verzogen sich zu einem Grinsen, das Luzifer alle Ehre gemacht hätte. »Heirate mich aus Mitleid, wenn schon nicht aus Liebe.«

Brynne errötete und trat nach seinem Schienbein, wobei sie diesmal absichtlich daneben zielte. »Du bist unmöglich, Joshua Tanner!«

»Aber du liebst mich?«

Sie mußte wider Willen lachen. »Das weißt du doch, du hoffnungsloser Fall.«

Ohne sich darum zu scheren, daß sie mitten im Park standen und ein Schneesturm um sie herum wütete, fiel das Halbblut theatralisch auf ein Knie. »Wenn du mich nicht heiratest, schwöre ich, daß ich den Verstand verliere.«

»Steh auf!« flehte Brynne, peinlich berührt.

Joshua lächelte, zuckte mit den Schultern und blieb vor ihr knien.

»Also gut!« rief Brynne und breitete die Arme aus. »Schon gut, ich werde dich heiraten!«

»Noch heute?« drängte er.

»Noch heute«, stimmte Brynne seufzend zu.

Joshua richtete sich auf, nahm sie in die Arme, und sie küßten sich selbstvergessen, zwei engumschlungene schattenhafte Gestalten inmitten tanzender Schneeflocken.

ENDE

Band 18 107

Sandra Brown

Verführte Herzen

Deutsche Erstveröffentlichung

Lucky – das ist der Spitzname, den man ihm schon als jungem Mann gegeben hat, weil er ein so unglaubliches Glück bei Frauen hatte. Und warum sollte er sich an eine binden, wenn er doch alle haben kann?
Aber selbst der größte Frauenheld kann einmal in Bedrängnis geraten: Susan Young ist fest entschlossen, Lucky zu ihrem Ehemann zu machen, ob er will oder nicht. Selbst vor Erpressung schreckt sie nicht zurück.
Doch Lucky will eine andere Frau: Devon Haines. Nicht nur, weil er sich zum ersten Mal in seinem Leben wirklich verliebt hat, sondern auch, weil Devon die einzige ist, die beweisen kann, daß er kein Brandstifter ist. Aber Devon flieht vor ihm ...

BASTEI LÜBBE

Sie erhalten diesen Band im Buchhandel, bei Ihrem Zeitschriftenhändler sowie im Bahnhofsbuchhandel.

Band 18 106

Linda Lael Miller

Lily und der Major

Deutsche Erstveröffentlichung

»Ich will die da!« sagt das kleine Mädchen laut und deutlich zu seinem Vater.
Lily trat einen Schritt auf das andere Kind zu. Ihr war egal, wer sie haben wollte und was man mit ihr machte, solange sie nicht mehr in diesen schrecklichen Zug zurückkehren mußte.
Ihr ist es auch egal, daß die verwöhnte kleine Isadora sie nur als lebendiges Spielzeug betrachtet, ihr sogar einen anderen Namen gibt. Doch als beide Mädchen krank werden und Isadora stirbt, während Lily überlebt, beginnt ein schrecklicher Leidensweg für sie . . .

BASTEI LÜBBE

Sie erhalten diesen Band im Buchhandel, bei Ihrem Zeitschriftenhändler sowie im Bahnhofsbuchhandel.

Band 18 110

Linda Lael Miller

Caroline und der Bandit

Deutsche Erstveröffentlichung

Caroline, die älteste der drei Chalmers-Schwestern, hat das meiste Glück auf dieser entsetzlichen Reise in den Westen. Sie wird von drei älteren Damen aufgenommen, die sich rührend um das verlassene kleine Mädchen kümmern.
Doch die Jahre des Glücks und der Sorglosigkeit währen nicht ewig. Der Mann, den Caroline liebt, kommt ins Gefängnis. Sie befreit ihn – und soll dafür bestraft werden. Hat sie nun auch ihre letzte Chance verspielt, ihre Schwestern jemals wiederzufinden?

BASTEI LÜBBE

Sie erhalten diesen Band im Buchhandel, bei Ihrem Zeitschriftenhändler sowie im Bahnhofsbuchhandel.